PARANORMAL 드래곤 킨
시리즈
ROMANCE 1

드래곤 조련하기 **1**
WHAT A DRAGON SHOULD KNOW

드래곤 조련하기 1

ⓒ G. A. 에이켄 2015

초판1쇄 인쇄	2015년 8월 20일
초판1쇄 발행	2015년 8월 25일
지은이	G. A. 에이켄
옮긴이	박은서
펴낸이	박대일
편집	이문영 · 임유리 · 신지연
마케팅	송재진
디자인	박현주
일러스트	실베스테르 송
펴낸곳	파란썸(파란미디어)
출판등록	2004년 9월 14일 제313-2004-00214호
주소	04072 서울시 마포구 성지1길 32-36(합정동)
전화	02.3141.5589(영업부) 070.4616.2012(편집부)
팩스	02.3141.5590
전자우편	paranbook@gmail.com
카페	http://cafe.naver.com/paranmedia
트위터	@paranmedia
ISBN	978-89-6371-193-5(04840)
	978-89-6371-192-8(전2권)

드래곤 조련하기 **1**

WHAT A DRAGON SHOULD KNOW

파란媒

What a Dragon Should Know

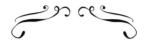

케이트 더피에게

당신은 항상 용기 있게, 나를 묶어 놓지 않고 풀어 주었죠. 내가 어디로 가는지, 가다가 뭘 다 망쳐 버렸는지 모를 때에도. 그 점, 고마워요.

더그 린퀴스트에게

너는 이젠 가고 없지만, 네가 준 가르침, 격려, '천천히 속도를 줄이고 심호흡을 해. 겁낼 필요 없어.'라고 한 충고는 글을 쓰려고 자리에 앉을 때마다 아직도 도움이 된단다. 네가 그립지만, 친구야, 너와 네가 한 말은 나와 영원히 함께할 거야. 고마워, 더그, 모든 게.

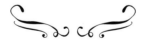

그웬바엘 ◀─♥─▶ 다그마 라인홀트

'미남자', '훼손자'로 불리는 골드 드래곤. 드래곤 퀸의 셋째 아들. 인간, 특히 여자 인간을 좋아하는 잘생긴 난봉꾼에다 문젯거리를 찾아다니는 말썽꾼. 지극히 가벼워 보이는 인상과 달리 사우스랜드 다크플레인의 인간 여왕이 자신의 대리인 자격으로 라인홀트 가문에 파견할 만큼 정세를 파악하는 식견과 정치 감각이 뛰어나다.

노스랜드에서 가장 용맹한 전쟁 군주 시그마 라인홀트의 열세 번째 자식이자 외동딸. 세간에는 '덩치가 곰만 하고 살쾡이 이빨을 가진 데다 교활한 전투 기술을 쓰는 무시무시하고 공포스러운, 라인홀트의 야수'로 알려져 있지만 겉보기에는 완벽하게 고귀한 신분의 아가씨 모습을 하고 있다. 영리하고 용감한 데다 음모와 협상에 능한 타고난 지략가.

피어구스 ◀─♥─▶ 앤닐

드래곤 퀸의 첫째 아들로 장차 사우스랜드의 드래곤 킹이 될 블랙 드래곤. 고지식하고 무뚝뚝하며 난폭해서 '파괴자'라는 이름을 얻었다. 세상 누구도, 어떤 것에도 상관하지 않는다. 앤닐을 제외하고는.

사우스랜드 다크플레인의 피의 여왕, 잘린 머리 수집가, 가반아일의 미친 계집, '피투성이 앤닐'이라 불리는 인간 여왕. 평생을 군대와 함께 야외에서 보냈고 앞길을 가로막는 자는 누구든 해치워 버리는 광포하고 용맹한 전사. 피어구스의 짝으로 쌍둥이를 임신함으로써 드래곤을 비롯한 여러 세력의 표적이 된다.

리아논 ❤ 베르세락

사우스랜드 괄크마이 바브 과이어 왕가의 드래곤 퀸. 화이트 드래곤. 자존심 높고 도도한 성격으로 동생인 에쉴드를 제치고 여왕이 되었다.

카드왈라드르 일족 최고의 전사로 '위대한 자'라 불리는 블랙 드래곤. 천출임에도 왕가의 반대를 물리치고 드래곤 퀸 리아논의 짝이 되었다.

브리크 ❤  탈라이스

드래곤 퀸의 둘째 아들. 드래곤 가운데 용맹하기로 이름 높아 '막강한 자'로 불리는 실버 드래곤.

놀웬 마녀. 인간 남자와 결혼해서 딸 이지를 낳았으나 남편이 죽고 혼자 살다가 브리크를 만나 짝이 되었다.

모르퓌드 ❤  브라스티아스

드래곤 퀸의 큰딸. 강력한 드래곤위치이자 치료사. 상냥하고, 수줍음에 가까운 성격에, 냉정한 어머니와 달리 다정하고 의지가 되는 누이 노릇을 한다.

모르퓌드의 짝, 인간 전사. 앤뤨의 군대, 다크플레인의 전군을 총괄하는 장군.

케이타  에이브히어

드래곤 퀸의 막내딸. 독립적인 성격인데다 어머니와 사이가 나빠 가족과 떨어져 혼자 살아가는 레드 드래곤. 빼어난 미모를 자랑하지만 남자들을 유혹하기로 악명이 높다.

드래곤 퀸의 막내아들. 전사가 되어 이름을 얻기를 열망하지만 아직 첫 전투에도 나가지 못한 어린 드래곤.

독자님들께

옛날에 나 자신이 애들을 봐 주면서 잘 꼬드기기도 하고 고자질도 하고 그랬던 터라, 사람들을 잘 꼬드기고 고자질도 잘하는 드래곤, '파괴자' 피어구스와 '막강한 자' 브리크의 동생에 관한 이야기를 쓰자니 무척 기대가 됩니다.

하지만 '미남자' 그웬바엘의 이야기를 쓰는 것이 쉬웠다고 할 수는 없습니다. 침실에서 그웬바엘에게 도전하는 이상의 여자 주인공이 필요하다는 것을 알았기 때문이죠. 평소 분탕질과 야단법석을 계획하고 계략을 꾸미면서 나날을 보내는 이백 살도 넘은 드래곤을 앞으로도 육백 년은 더 즐겁게 해 주려면, 분탕질과 야단법석을 위해 살 만한 여주인공이 필요했습니다. 그래서 그 여주인공은 다그마 라인홀트, 노스랜드의 '야수'가 되었답니다.

그런 이유로 이 책을 쓰기가 쉽지 않기는 했지만, 그래도 재미

있는 작업이었습니다. 꾀 많은 말썽쟁이 둘을 한 배에 몰아넣었는데, 어떻게 재미있지 않겠어요?

자, 이제 그런 이야기는 접어 두고 드래곤 형제들의 세계로 여러분을 초대합니다. 보통 사람들이 생각하는 것보다 훨씬 이성적인 드래곤들이 사는 세계죠.

G. A. 에이켄

그웬바엘이 목숨을 부지하겠다고 죽자 사자 도망친 것이 이번이 처음은 아니었다. 아마 마지막도 아닐 것이다. 지난 수십 년 동안 그는 있어서는 안 될 장소에 있다가 성난 아버지들에게 들켰고, 도망을 쳐야 했다. 도시 수비대에게서 도망친 적도 있다. 있어서는 안 될 장소에서 그를 발견한 아버지들이 보낸 병사들이었다.

하지만 오늘, 그웬바엘은 자기 가족을 피해 도망쳤다. 물론 그것도 딱히 새로운 경험은 아니었지만, 그렇게 '도망쳐야 할 필요가 있었던 일'은 오랜만이었다.

입을 다물었어야 한다는 말은 맞았다. 그래도 못 할 질문은 아니었다. 하지만 언제나처럼 가족들은 쓸데없이 심각하게 받아들여서 그에게 화풀이를 했다.

어째서 다들 그저 샘이 나서 그런다는 것을 인정하지 않을까? 내가 '미남자' 그웬바엘이니까!

드래곤 퀸의 셋째 아들이자 넷째 자식, 드래곤 퀸 휘하 노스랜드 군대의 전임 대장, 다크플레인 지역에서 가장 인기 있는 남자로서 그웬바엘은 항상 위엄이 있고 너그러웠으며 다정했다.

그런데도 가족들은 그 때문에 그웬바엘을 싫어했다.

게다가 여왕이라는 자가 그렇게 민감하게 굴 줄 누가 알았나? 아무리 인간 여왕이라도 그렇지.

그웬바엘이 한 일이라고는 그저 단순한 질문 하나 던진 것뿐이었다.

'임신 일곱 달밖에 안 된 애치고는 좀 큰 거 아닌가?'

그런 단순한 질문에 눈물을 펑펑 쏟으며 꼴사납게 코를 팽팽거리고 무기를 던지다니. 인간 여왕은 달리기 능력은 잃어버린 듯했지만 던지기 솜씨 하나만은 아직도 일품이었다. 하마터면 귀 뜯길 뻔했어.

게다가 여왕의 반려, 그웬바엘의 큰형이자 장차 사우스랜드의 드래곤 킹이 될 피어구스가 동생을 토끼 사냥하듯 몰아붙였다.

그래서 그웬바엘은 지금 도망치는 중이었다. '파괴자' 피어구스가 그웬바엘의 잘생긴 얼굴을 망가뜨린다고 해도, 그 덩치만 큰 개자식이 그걸로 벌을 받을 리는 없으니까. 언제나처럼 형은 폭력으로 불량한 짓을 해도 용서받을 테지만, 그웬바엘은 성적으로 불량한 짓을 좀 했기로서니 절대 용서받지 못할 터였다.

할아버지의 주방에서 일하는 하녀 몇 명과 벌거벗고 있다가 들켰을 때는 어찌 되었더라? 아버지의 발톱이 뒤통수에 정통으로 박혔다. 어머니에게 인간 모습으로 변신하려면 커다란 엉덩이가 돋보이는 옷은 피하는 게 좋겠다고 권했을 때는? 아버지의 발톱이 뒤통수에 정통으로 박혔다. 막냇동생 에이브히어의 여든 살 생일 파티를 조촐하게 준비하느라 동네 홍등가에서 여자들을 몇 명 데려왔을 때는? 어머니의 발톱이 뒤통수에 정통으로 박혔다.

반면, 피어구스는 이미 백 년도 전에 그웬바엘의 불쌍한 꼬리 끝을 절단 냈건만 아직도 벌을 받지 않았다. 드래곤에게는 무기인 뾰족뾰족한 꼬리 끄트머리가 강물 위를 둥둥 떠가는 동안, 그웬바엘은 뭉툭한 꼬리 둥치를 끌고 다녀야 했다.

다행스럽게도, 그는 이 비극적으로 망가지고 변형된 꼬리의 다른 용도를 찾아냈다. 대부분의 여성이 무척 좋아하는 용도를.

그웬바엘은 마구간을 향해 모퉁이를 휙 돌아서 뒷문으로 나갔다. 상냥한 이지를 본 것은 그때였다. 탐스러운 탈라이스와 멍청한 형 브리크의 딸.

이지는 그와 피로 이어진 조카는 아니었다. 그녀의 친아버지는 사우스랜드의 인간으로 탈라이스와 브리크가 만나기 전, 아니면 짝을 짓기 몇 년 전 전투 중에 죽었다. 그래도 이지는 가족이었고, 그웬바엘은 이지가 그를 좋아해 주는 만큼 이지를 좋아했다. 아니, 적어도 그렇게 생각했다. 이지가 달려들어 쿵 들이받을 때까지만 해도.

그웬바엘은 그대로 마구간 안까지 날아갔다. 이 인간 조카가 얼마나 힘이 센지 계속 까먹게 된다. 이지의 어머니는 체구가 작고 우아한 마녀로 명령을 받으면 상대를 죽이도록 훈련을 받았지만, 이지는 거친 사내 기질을 지녔고 그런 자질을 꽤 즐겁게 발휘했다.

그녀가 그웬바엘의 몸 위에 서서 고함쳤다.

"잡았어요!"

그웬바엘은 좌절해서 외쳤다.

"이세벨, 사랑하는 조카딸! 예쁜아, 어떻게 네가!"

"여왕님 마음을 아프게 하지 말았어야죠! 그건 너무 심술궂었어요."

이지가 손가락 하나를 세워 흔들었다.

"심술부리면 안 돼요!"

이지, 상냥하고 아름답지만 별나기 짝이 없는 이지. 여왕을 향한 그녀의 충성심에는 의심의 여지가 없었다. 그녀는 지금도 매일 군대와 훈련하면서 자기 충성심을 피로 증명하기 위해 출정할 날만을 간절히 기다리고 있었다. 대체 누가 그런 일을 자청하는지 그로서는 절대로 이해할 수 없었지만.

그웬바엘은 피를 싫어하고 어떤 식으로든 다치는 것은 질색이었다. 자기 몸의 부위들이 제자리에 그대로 붙어서 멀쩡하게 움직이길 바랐다. 내키지는 않지만, 아버지에게 그런 뜻을 여러 번 전하기도 했다.

'어머니의 왕좌를 위해서 싸우겠다고 하긴 했죠. 하지만 그걸 위해 죽겠다고는 안 했어요.'

그런 다음 한마디 덧붙였다가 노친네 부아만 질렀다.

'제 아름다움이 죽기엔 너무 아깝잖아요?'

"날 좋아하는 줄 알았는데!"

그웬바엘은 고함쳤다.

"삼촌이 심술부릴 때는 안 좋아요!"

이지는 진정으로 착한 아이기 때문에 이런 배신을 했다고 불꽃을 내뿜어 없애 버릴까 하는 생각이 그의 머릿속을 스쳐 지나간 적은…… 딱 한 번뿐이었다. 어쩌면 두 번 정도.

그때, 거대하고 무지막지한 손이 그웬바엘의 머리카락을 잡아채더니 마구간에서 질질 끌고 나갔다.

"놔줘, 이 나쁜 놈아!"

그웬바엘은 소리쳤다.

"안으로 돌아가, 개자식아. 안으로 돌아가서 무슨 수를 써서든 사과해!

피어구스가 으르렁댔다.

"사과할 일 없어!"

피어구스는 그 점에 대해서 자기 생각은 다르다는 걸 보여 주려는 듯 우뚝 서더니 거대한 발로 그웬바엘의 배를 꽉 밟았다.

"어억!"

"네놈이 그 여자를 울렸잖아! 아무도 그 여자를 울릴 순 없단 말이다!"

피어구스는 다시 그웬바엘의 머리채를 잡아끌고 가반아일의 대전大殿을 가로질렀다. 한때는 공포스러웠던 곳, '도살자' 로칸의 권좌가 있었던 곳이다. 이제는 로칸의 이복동생이자 오빠의 머리를 잘라 버린 여자가 그 자리를 차지하고 있었다.

"내 발로도 걸어갈 수 있는데……."

그웬바엘은 이 퉁명스러운 도마뱀이 발길을 멈출 생각이 없다는 걸 눈치채고 중얼거렸다. 사실, 빠져나가고자 마음만 먹으면 본디의 ―그리고 더 아름다운― 드래곤 모습으로 변신할 수도 있었다. 하지만 그랬다가는 여기 사는 인간들에게 불필요한 해를 끼치게 될 터. 그웬바엘이 혐오하는 행동이었다. 그는 인간들을 좋아했다. ……음, 여자 인간들을 좋아했다. 남자들이야 있으나 없으나 그만이지만.

"더는 너를 쫓아다니지 않을 거다."

피어구스는 그웬바엘을 질질 끌고 딱딱한 돌계단을 오르며 말했다. 그웬바엘이 발길질을 하고 그의 손아귀에서 빠져나가려고 발버둥을 치는데, 어느새 나타난 둘째 형 브리크가 두 다리를 잡아 피어구스를 도왔다.

"배신자!"

그웬바엘이 투정하듯 소리쳤지만, 브리크는 열띤 어조로 형에게 물었다.

"얘를 어떻게 할까? 창문으로 던질까? 그래, 창문으로 던지자! 아니면 지붕에서 떨어뜨리거나!"

"앤널에게 데려갈 거야."

피어구스가 냉정하게 말했다.

"얘 머리가 없으면 어머니가 알아차리시지 않을까?"

"알아차리시겠지."

그웬바엘이 몸부림치는 것도 아랑곳 않고 피어구스는 태연하게 말했다.

"문제는, '어머니가 신경을 쓰실까?'겠지."

어느새 그들은 여왕의 침소 앞에 이르렀다. 피어구스는 문을 발로 차 열더니 브리크와 힘을 합쳐 불쌍한 그웬바엘을 방 안으로 던져 넣었다. 문이 쾅 닫히자, 그웬바엘은 형들이 자신을 다크플레인의 여왕의 자비에 맡겨 놓고 떠났다는 것을 알았다. 다크플레인의 '피의 여왕', '잘린 머리 수집가', '가반아일의 미친 암캐', 더욱 간결하게는 '피투성이' 앤윌이라 불리는 여자의 수중에. 영문은 모르겠지만, 이 인간 여왕은 성질이 꽤 고약한 것으로 널리 알려져 있었다.

그웬바엘은 각오를 단단히 하고 아름다운 앤윌 여왕을 올려다보며 말했다.

"사랑스럽고 다정한 앤윌, 내 영혼은 당신 때문에 아프고 내 심장은 당신을 몹시도 그리워했답니다. 부디 성급하고 어리석었던 내 발언을 용서해 주시고 우리 사이의 애정이 사라지지 않을 거라고 말해 주세요."

앤윌은 그를 한참 바라보았다. 다음 순간, 그웬바엘은 간이 떨어질 만큼 놀라고 말았다. 앤윌이 왈칵 눈물을 쏟은 것이다.

그웬바엘은 이런 일을 겪게 한 형들을 절대 용서하지 않으리라 다짐했다.

사람들은 그녀를 '라인홀트의 야수'라고 불렀다. 아니면 짧게 줄여 '야수'라고.

딱히 좋아하는 별명은 아니었다. 그녀의 진짜 이름은 '다그마'이니까. 하지만 참았다. 다그마가 사는 세계에서는 자기에게 어울리지 않는 부당한 이름으로 불리는 일 정도는 약과였다.

……그래, 어쩌면 그 이름이 조금은 어울리는지도 모르지.

다그마는 한숨지으며 책을 덮었다. 아무리 방에 숨어 있고 싶어도 종일 그럴 수는 없었다. 아버지 얼굴을 보고 그녀가 저지른 짓을 말해야 했다. 당신의 영토와 백성을 위해 그렇게 했다는 사실은 아버지에게 별로 의미가 없을지라도. 노스랜드에서 가장 용맹한 전쟁 군주 시그마 라인홀트에게는 분명 그럴 것이다. 하지만 그녀는 아버지가 역정 내는 '그 순간'만 잘 넘기면 끝내는 원하는 걸 얻을 수 있다는 사실을 이른 나이에 깨쳤다.

그녀는 책을 옆으로 치워 두고 일어서서 여러 벌 있는 회색 모직 드레스 중 한 벌을 입었다. 드레스에 몸을 제대로 쑤셔 넣고 허리에는 수수한 가죽띠를 둘렀다. 그 안에 잡다한 물건을 자를 때 쓰는 작은 단도를 찔러 넣고, 머리에는 회색 수건을 묶었다. 길게 땋은 머리카락이 등 뒤로 내려왔다.

침대 옆에 놓인 전신 거울에 모습을 비춰 보기 직전, 다그마는 조심스레 안경을 코에 걸쳤다. 독서용은 아니었지만 다른 목적으로 필요했다. 몇 년 전, 라그나라는 수도사가 처음으로 그녀에게 안경을 주었다. 다그마가 코앞에서 몇 뼘 앞을 볼 때마다 실눈을 뜨는 걸 알고 그가 직접 만들어 준 안경이었다. 다그마는 그 이후로 이 안경을 쓰고 다녔다.

거울을 대충 훑어보니 차림새에 딱히 흉한 데는 없었다. 다그마는 개를 앞세우고 방에서 나갔다. 문을 걸어 잠그고 제대로 잠겼는지 확인한 후, 돌 복도를 따라 걸었다. 다그마는 여기, 아버지의 요새에서 태어났고 가장 가까운 마을 너머로는 나가 본 적도 없었다. 언젠가 이 담 안에서 죽으리라는 것도 알고 있었다. 아버지를 설득해서 성문 너머 숲 속에 작은 집이라도 한 채 받지 않는 한 그럴 운명이었다. 불행하게도 다그마가 확실히 '노처녀' 부류에 포함되려면 적어도 십 년은 더 기다려야만 했다.

노스랜드에서 여자는 남편의 손에 떠넘겨지기 전까지는 가족으로부터 멀리 벗어나지 못했다. 결혼을 세 번 시도했으나 실패한 후, 다그마는 자기를 침대에 끌어들이자고 라인홀트 일족에게 목을 내놓을 위험을 무릅쓸 만큼 멍청한 남자가 있을까 의심스러워졌다. 솔직한 속마음으로는 ──솔직하지 않은 적도 없지만── 이 점이 도리어 무척 안심이 되었다.

다그마와 같은 여자에게는 응당 그래야 한다고 요구되는 점들이 있기 마련이었다. 고분고분하고 나긋나긋하고 애교를 부리며 상냥해야 한다. 다그마는 이런 기질을 천부적으로 타고난 여자들을 많이 알았다. 하지만 그녀 자신은 이런 특질 중 그 무엇도 타고나지 않았다. 물론 아주 잠깐은 그런 척 흉내 낼 수 있었다. 흉내로 원하는 것을 얻을 수만 있다면 못 할 게 뭐 있을까?

세상에는 '다정하고 얌전한 여자 흉내 내기'보다도 더 끔찍한 일들이 있다는 것을 다그마는 잘 알고 있었다. 가령, 진짜로 다정하고 얌전한 여자가 되는 것이라든가. 노스랜드는 거칠고 가혹한 땅으로 부드러운 마음이나 연약한 정신에는 어울리지 않았다. 실제로 다른 사람에게 사근사근하게 굴거나 노스랜드 남자들이 자기 여자에게 바라는 만큼 연약하다면 젊은 나이에 비명횡사하기 딱 좋았다.

다그마는 백 살까지 살 작정이었다. 아무리 못해도.

손에 든 서류를 열심히 들여다보면서 그녀는 주위에서 일어나는 일들을 짐짓 무시해 버렸다. 격한 다툼, 바닥에 흩어져 널브러진 술 취한 일족의 남자들, 어두운 그늘 속에서 꿈틀거리는 육체들……

라인홀트 요새의 이른 아침, 일상적인 광경이었다.

다그마는 중요한 일에 집중하지 못하게 할 뿐인 바깥 움직임에는 신경을 꺼 버리도록 오래전부터 스스로를 단련해 왔다.

카누트가 옆에서 씩씩하게 걸으며 파수를 서고 보호해 주는 한 쉬운 기술이었다. 새끼 때부터 키워 온 카누트는 어느덧 충실한 동반자가 되어 있었다. 다그마는 아홉 번째 겨울을 맞은 해부터 아버지를 위해 전투견 여러 마리를 키우고 훈련시켰지만, 카누트는 오직 그녀만의 개였다. 지난 삼 년 동안 카누트는 제 아비처럼 다그마를 지켰다. 사납게. 어찌나 사나운지 그 누구도 그녀에게 접근할 수 없었다. 다그마는 그 점이 무척 사랑스러웠다.

여자로서 아버지 같은 전쟁 군주의 전투견들을 책임진다는 것이 이상하게 보인다는 것을 다그마는 잘 알았다. 하지만 아버지는 그녀가 개들을 다루는 솜씨를 무시할 수 없었다. 무엇보다도 영지 안에 있는 모든 전투견을 오직 그녀의 목소리에만, 그녀의 명령에만 반응하도록 훈련시켰다는 사실을 무시할 수가 없었다. 다그마가 처음으로 계략과 계획을 짜고 승리를 얻어 낸 것은 고작 열 번째 생일을 한 달 앞둔 나이였다. 아버지와 서 있던 때가 아직도 똑똑히 기억났다. 사납고 다루기 어려운 전투견들이 그녀의 앞과 옆, 뒤를 둘러싸고 서서 바짝 귀를 세운 채 명령을 기다리고 있었다. 그때 이미 근시였던 다그마는 눈을 가늘게 뜨고 부드럽게 설명했다.

'조련사가 팔 한 짝을 잃어버린 건 정말 유감이에요, 아버지. 어쩌면 이 동물들을 더 잘 다룰 수 있는 사람이 필요하지 않을까요? 잔인한 방법보다는 부드러운 방법으로요.'

아버지는 조련사의 뜯겨 나간 피투성이 팔로 딸을 가리키며 호통쳤다.

'계집애 주제에, 네까짓 게 전쟁과 전투에 대해 뭘 안다고!'

'아무것도 모르죠.'

다그마는 기어 들어가는 목소리로 대답했다. 눈은 흐려졌다.

'하지만 개는 잘 알아요.'

'그럼 보여 봐라. 뭘 아는지 보여 봐.'

다그마는 시선을 들어 아버지의 눈을 똑바로 쳐다보며 개 한 마리에게 손짓을 했다. 그리고 경비병 한 명을 가리켜 보였다. 열여덟 마리의 개들 중 오직 한 마리만이 몸을 날려 그 경비병에게 덤벼들었다. 언젠가 다그마를 '그 못생긴 계집애'라고 불렀던 경비병이었다.

아버지는 개들이 훈련받은 대로 움직이는 모습을 바라볼 뿐,

구조를 청하며 고함을 지르는 경비병에게는 별반 관심을 두지 않았다.

'아주 잘했다.'

마침내 아버지가 그렇게 말했다. 하지만 다그마는 시험이 끝나지 않았음을 알았다.

'감사합니다.'

'이제 다시 불러들여라.'

두 사람 다 이것이야말로 진짜 도전임을 알았다. 라인홀트의 전투견들은 일단 피 맛을 보면 걷잡을 수 없어지기 때문이었다. 많은 개들이 전투가 끝나면 결국 주인의 손에 처단되고는 했다.

다그마는 여전히 아버지의 눈을 똑바로 쳐다보며 다시 한 번 손을 들어 짧게 휘파람을 불며, 다른 한 손으로 신호를 보냈다. 개는 비명을 지르며 발버둥 치는 피투성이 먹이를 즉시 놓고 다그마 옆으로 터벅터벅 걸어와 좀 전의 자리에 도로 앉았다. 그리고 피 묻은 주둥이 밖으로 혀를 내민 채 다음 명령을 기다리듯이 그녀를 쳐다보았다.

아버지는 끙 소리를 내뱉더니 조련사의 한 팔을 질질 끌며 나가 버렸다. 피 묻은 자국이 그 뒤로 길게 남았다. 그렇지만 열여섯 번째 겨울이 지날 즈음, 다그마는 아버지의 땅에 있는 개 사육장의 모든 개들—전투견이든 애완견이든—의 전면 통제권을 쥘수 있었다.

갑자기 카누트가 우뚝 멈춰 섰다. 다그마도 자연스럽게 그대로 멈추어 기다렸다. 술잔이 머리 위로 쌩 날아오더니 벽에 가서 박혔다. 어떤 오빠가 또 아내와 다투는 모양이었다.

군이 쳐다보지도 않고 다그마는 바닥을 구르는 우그러진 술잔을 넘어 중앙 홀로 들어섰다. 아버지는 중앙 식탁에 앉아 있었다. 오빠 몇이 그 옆이나 건너편에 아내들과 함께 자리했지만, 아버지 바로 옆은 비어 있었다. 다그마의 자리였다. 그녀가 알 만한 이유로 화가 난 올케 키카가 탁자 너머에서 그녀를 째려보았다.

다그마가 자리를 찾아가는 동안에도, 아버지는 걸쭉한 죽이 쏟아져 내릴까 걱정이라도 되는 사람처럼 입에 음식을 쑤셔 넣고 있었다. 언제나처럼 그녀는 아버지가 게걸스레 먹는 모습을 모른 척했다.

다그마의 세계에는 형편없는 식탁 예절보다 더 끔찍한 일들이 많았으니까.

"아버지."

아버지는 꿍 소리만 냈을 뿐이다. 아버지는 원래도 말이 많은 남자가 아니었지만, 특히 외동딸에게 더 말이 없었다. 세 명의 아내에게서 열두 명의 건장한 아들을 얻은 후에도 ―아내 둘은 도망갔고 다그마의 어머니는 출산 중 죽었다― 그는 딸을 기대한 적이 없었다. 다그마 같은 딸은 더더욱 기대한 적 없었다. 술이 취할 때면 아버지는 다그마가 아들로 태어나지 않은 것을 통탄하곤 했다. 그저 보호 대상이 아니라 더 쓸모 있는 자식이었더라면 그녀와 함께 더 많은 일을 할 수 있었을 거라고.

다그마는 이제껏 아버지의 영토를 위해 여러 가지 공을 쌓았지만, 그럼에도 아버지에게 인정받지 못해 상처를 받았다. 아무리 열심히 공헌해도 소용이 없었다. 방어 계획을 세우고 전투 중 아버지 군대 병사들의 목숨을 구하기 위해 개들을 훈련시키고 중요한 협약을 맺도록 교섭을 해도, 결국 인정은 받지 못했다. 하지만 상처받으면서 허송세월을 보내 봤자 어쩌겠는가? 그래 봤자 아무것도 바뀌지 않고 소중한 시간만 뺏길 뿐이었다.

다그마는 빵 한 덩이를 집어 반으로 갈랐다.

"새로 태어난 강아지들은 아주 잘 자랄 것 같아요, 아버지. 아주 튼튼하고 강하게요."

그녀는 반으로 가른 빵 덩어리를 다시 두 손으로 쪼개 그중 한쪽을 카누트에게 주었다. 아버지가 다시 한 번 끙 소리를 내뱉었다. 다그마는 돌아올 것 같지 않은 대답을 기다리지 않고 이번에는 시종이 탁자 위에 놓아둔 뜨거운 죽을 먹기 시작했다. 아버지가 영지를 수호하기 위해 출정하지 않을 때면 가족들은 종종 이렇게 함께 모여 아침을 먹곤 했다. 사실, 다그마는 침묵이나 이따금 들리는 불평 소리에 무척이나 익숙해져 있어서 아버지가 불쑥 말을 걸었을 땐 사레가 들릴 뻔했다.

그녀는 일단 음식을 삼킨 후 물었다.

"뭐라고 하셨어요?"

"며칠 전 내 인장을 찍어 보낸 통첩이 뭐냐고 물었다."

젠장.

"어떤 문서든 아버지 인장을 찍고 서명해도 좋다고 허락해 주셨잖아요. 그러니까 구체적으로 말씀해 주시면……."

"짧게 대답해."

아버지가 으르렁댔다.

그래서 다그마는 그 말에 따랐다.

"다크플레인의 앤널에게 통첩을 보냈어요."

아버지는 그녀를 한참 바라보았다. 다그마가 누구 얘기를 하는지 전혀 모르는 것이 분명했다.

"그래."

아버지는 더 말하지 않고 일어서서 가장 아끼는 배틀액스를 집어 들었다. 노스랜드에서 아침은 전투 훈련을 하는 시간이었다. 두 개의 태양이 하늘에 떠 있으나 공기는 아직도 가장 차가운 때. 아버지가 그대로 중앙 홀을 나가려는데, 키카가 숟가락을 내려놓고 큰 소리로 물었다.

"앤널이라면 '가반아일의 미친 암캐' 아닌가요?"

다그마가 쓸모없는 올케를 탁자 너머로 냉정하게 쏘아볼 겨를도 없이 아버지가 도로 쿵쿵 들이닥쳤다. 그 기세에 다그마의 오빠들은 갑자기 쏙 사라져 버렸다.

라인홀트의 배틀액스가 식탁에 턱 박혔다. 나무 쪼개지는 소리에 남아 있던 하인들도 뿔뿔이 흩어졌다. 다그마가 무어라 말하기도 전에 아버지가 소리쳤다.

"그 미친년에게 통첩을 보내?"

다크플레인의 여왕을 바라보던 그웬바엘은 약간 걱정이 되었다. 앤널은 너무 연약해 보였다. 이런 모습은 처음이었다. 평생을 군대와 함께 야외에서 보내고, 앞길을 가로막는 자는 누구든 해치워 버리는 전사 여왕에게는 어울리지 않는 창백한 안색이었다. 앤닐의 원래 피부는 햇볕에 그을어 금갈색을 띠었다. 탈라이스나 이지 같은 갈색—그녀들은 농도가 다른 갈색 피부로 태어나는 알산데어 사막 출신이었다—이 아니었다. 앤닐은 달랐다.

그러나 지난 몇 달 동안, 배가 점점 부풀어 오르고 쌍둥이가 몸 안에서 더욱 활발하게 움직이는 동안, 그웬바엘이 여행하면서 본 인간 임산부와는 달리 앤닐의 피부에는 광채가 사라졌다. 대신 야위고 피곤해 보였다.

"뭐예요, 앤닐?"

이제 울음은 좀 그쳤지만, 앤닐은 창가에 서서 고요히 궁전 뜰을 내려다보고 있었다.

"무슨 일이죠, 여왕님? 평소와는 다른데."

앤닐이 미소를 띠었다.

"난 당신네 여왕이 아니잖아."

"내가 여기 있을 때는 여왕 맞죠. 난 여왕님의 가장 충실하고 사랑하는 백성으로서 돕고 싶을 따름이고요."

"그 마음 잘 알지."

"그러니까 뭐예요, 앤닐? 대체 뭣 때문에 그렇게 걱정을 하는 거죠? 피어구스에게도 털어놓을 수 없는 고민이라는 데 금화 다섯 닢 걸까?"

앤닐이 더 멀찍이 몸을 돌려 버리자, 그웬바엘은 등받이가 곧은 튼튼한 의자에 앉아 한 손을 그녀 쪽으로 내밀었다. 그는 앤닐이 이런 침울한 분위기일 때 다가갈 만큼 바보는 아니었다. 저 망할 칼이 닿을 만한 거리 안으로는.

"친애하는 나의 형, 하지만 나만큼 잘생기거나 매력적이지는 않은 형에게 할 수 없는 그 얘기를 이 그웬바엘에게 해 봐요."

한참 후, 앤닐은 그웬바엘의 손을 잡았고 그가 무릎에 앉히는 데도 가만히 있었다. 그가 등을 쓸어 주는 동안, 앤닐은 드레스의 주머니를 뒤졌다. 그리고 두루마리 하나를 꺼내 건넸다. 그웬바엘은 밀랍 인장 조각이 아직도 남아 있는 것을 보았다. 편지를 읽을 필요도 없었다. 이 편지를 보낸 사람이 그 안에 쓰인 내용만큼, 아니, 그 이상으로 중요하다는 것을 알았기 때문이다.

"이거 누구 인장이죠? 알아볼 수가 없는데."

앤닐은 한숨을 내쉬었다.

"라인홀트."

"라인홀트?"

그웬바엘은 생각에 잠겨 얼굴을 찡그렸다. 다음 순간 그의 몸이 펄쩍 뛰어 올랐다.

"맙소사! 노스랜드의 그 미친놈?"

"바로 그자야."

"솔직히……."

그웬바엘은 다시 편지를 흘긋 보았다.

"라인홀트 일족에 글을 쓸 줄 아는 자가 있는지는 몰랐네요."

다그마는 아버지가 불호령을 쏟아 놓는 동안 참을성 있게 기다렸다. 평소보다도 더 길어지는 것을 보니 아버지는 어젯밤에 또 잠을 못 잔 모양이었다. 그녀는 아버지가 이런 식으로 굴 때마다 두 가지 사실에 깊은 인상을 받곤 했다. 아버지는 아무리 화가 났어도 딸에게 손찌검을 하거나 거칠게 대한 적이 없었고, 고함을 지르면서 분통을 터뜨려도 개인적인 화풀이를 하진 않았다. 다그마의 올케 여럿이 더 적당한 이름이 생각나지 않는다고 그녀를 '못난 년', '못생긴 암퇘지'라고 불렀을 때도, 아버지는 자기 문제에만 집중했다. 아버지의 문제는 보통 다그마가 선을 넘는다는 점이었다.

보통…… 그랬다.

마침내 끼어들 수 있을 만큼 아버지가 한참 말을 멈추자, 다그마는 말했다.

"아버지는 앤닐 여왕이 우리에게 해 줄 수 있는 걸 과소평가하고 계세요."

"우리 앞마당을 피바다로 만들어 주는 것 말고?"

다그마는 달래듯 말했다.

"아버지, 소문은 귀담아듣지 마세요."

그리고 미소를 띠었다.

"그런 일은 제가 해야죠."

"어머, 이제 '일'도 하나 봐요?"

키카가 한껏 미소를 지으며 달콤하게 말했다.

다그마 역시 환하게 미소 지으며 대꾸했다.

"에이문드 오빠가 드레스를 또 사 줬나 봐요? 새 드레스 참 예쁘네요."

아버지가 돌아오자마자 눈에 띄게 휙 사라졌던 에이문드 오빠가 다시 중앙 홀로 들어왔다.

"뭐? 무슨 드레스?"

그는 젊은 아내를 노려보았다.

"새 드레스라고?"

키카의 쏘아보는 눈길 하나만으로도 라인홀트 일족을 상대하는 순간을 모두 감수할 가치가 있었다.

오빠가 고성을 지르는 가운데, 다그마는 아버지를 바라보며 목소리를 높였다.

"보세요, 아버지. 아버지가 걱정하시는 게 뭔지 잘 알아요. 하지만 앤닐 여왕과 맺는 동맹을 무시할 수는 없어요. 풍문으로 듣자니, 앤닐은 마음대로 쓸 수 있는 레기온*이 백도 넘는다죠. 모두 훈련을 잘 받아 전투태세를 갖추고 있고요."

아버지가 커다란 주먹을 탁자 위에 올려놓았다. 다그마는 이제 자기가 이야기하는 상대는 노스랜드에서 두려움의 대상인 무시무시한 전쟁 군주가 아니라 시그마 라인홀트임을 알았다. 백성과 혈족을 몹시 아끼는 남자.

"네가 걱정하는 건 요쿨이구나. 그런 거냐?"

아버지는 다그마를 보지도 않고 물었다.

"그럴 만하잖아요. 이제는 숙부를 무시할 수가 없어요."

---

* legion. 삼천 명에서 육천 명의 병사들로 구성되는 부대 단위. 군단.

"난 걔를 무시한 적이 없어!"

"숙부는 부대를 늘려 나가고 있어요. 분명 돈으로 사들이는 거겠죠. 아버지의 군대는 포위 공격을 제대로 준비하고 있어요. 전지원이 필요하고 앤뉠 여왕이 도우면 할 수 있어요."

"네 도움 따위는 필요 없다, 꼬마 아가씨."

"네. 하지만 앤뉠 여왕의 도움은 필요하실 거예요. 도움받는다고 부끄러울 것도 없고요."

아버지는 헛기침을 하더니 주변을 둘러본 후 웅얼거렸다.

"이게 네 잘못이 아닌 건 알겠지."

불행하게도 다그마는 알지 못했다. 그녀가 아무 말도 하지 않자, 아버지는 크게 숨을 들이마셨다가 천천히 내뱉었다.

"그 여자에게 뭘 주기로 했느냐?"

"정보요."

그 외 사소한 것을 얹어 줄 여유는 있겠지.

"너랑 그 망할 정보라."

"그렇게 맞교환하기로 한 거예요."

다그마는 앞으로 몸을 숙이며 아버지의 눈을 똑바로 쳐다보았다. 두려움 없이 그렇게 할 수 있는 자는 몇 되지 않았다.

"이 일에 관해선 저를 믿어 주셨으면 해요."

아버지는 코웃음을 치더니 시선을 내려 탁자만 쏘아보았다. 다그마는 참을성 있게 기다렸다.

결국 아버지가 배틀액스를 탁자에서 뽑아냈다. 다그마는 자신의 승리임을 알았다. 적어도 단기간이나마 유예를 얻은 것이다.

"네 운이 얼마나 좋은지 나한테 시험해 볼 생각은 마라, 꼬마 아가씨."

아버지가 으르렁거렸다.

물론 다그마는 해 볼 생각이었다. 그녀가 잘하는 일이니까.

아버지가 나가자, 하인 하나가 뛰어 들어왔다.

"레이디 다그마, 라그나 수사님이 옵니다."

다그마는 고개를 끄덕였다. 식욕은 사라진 지 오래였다.

남편이 아직도 '망할, 돈을 그렇게 펑펑 쓰다니!'라며 소리치고 있는 와중에 키카가 코웃음을 쳤다.

"다들 보세요. 우리 다그마 아기씨랑은 자지 않을 남자가 또 하나 있네요."

다그마는 고개를 숙인 채로 속삭이듯이, 그러나 분명하게 말했다.

"그야, 언니처럼 아무한테나 대 주는 여자도 있으니까요."

그녀는 멍청이들과 멀어질 수 있는 틈이 생겨 안도하며 문으로 향했다. 뒤에서 오빠가 떽떽거리는 소리가 들려왔다.

"쟤가 뭐래? 당신 뭐하는 거야?"

그웬바엘은 서신을 재빨리 훑었다.

"라인홀트가 당신을 원하는군요. 다른 사람도 아닌 앤널한테, 배 속의 아이들 목숨을 구하고 싶거든 자기 영지로 오라고? 개인적으로 난 우리 사랑스러운 여왕님께 이딴 식으로 명령하는 것도 마음에 안 들지만, 더욱 언짢은 건……."

"내가 쌍둥이를 가졌다는 걸 이 야만인들이 어떻게 알았냐는 거지."

그웬바엘이 고개를 끄덕이자, 앤닐은 덧붙였다.

"또한 그들이 그 사실을 안다면, 내가 이전처럼 맹렬하지 않다는 것 역시 이미 알지도 모르고."

"언제까지나 임신 중이진 않을 거잖아요, 앤닐. 일단 쌍둥이가 나오고 나면, 언제나 그랬듯이 폭력적이고 잔인하게 미친 듯이 피를 원하게 되겠죠."

"사탕발림은 잘하네."

"효과가 있었어요?"

"약간은."

앤닐이 눈을 감았다. 그웬바엘은 그녀가 괴로워한다는 것을 알았다. 그녀 스스로 '경련'이라고 부르는 증세가 최근 더 자주 일어나고 있었다. 앤닐은 속을 씻어 내려는 듯 깊은 숨을 내쉰 후 말을 이었다.

"하지만 내가 노스랜드에 직접 가고 싶다고 해도, 피어구스가 허락하지 않겠지. 모르퓌드는 또 뭐라고 할까! 맙소사, 얼마나 징징댈지."

그웬바엘의 누나, 강력한 드래곤위치이자 치료사인 모르퓌드는 마음만 내키면 빠르게 기어가는 뱀에게서도 비늘을 벗겨 낼 여자였다.

"게다가 나를 사모하는 것 같은 누군가는 내가 여행하기엔 너무 살이 쪘다고 하고."

"내 말은 그게 아니었잖아요! 다들 일부러 내 말을 왜곡하는 게 재미있기는 한데……. 그 전에 앤널 가슴이 훨씬 더 풍만해지고 더 보기 좋아졌다고 한 대목은 빨리도 잊어버렸네요."

앤널이 웃으며 고개를 저었다.

"부끄러움이라곤 손톱만큼도 모르는 철면피 같으니!"

"눈곱만큼도 모르죠. 자, 그럼 앤널이 여행할 수 없다는 건 우리 둘 다 아는 사실이고, 이제 내가 어떻게 하면 좋을까요? 대신 답장이라도 써 줘요? 하지만 내가 앤널이 쓰지 않을 방식으로 글을 쓴다는 건 우리 둘 다 인정해야 할 것 같은데."

"백번 맞는 말이네."

앤널은 그웬바엘의 무릎 위에서 약간 몸을 돌려 그를 똑바로 쳐다보았다.

"그웬바엘이 나 대신 가 줬으면 좋겠어."

"내가요? 다시 노스랜드로 돌아간다고?"

그웬바엘은 코웃음을 쳤다.

"차라리 나무껍질을 먹죠."

"나라고 그웬바엘에게 위험한 일 부탁하는 게 좋겠어? 게다가 거기서 그웬바엘의 평판이 어떤 지경인지 빤히 아는데……."

앤널이 눈썹을 치키며 말을 맺었다.

"'훼손자'."

"앤널도 알죠, 그 여자들 처녀도 아니었다고요."

그웬바엘은 수십 년 동안 해 온 변명을 했다.

"그 여자들이 호수에서 나를 덮쳤어요. 날 이용한 거죠. 내가 넘어가도록 꼬리를 쳤어요. 난 전쟁의 공포에서 살아남기 위해 할 수 있는 일을 한 것뿐이라고요."

"그거 사실이야? 이 동맹 관계에서 굳이 말이 나온 자는 오직 그웬바엘뿐이라는 거?"

"번개 드래곤 여자들과 거리를 유지할 수만 있다면 그렇다고 대답하겠어요. 아시다시피 번개 드래곤들은 떼 지어 다니잖아요, 아름다운 여왕님."

그웬바엘은 가장 매력적인 미소를 지어 보였지만, 앤윌이 그저 빤히 쳐다만 보자 말을 이었다.

"뭐, 짧은 기간이라면 노스랜드에 갈 수도 있겠죠."

"내 입장에선 그웬바엘이 가 줘야만 해. 아주 솔직히 털어놓자면 내가 보낼 수 있는 게 그웬바엘뿐이지."

앤윌이 이렇게 인정하자 그웬바엘은 놀랐다.

"나뿐이라고요?"

"모르퓌드를 보낼 순 없잖아. 여자이고, 그웬바엘이 동네 처녀를 침대로 꼬여 데려가는 것보다도 더 빨리 번개 드래곤이 덮칠 테니까."

"참 근사한 비유인데. 고맙군요."

"게다가 당신 누님은 여기서 할 일이 있어. 피어구스가 부모님을 죽이지 않도록 말릴 수 있는 건 모르퓌드뿐이니까."

그웬바엘은 화가 나 자기도 모르게 얼굴을 찡그렸지만, 될 수 있는 한 대화를 가볍게 유지하려고 애썼다.

"앤윌이 가진 아이가 피어구스의 자식이기도 하다는 걸 어머니는 아직도 안 믿으시는군요?"

"어머님이 뭘 믿으시는지는 모르겠고, 신경도 안 써. 처음 소식을 들으신 이후로 여섯 달 동안은 여기 계시지도 않았잖아. 그거야 나한텐 잘된 일이지만."

그웬바엘은 그녀의 말이 거짓임을 알고 있었다. 이제껏 그가 본 가족 다툼 중에서 가장 격한 싸움이었다. 그날 형제자매 모두가 피어구스와 앤널의 편을 들었지만, 사건 자체는 다들 인정하고 싶은 이상으로 앤널에게 상처를 주었다.

"그렇다고 케이타를 보낼 수도 없고."

앤널이 말을 이었다.

"그랬다간 모든 남자를 달아오르게 만들어서 내가 어째서 자기를 보냈는지도 기억 못 할 테니까. 그보다, 언제 여기 있기나 해야 부탁을 하지."

그 점에 있어선 그웬바엘도 반박할 수 없었다. 여동생은 가족 중에서 누구보다도 그를 닮았다. 나이 차이가 스무 살밖에 나지 않았기 때문에 둘은 항상 가까웠고 서로를 잘 이해했다. 하지만 지난 몇 년 사이에 그는 케이타가 될 수 있는 한 저 멀리 데벤알트 산이나 다크플레인에서 시간을 보낸다는 것을 알게 되었다. 그녀에게는 자기 동굴이 있었지만 거기 머무는 경우는 드물었고 집에 올 때면 어머니와의 사이가 종종 험악해지곤 했다. 생각해 보면, 어머니와 딸이 잘 지내서 가족 모임이 돈독했던 경우가 없었다. 하긴, 그런 긴장감을 위해 사는 그웬바엘로서는 종종 상황을 악화시키면서 비뚤어진 즐거움을 느끼기도 했지만.

"물론 브리크도 있어. 하지만……."

앤닐은 그 오만한 실버 드래곤에 대해서 달리 할 말을 찾을 수 없었기 때문에 이렇게 말을 맺었다.

"브리크에 대한 말을 굳이 해야 하나?"

"나한테야 그럴 필요 없죠."

"그리고 에이브히어는 너무 아기고. 무엇보다, 대놓고 말해서 당신들 가운데 그웬바엘이 가장 정치 감각이 좋잖아."

그웬바엘은 앤닐의 말에 놀라기도 했지만 진심으로 우쭐해져서 미소를 띠었다.

"진심이에요?"

"물론 진심이지. 난들 눈뜬장님이겠어? 항상 자기 주변에 있는 동맹의 강점과 약점을 잘 알아야 하는 법이다, 아버지는 그런 말을 하곤 했지. 그러니까, 어디 나가서 뭔가든 누군가든 해치워버리기 전에."

앤닐은 손톱을 잘근잘근 씹었다. 지난 몇 달간 압박감이 높아지면서 생긴 버릇이었다.

"결국 진짜로 이 일을 할 수 있는 건 그웬바엘밖에 없다는 확신이 들어."

"그 점에서는 나도 앤닐이 맞다고 확신하지만, 여기서 내가 얻는 게 뭐죠?"

앤닐은 한 손을 무릎 위로 떨어뜨렸다.

"얻는 것?"

"그래요. 앤닐이 내린 이 과업을 완수하면 내게 무슨 보상이 있냐고요."

"뭘 원해?"

그웬바엘은 씩 웃으며 목을 살짝 앞으로 빼더니 엄지와 검지로 앤뉠이 입은 드레스의 가슴 부분을 살짝 잡아당겼다.

"됐어!"

앤뉠은 그의 두 손을 찰싹 치며 웃었다.

"뭘요, 그저 당신 가슴의 청량한 정원 속에 잠깐 나 자신을 묻고 싶다는 것뿐인데."

"청량한 정원이라니……."

앤뉠이 고개를 저었다.

"그웬바엘, 내 몸 어디에도 당신을 묻는 일은 없을 거야."

"자, 자, 그저 잠깐 같이 놀 기회를 달라는 것뿐이잖아요."

그웬바엘은 그녀의 가슴골 사이에 코를 묻었다. 앤뉠이 깔깔 웃으며 머리를 밀어냈다.

"그웬바엘, 그만해!"

그때, 앞문이 쿵 열리더니 피어구스가 안으로 들이닥쳤다.

"대체 무슨 짓거리……."

그의 콧구멍에서 검은 연기가 피어올랐다.

"그 코, 당장 치우지 못해!"

그웬바엘은 달콤했던 시간을 천천히 음미하며 고개를 들어 피어구스의 성난 얼굴을 올려다보았다.

"아, 형. 안녕? 여기서 뭐해?"

문이 열리고 수도사 몇 명이 들어오자 다그마는 따뜻하게 미소 지었다. 그중 두 명은 책이 든 커다란 수레를 밀고 있었다. 그녀가 볼 책들이었다.

"라그나 형제님."

다그마는 가볍게 목례했다.

"레이디 다그마, 이렇게 뵈니 좋군요."

라그나 수사는 세속에 모습을 거의 드러내지 않는 신비주의 교단 철퇴 수도회에 오래 몸담은 수도사였다. 그는 다그마가 열 살 때부터 책을 가져다주었다. 아버지의 요새와 그 주변의 마을에만 갇혀 살면서도 다그마가 제정신을 유지할 수 있는 건 오로지 전쟁과 상관없이 항상 쓸모 있는 정보를 가져다주는 방문객들 덕분이었다. 아버지의 영토를 꼬박꼬박 찾는 이들 가운데 라그나 수사는 분명 그녀가 제일 좋아하는 손님이었지만, 지난 몇 년간 다그마는 그 외에도 많은 사람들을 만나고 이야기를 나누었다. 대부분 수도사나 학자였는데 그들은 다그마가 보지 못한 세계에 대해 많은 것—책, 소식, 그녀가 아버지와 백성들을 위해 써먹을 수 있는 가십 등등—을 알려 주었다. 하지만 실제로 다그마에게 읽고 쓰기와 협상의 기술을 가르쳐 준 것은 라그나 수사였다.

그는 처음부터 다그마에게 많은 지식을 가르쳤고, 그다지 애쓰는 듯 보이지 않으면서도 친족들에게서 원하는 것을 얻을 수 있는 방법을 제안했다.

'문을 똑똑 두드리기만 하면 들어갈 수 있는데 어째서 부수고 난리를 치겠습니까?'

물론 그의 말이 맞았다. 언제나 그렇듯이.

다그마는 수사의 오른팔을 잡았다. 그가 왼손으로 지팡이를 짚고 있기 때문이었다. 라그나 수사는 항상 두건을 뒤집어쓰고 있어서 얼굴을 자세히 볼 수 없었지만, 목소리의 느낌이나 힘으로 봐서는 나이가 무척 많은 것 같았다. 하지만 심한 상처를 입어 몸이 망가지고 약해지긴 했어도 기백만큼은 잃지 않았다. 두건 아래 그늘 속에서 다그마를 똑바로 쳐다보는 눈은 홍채에 기이한 은색 점이 여럿 찍힌 선명한 파란색으로 언제나 밝고 생기가 가득했다.

다그마는 몸이 성치 않은 그에게 말을 사 주겠다고 여러 번 제안했지만, 교단의 규율상 어디든 걸어 다녀야 한다며 라그나 수사는 번번이 거절했다. 수도회에 속한 모든 이가 감수해야 하는 희생이라는 것이었다. 하지만 다그마는 결코 이해할 수 없었다. 굳이 더 비참하게 만들지 않아도 삶은 이미 충분히 어렵고 고통스럽지 않은가?

"모습을 뵈니 참 좋아요, 형제님."

다그마는 수도사의 장갑 낀 손을 꽉 쥐었다.

"건강해 보이세요."

"바깥 날씨가 아직 쾌적하군요. 그렇다고 겨울이 기다려지는 건 아니지만 말입니다."

노스랜드의 겨울은 모든 이들에게 힘든 시기였다. 오로지 열정이 넘치는 —아니면 멍청한— 자만이 겨울 폭풍을 헤치고 라인홀트 땅에 찾아들었다.

"네, 그래도 이렇게 오셨죠. 의논할 문제가 산더미예요."

"그렇군요."

라그나 수사가 수레를 향해 손짓했다.

"레이디 다그마가 좋아하실 만한 근사한 새 책도 좀 가지고 왔습니다."

다그마는 수레 안을 흘끔 들여다보고 살며시 웃었다.

"저한테 가장 좋은 선물을 가져오셨네요."

라그나 수사의 손을 자기 팔에 올려놓은 채 다그마는 수도사들을 이끌고 따뜻한 술과 음식을 대접하러 중앙 홀로 향했다.

"그런데 형제님…… 제 숙부에 관해 다른 소식은 듣지 못하셨어요?"

"불행하게도 많이 들었답니다. 마음에 들지 않아요, 다그마. 조금도 마음에 들지 않는군요."

"저도 마찬가지예요."

"제가 제안해 드린 대로 사우스랜드의 여왕에게 통첩은 보내셨습니까?"

"보냈죠. 하지만 아버지는 별로 달가워하지 않으셨어요."

수도사가 놀리는 투를 담아 말했다.

"여왕도 여자랍니다. 약해졌을 게 분명하지요."

"하지만 여왕의 평판을 보면 말이에요, 형제님……."

"저도 압니다. 정신이 아주 나갔다고 하지요. 하지만 여왕은 휘하에 좌지우지할 수 있는 레기온을 백이나 거느리고 있습니다. 레기온 하나만으로도 아버님에게 얼마나 도움이 될지 생각해 보세요."

"그렇지만 모두들 말하듯이 여왕이 완전히 정신이 나갔다면, 자기가 지금 어떤 위험에 빠져 있는지 이해나 할까요?"

"레이디 다그마, 사우스랜드의 왕들은 대부분 완전히 미쳤답니다. 하지만 한편으로는 우리 시대 가장 믿음직스럽고 현명한 이들에게 항상 둘러싸여 있기도 하지요. 앤널 여왕이라고 다르지 않습니다."

라그나 수사는 다그마의 손을 부드럽게 쥐었다.

"걱정 마세요. 여왕이 직접 오지 않는다고 해도, 대신에 가장 믿을 만한 대리인을 보낼 게 확실하니까요."

나 정도로 건장한 어른 드래곤이 남자를 따뜻이 감싸 주는 여자 몸 없이 얼마나 오래 버틸 수 있을까?

며칠 동안 그웬바엘은 '절망의 대양'과 '죽음의 숲'을 지나고 '울분의 강'을 건너 노스랜드의 매몰찬 추위 속을 여행했다. 그런 이름들은 괜한 변덕으로 붙인 게 아니었다. 대부분 이런저런 식으로 그 이름에 걸맞은 장소들이었기 때문이다.

지옥이 있다면 꼭 이런 형태일 것 같은 지역들을 몇 날 며칠 지나왔지만 여전히 여자는 없었다. 그웬바엘은 남자들이 지겨웠다. 여자를 보고 싶었다. 머리카락 냄새를 맡고 피부를 맛보고 여자들의 몸 안에서 자기 자신을 잊고 싶었다. 성을 내며 으르렁 거리는 못난 노스랜드 남자는 한 명이라도 더 보고 싶지 않았다.

머릿속에 이런 생각들이 줄달음치고 있는 와중에 그웬바엘의 눈앞에 마침내 장엄한 라인홀트 요새가 나타났다. 쓸모도, 가치도 없는 노스랜드 놈들이 더 나타나 가치 없는 규칙을 읊어 대겠지? 그웬바엘은 인간 모습으로 변신할까 잠깐 고민했으나 그러지 않기로 했다. 라인홀트와 '야수'라는 그 전사 아들에게 좀 더 유리한 모습으로 나설 필요가 있었다.

결정을 내린 그는 휘황찬란한 드래곤의 모습으로 라인홀트 요새 앞에 내려앉았다.

발톱을 세운 발이 땅을 치자 요새 성벽이 진동했다. 금빛 날개가 몸에서 저 멀리까지 펼쳐지자 먼지와 바람이 천천히 고르게 일었다. 그웬바엘은 고개를 뒤로 젖히며 하늘 높이 불꽃을 내쏘았다.

이런 짓도 지치자, 그는 자기를 올려다보는 인간들을 내려다보며 위엄 있게 말했다.

"자, 이제 해 봐라. 오줌이라도 지리면서 어디 마음껏 무서워해 봐."

어휴, 가끔 난 지나치게 너그럽단 말이야.

다그마는 바닥에서 책을 한 권 집어 들고 빠른 속도로 읽어 나갔다. 어찌나 책에 집중해 있었던지, 카누트가 일어서서 문을 보고 짖을 때까지도 소동이 일어나고 있다는 것을 알아차리지 못했다. 그녀가 소란스러운 소리가 들리는 방향을 쳐다보았을 때, 오빠 하나가 노크도 하지 않고 불쑥 들어왔다. 라인홀트 일족 남자들이 흔히 저지르는 무례한 행동이었지만, 어쨌든 카누트는 그를 향해 덤벼들었다. 다그마는 간단하게 '안 돼.'라는 명령 한마디로 개를 제지했다.

이미 이를 번득이며 허공으로 뛰어올랐던 카누트는 자동적으로 몸을 돌려 착지한 후 재빨리 굴렀다. 그리고 위협조로 잠깐 으르렁거리며 이를 딱딱거리긴 했지만 곧 다그마 옆으로 돌아왔다.

"무슨 일이에요?"

라인홀트 가문의 셋째 아들 프리드마가 태연하게 문간에 기대어 사과를 먹고 있었다. 그는 사과를 씹으며 우물거렸다.

"밖에 드래곤이 와 있다."

"그래요, 알았…… 뭐요?"

다그마는 책에서 고개를 들었다.

"뭐라고요?"

"드래곤이 와 있다고."

프리드마가 침착하게 말을 이었다.

"성문 밖에. 에이문드는 공격해야 한다고 했지만, 아버지가 너부터 데려오라시는데."

다그마는 깃펜을 조심스럽게 책상에 내려놓은 다음, 천천히 의자에서 몸을 돌려 한 팔을 등받이에 올리며 물었다.

"드래곤? 확실해요?"

"크고 비늘이 다닥다닥 붙어 있고 날개가 달렸더라. 드래곤 아니면 대체 뭘 것 같냐?"

오빠가 사과 조각을 입에서 튀기지 않고 말하면 짜증이 훨씬 덜 날 것 같았다.

"종류가 뭔데요?"

프리드마는 얼굴을 찡그렸다.

"종류? 드래곤이라니까."

이런 대답에도 참을 수 있는 스스로가 놀라웠지만, 다그마는 이미 어린 시절에 깨쳤으되 올케들은 결코 이해하지 못하는 것이 하나 있었다. 오빠들과 아버지는 절대적으로 필요한 경우가 아니면 빨리 움직이지 않는다는 사실이었다. 고함을 치고 비명을 지르고…… 말짱 시간 낭비였다. 그래서 다그마는 필요한 것을 얻어 낼 때까지 차근차근 나아갔다. 그녀는 이 방법을 '물방울로 돌 깨기'라고 불렀다.

"오빠, 드래곤에는 여러 종류가 있어요. 보라색, 파란색, 숲 같은 초록색."

"숲 같은 뭐……?"

프리드마는 고개를 흔들었다.

"어쨌든 됐고. 노란색이야."

"노란색?"

다그마는 손가락으로 책상을 두드리며 일족 남자들만큼이나 천천히 뜸을 들였다. 다그마가 그럴 때면 남자들이 싫어한다는 것을 알지만 그 점이 오히려 마음에 들었다.

"노란색 드래곤은 없어요, 오빠. 금빛을 말하는 거겠죠?"

"그래, 뭐. 금빛이라고 하자."

다그마는 눈을 깜박였다.

"골드 드래곤이라고요? 이렇게 먼 북쪽에?"

다그마는 수년 동안 드래곤에 관해 쌓은 지식을 필사적으로 떠올려 보았다. 하지만 빈약했다. 그들이 존재한다는 사실을 믿지 않아서가 아니라, 그들이 인간사에 그처럼 깊이 관여할 리가 없다는 생각 때문이었다. 뭐하러 그러겠는가?

노스랜드의 드래곤은 높은 산 깊은 곳에 자기들끼리 모여 살았다. 심홍색부터 진주색까지 단순하지만 눈에 띄는 색깔에, 번개를 부리는 능력이 있다고 했다. 다그마의 노스랜드 일족과 마찬가지로 이 드래곤들은 주로 전사와 투사였다.

사우스랜드의 드래곤은 색조가 다양하고 자기들만의 여왕을 모셨다. 그들에게 내재된 힘은 화염이고, 주로 학자와 교사가 많다고 했다.

"그게 얼마나 먼 길을 왔든 무슨 상관이야?"

"상관해야 할걸요. 아버지도 그러셔야 하고요. 어째서 골드 드래곤이 번개 드래곤들과 마주칠 위험을 무릅쓰고 이토록 멀리까지 왔겠어요? 내가 알기로는 두 집단이 숙적이라는데."

다그마는 오빠를 쳐다보았다.

"그리고 아버지는 어째서 나를 불러오라 하신 거예요? 처녀 공양과 드래곤에 대한 얘기는 미신이라는 거, 오빠도 알죠?"

"물론 알지."

오빠가 딱 잘라 말하는 투로 봐서는 그 미신을 진짜로 믿는 것이 뻔했다.

"하지만 넌 결혼을 세 번이나 했으니까, 별로 처녀랄 것도 없지. 안 그러냐?"

"나중의 두 번은 셈에 넣기 그렇죠."

"야, 이 계집애야. 밖에 온 그 드래곤이 아버지를 보자고 요구했고, 그러니까 아버지가 너를 나오라고 하셨다고."

프리드마가 다 먹은 사과 속을 던져 버리자, 다그마는 화가 나서 숨을 들이켰다.

"드래곤이 요구를 했다고요?"

그녀는 오빠를 향해 짐짓 눈을 커다랗게 뜨고 깜박였다. 그녀 스스로 '놀란 얼굴'이라고 이름 붙인 표정이었다.

"드래곤 따위가 라인홀트 일족에게 뭔가를 요구하도록 그냥 놔뒀다는 거예요? 오빠의 용기는 어디로 갔죠? 명예는?"

"입 못 닥치냐!"

오빠의 턱에 작은 경련이 일었다.

"우리가 막 죽이고 그랬으면 넌 또 펄펄 뛰었을 거잖아. 그 뭐냐, 도……어쩌고도 없었는데……."

생각을 쥐어짜느라 프리드마의 얼굴이 일그러졌다. 일족 남자들이 머리를 쓰는 모습을 봐야 할 때면 다그마는 괴로웠다. 진짜로 몸이 다 아플 지경이었다.

"도…… 뭐지?"

마침내 오빠가 물었다.

"도발?"

"그래, 맞아. 우리가 그 '도……뭣'도 없었는데 죽이고 그랬으면 넌 화부터 냈을 거 아니냐고. 그런데 이제는 우리가 아직 안 죽였다고 화를 내냐?"

"안 죽었다고 화내는 거 아니에요. 차이가 있……."

다그마는 고개를 저었다.

"됐네요."

"대체 얘는 어디 처박혀 있는 거야?"

발디스가 다그마의 방으로 들이닥쳤다. 라인홀트 가문의 차남이자 가장 소심해서 우는소리를 잘하는 아들이었다.

"무슨 일이야? 아직도 여기 죽치고 앉아 뭐해? 아버지가 부르시잖아!"

"난 부른다고 쪼르르 뛰어가진 않아요. 가서 그자가 원하는 게 뭔지 알아봐요."

"누가 뭘 원해?"

"그 드래곤 말이에요."

다그마는 둘 다 가 버리라는 손짓을 했다.

"가서들 알아 오라고요."

그리고 오빠들에 대해선 더 이상 생각할 것도 없이, 읽던 책으로 돌아갔다.

시그마 라인홀트, 라인홀트 영토와 백성의 수호자이며 북서 영지의 전쟁 군주, 데처드 라인홀트의 열여덟째 아들이자 시해자, '야수'의 아비. 그는 고개를 돌려 아들들을 보았다.

"그 아이가 뭐라고 했다고?"

아들 중 하나가 어깨를 으쓱했다. 이름 모를 자식이었다. 시그마는 아들들의 이름을 기억하지 못했고 굳이 기억하려 할 만큼 관심도 없었다.

"드래곤에게 가서 뭘 원하는지 알아 오랍니다."

"그리고 넌 걔가 그러도록 놔뒀고?"

"걔가 어떤지 아시잖아요, 아버지. 게다가 정말 바빠 보이더라고요."

"뭐하느라 바빠?"

그 아들은 역시 시그마가 이름을 기억하지 못하는 다른 아들을 슬쩍 쳐다보았다.

"뭐냐?"

아들들이 재빨리 대답하지 못하자 시그마는 재촉했다.

"책……을 읽는 것 같던데요."

"책을 읽어? 걔가 책 좀 읽는다고 끌고 오지 못했단 말이냐?"

"걔가 어떤지 아시잖아요."

아들은 같은 말을 반복했다.

그것은 진실이었다. 모두들 다그마가 어떤지 잘 알았다. 망할 놈의 아들들에게 줄줄이 실망한 후, 시그마는 딸에게 희망을 걸었다. 상냥하고 고분고분한 딸자식이 좋은 가문으로 시집가 라인홀트 가문에 견고한 인연을 맺어 주고, 손녀딸도 몇 명쯤 낳아 줄 줄 알았다. 하지만 그는 다그마를 얻었다. '야수'. 오래전에 죽은 조카가 잔혹하게도 지어 준 이름이었지만, 딸은 그 이름에 어울리는 삶을 살았다. 그래도 자식들 중에서 가장 고분고분하게 굴긴 했다.

시그마는 둘째 아들의 멱살을 잡고 끌어당겼다.

"그 홀쭉한 엉덩이를 잽싸게 들고 걔 방으로 도로 가서 그 고귀하신 몸을 여기 대령하라고 전해라. 당장!"

"저 여기 왔어요."

다그마가 오빠를 흘끗 보며 말을 이었다.

"발디스 오빠가 제 뜻을 제대로 전하지 못할 줄 알았거든요."

시그마는 발디스라는 놈이 대체 누구냐고 물어보기 직전에야, 지금 멱살을 잡은 아들이 바로 그놈임을 깨닫고 으르렁거리듯 딸에게 소리쳤다.

"드래곤이 와 있다, 밖에!"

"네, 들었어요."

언제나 침착한 다그마. 언제나 자기 조절을 잘하고 흐트러짐이 없는 다그마. 건물 꼭대기에서 감시하는 까마귀, 그곳이 활과 화살의 사정거리 훨씬 밖이라는 걸 잘 아는 까마귀 같다.

"골드 드래곤이라면 참 멀리 북쪽까지도 왔네요. 하지만 아직 공격을 하지 않았다니, 여기 목적이 있나 보군요."

"네가 관심 있던 그 망할 여왕, 그 여자가 보냈다더라."

딸의 눈이 휘둥그레졌다. 다그마는 문을 한 번 힐끔 보고 다시 아버지를 보았다. 이 꼬마 계집애에게서 몇 년 만에 본 진짜 놀란 표정이었다.

"'피의 여왕'이 보냈다고요? 확실한가요?"

"확실하다. 그 드래곤이 아주 똑똑히 말했지. '난 사우스랜드 앤뉠 여왕의 사신이다. 여기 라인홀트나 혹은 '야수'를 만나러 왔다.' 그리고 무슨 말인가 더 했는데…… '마음껏 지려라.'였던가.

난 더 이상 묻지 않는 게 좋겠다고 결론을 내렸지."

다그마가 쿡쿡 웃었다.

"확실히 그 드래곤은 사우스랜더의 드래곤 공포증에 익숙할 테니까요."

"무슨 공포증이 되었건 간에 그건 상관없어. 그 어떤 노스랜드 남자도……."

"네, 알아요. 그 어떤 노스랜드 남자도 공포를 내비쳐서는 안 되는 법이죠."

다그마는 모든 노스랜드 남자들이 삶의 신조로 여기는 '규약'을 손짓 하나로 일축해 버렸다.

"지금 중요한 건 여왕 대신에 그자가 어떤 협상을 할 수 있느냐예요."

"우리보고 도마뱀 놈과 협상을 하라는 거냐?"

"저들은 도마뱀이 아니에요, 아버지. 인간들이 이 땅을 기어 다니기 훨씬 전부터 존재했던 특별한 생물체죠. 전사이고, 학자이며……."

"계집애처럼 털이 길던데."

아들 하나가 실없이 끼어들었다. 어느 아들인지는 알 수 없었다. 딸이 눈을 감고 한숨을 지었다. 깊은 한숨을. 그녀는 가끔 일족 남자들이 주위에 있을 때 그런 한숨을 짓곤 했다.

"이런 소동을 피하기 위해선 제가 그냥 가서 여기 왜 왔는지, 무엇을 원하는지 묻는 편이 낫겠어요."

다그마는 간단한 일인 것처럼 말하더니 오빠들을 지나쳐 문으로 향했다. 하지만 시그마가 딸의 팔뚝을 잡고 도로 끌어당겼다.

"넌 밖으로 나가면 안 돼."

"그럼 저를 왜 부르셨어요?"

"네가 무슨 일을 꾸몄는지 말하라고. 그래야 내가 저 골드 드래곤을 처리할 테니까."

다그마가 샐쭉 입을 다물고 아버지를 쳐다보았다. 시그마는 그 표정을 누구보다도 잘 알았다. 딸은 문밖에 선 거대 도마뱀 놈을 직접 상대하고 싶은 것이다. 그러니 지금은 아무 말도 하지 않을 터였다. '야수'는 자신을 정치가라고 생각했다. 그것이 남자들의 일이라는 걸 이해하지 못했다. 딸은 서신 교환을 도맡았고 무척 잘 해냈다. 특히 이 집안에서 잘 읽고 쓰는 사람은 몇 되지 않았으니까. 하지만 얼굴을 맞대고 하는 일 처리는 남자들에게 달려 있었다. 여자 한둘 옆에 끼고 술 한잔하면서 유흥 속에 하는 일이었다. 다그마는 이런 방식을 이해하지 못했고, 시그마는 이제껏 자기가 딸에게 묵인해 준 실없는 짓거리를 허락하지 않는 제대로 된 사위를 맞으면 무슨 일이 생길지 걱정스러웠다.

딸이 그런 표정을 지으면 싸워 봤자 소용없다는 것을 잘 아는 시그마는 아주 약간 마음이 풀렸다.

"나서라고 할 때까지는 경비병들 뒤에서 대기해라. 알아들었느냐?"

"굳이 그런 시간 낭비를 하셔야겠다면……."

"해야지."

시그마는 딸 곁을 절대 떠나지 않는 개를 내려다보았다. 딸이 카누트라고 이름 붙인 녀석이었다. 시그마 라인홀트가 개 이름을 다 기억하다니…… 얼마나 이상한가.

"저 녀석은 안전한 곳에 두는 게 좋을 거다. 밖에 있는 짐승에게 녀석은 맛있는 한입 거리처럼 보일 테니까."

"알겠어요, 아버지."

"그리고 오늘 내 심기를 더 거스를 생각은 마라."

"그러지 않을 거예요, 아버지."

하지만 두 사람 다 그게 거짓말이라는 걸 알고 있었다.

다그마는 드레스를 다시 내려다보고 머릿수건이 제대로 묶였는지 확인한 다음, 코 위의 안경을 고쳐 썼다.

드래곤이다! 여기 아버지의 요새에, 진짜 드래곤이 있다. 게다가 이제 그 드래곤을 마주하게 된다. 이전에도 보았던 노스랜드 드래곤이 아니라 사우스랜드의 드래곤이다. 학자이자 교사이자 지적인 존재.

이성적으로 억누르긴 했지만 다그마는 자기가 무척 들떴다는 것을 알았다. 거의…… 아찔함에 가까운 기분?

이 드래곤은 나이가 얼마나 되었을까? 육칠백 살은 될까! 다크 플레인의 용맹한 여왕이 자신의 대리인 자격으로 라인홀트 가문에 파견했으니 물론 가장 학식이 높은 학자, 가장 경험이 많은 대표겠지.

그래서 아버지가 드래곤에게 말하는 소리를 들었을 때, 다그마는 부끄러워 몸 둘 바를 몰랐다.

"나는 시그마 라인홀트다."

그녀는 성문 너머로 더 정중하고 위엄 있는 인사를 외치고 싶은 마음을 가까스로 억눌렀다.

"음. 면담을 청하셨다고요, 시그마 라인홀트?"

목소리 근사한데! 깊고 낮은 저음. 소리치지 않았는데도 가볍게 유리창을 흔든다. 드래곤은 침착하고 무척…… 점잖아 보였다.

"아니, 내가 보자고 한 건 앤널인데."

아버지가 딱딱거리다시피 대꾸했다. 다그마는 주먹으로 자기 다리를 콩콩 두드리기 시작했다.

"그야, 뭐."

드래곤은 매끄럽게 받아넘겼다.

"앤널 여왕은 지금 사정이 여의치 않아서요. 그래서 저를 대사로 보냈죠."

"인간 대신 드래곤 대사라고?"

다그마는 좌절해서 이를 득득 갈았다. 대체 저 노친네가 뭘 하는 거람? 왜 무례한 질문만 하는 거지? 저녁 시간, 드래곤이 좀 더 느긋해졌을 때 물어보고 대답할 수 있는 질문들 아닌가. 다그마는 동쪽 들판에서 소를 먹이는 동네 목동들도 알 만한 사실이라고 생각했다. 드래곤을 일단 먹여야 한다는 것.

정말로, 아버지는 이게 좋은 외교 방식이라고 생각하는 건가? 라인홀트와 주변 영토 사이의 전쟁을 막기 위해 다그마가 갖은

애를 다 써야 하는 것도 당연했다. 일족 남자들은 무례한 멍청이
니까!

"다시 묻죠, 시그마 라인홀트. 저나 다크플레인에서 온 누군가
를 만나고자 하는 게 맞습니까?"

드래곤이 밀어붙였다. 이제 참을성이 사라져 가는 게 눈에 보
일 지경이었다.

뭐, 눈치가 있다면 훤하게 보이겠지.

"아니. 내가 아니다, 드래곤. 요청을 한 건 '야수'지."

야수? 지금 아버지가 당신 딸을 '야수'라고 소개한 거야?

거기 있는 사람을 모두 죽이고 그 땅을 말끔히 쓸어 버리고도
무사할 수만 있다면, 다그마는 단번에 그렇게 했을 것이다.

"그럼 '야수'를 만날 수 있을까요?"

드래곤이 요구했다.

다그마는 앞으로 한 발짝 나섰으나, 발디스가 드레스 뒷자락
을 붙들고 제자리로 끌어당겼다.

"놔요!"

"넌 기다리라고 하셨잖아."

발디스가 으르렁거렸다.

"정말 만나고 싶나, 드래곤?"

아버지가 물었다. 다그마는 아버지가 저 짐승을 가지고 장난
치고 있다는 것을 알았다. 그녀 자신의 용기를 누구한테서 물려
받은 것인지 알 만했다.

"그럼요, 정말이죠."

드래곤이 불만스럽게 대꾸했다.

아버지가 그녀 쪽으로 손짓을 한 모양이었다. 오빠가 드레스 자락을 놓아주고 요새 전면을 방어하던 군사들이 길을 터 주었다. 다그마는 밖으로 나가 궁전 뜰을 지나서 성문으로 향했다. 아버지의 경비병들이 두 줄로 서서 다그마가 지나가는 모습을 지켜보았다. 다그마는 그 장엄한 존재에 다가갔다.

드래곤은 두 개의 태양 사이, 침침한 그늘 속에서 금빛으로 번들거렸다. 비늘 하나하나가 반짝반짝 빛났다. 그 자체가 하나의 태양이 되어, 그녀의 세상에 작은 빛을 던지고 있었다. 두 날개는 몸에서부터 멀리까지 활짝 펼쳐졌다. 날개도 비늘로 덮여 있었으나, 세상에서 가장 정교한 금속으로 만들어진 양 가볍고 섬세해 보였다. 날개 끝에는 날카로운 황금 발톱이 붙어 있고, 발에도 마찬가지였다. 흰색으로 빛나는 뿔 두 개가 머리 위에 솟아 있었고, 빛나는 금빛 털이 등에서 몸 아래로 길게 흘러내려 땅을 부드럽게 쓸었다. 다그마가 다가서자마자 아름다운 금빛 눈이 그녀에게 꽂혔다.

다그마는 인사말을 미리 준비해 두었다. 적절한 인사말을 구사하는 것은 외교관으로서 무척 중요한 일이니까. 하지만 준비한 말은 입술에서만 맴돌 뿐, 밖으로 나와 주지 않았다. 일단 그를 본 이후로는 말을 할 수 없었다.

서른 해를 살아오는 동안 이렇게 아름다운 것이 그녀의 앞길을 막아선 적은 없었다.

다그마는 아무 말도 못 하는 자신이 너무 창피해서 목소리를 가다듬고 입을 열었다. 그러나 말은 또다시 목에 걸려 버렸다.

다만, 이번에 말하지 못한 까닭은…… 그가 웃고 있었기 때문이다. 다그마를 보고.

단순한 웃음이 아니었다. 앞발 뒤에서 숨죽여 쿡쿡거리는 것도 아니고, 못 믿겠다는 짧은 코웃음도 아니었다. 그런 일은 일상적으로 당하는 터라 다그마에게 무척 익숙했다. 하지만 아니었다. 이 덩치만 훌쩍 큰 아이는 마치 이전에 다그마보다 더 재미있는 건 못 봤다는 듯 바닥을 뒹굴며 웃고 있었다. 거대한 드래곤의 팔다리가 허공을 휘적거리고 깔깔대는 소리가 궁전 뜰과 주변 마을까지 메아리쳤다.

이 비늘투성이 도마뱀 놈이 감히 날 비웃어! 라인홀트의 외동딸을! 그것도 라인홀트의 영토 안에서! 그런 어림도 없는 짓을!

다그마가 품었던 일말의 경외감과 존중심은 그 순간 말끔히 사라졌다. 이제껏 외부자에게는 잘 숨겨 왔던 뚜렷한 냉담함이 살아났다. 눈사태에서 떨어진 얼음처럼 냉기가 마음속을 훑고 지나갔다. 뒤에 선 남자들은 자기들끼리 웅얼대며 주춤거렸고, 아버지는 몇 번이나 헛기침을 했다. 그래도 드래곤은 개의치 않았다. 어쨌든 직접적으로 드러내 보이지는 않았다.

다그마는 드래곤의 웃음소리가 잦아들 때까지 기다렸다.

"끝났나?"

그녀는 평정한 목소리를 유지하며 물었다.

"미안하게 됐……."

드래곤이 한 번 더 쿡, 웃고는 겨우 웃음을 거두었다.

"흠, 흠, '야수'."

"나는 다그마다. 다그마 라인홀트, 라인홀트의 열세 번째 자식이자 외동딸이지. 내가 당신네 여왕을 이곳으로 청했다."

다그마는 말을 이었다.

"여왕의 목숨과 아직 태어나지 않은 아기들을 지킬 소식을 내가 가지고 있으니까."

재미있어하던 드래곤의 표정이 확 구겨졌다. 그녀가 고른 단어들이 마음에 들지 않은 모양이었다. 하지만 다그마는 그런 데까지 신경 쓸 기분이 아니었다. '피의 여왕'과 동맹을 맺어 보려는 꿈은 그 여자가 저런 멍청이를 대리인으로 보냄으로써 사그라졌다. 아니, 애초에 다그마는 아버지를 위해 다른 동맹을 찾았어야 했다. 다크플레인의 '피의 여왕'은 적당하지 않았다.

드래곤이 코웃음을 치더니 엎드려서 고개만 살짝 들었다.

"말해 보시지, 상냥한 다그마. 그럼 내가 앤윌에게 전할 테니."

다그마는 한동안 아무 말 없이 가만히 있다가, 간단하게 대답했다.

"됐다."

드래곤이 어리둥절한 듯 눈만 깜박이더니, 불쑥 주둥이를 들어 다그마의 코앞에 바짝 갖다 댔다. 황금빛 눈이 그녀의 눈과 마주쳤다. 다그마는 어째서 그 눈을 예쁘게 보았는지 알 수가 없었다. 그 눈은 다른 드래곤들과 마찬가지로 추악했다. 추악하고 조롱기가 담긴, 쓸모없는 눈.

"무슨 뜻이지? '됐다.'라니?"

드래곤이 따져 물었다.

"너는 나를 모욕했다. 내 일족을 모욕하고, 라인홀트 전체를 모욕했지. 그러니 이제 너희 여왕에게 돌아가서 그년이 죽는 꼴이나 지켜보란 뜻이다."

이만하면 요점이 전달됐겠지 싶자 다그마는 몸을 돌려 걸음을 떼었다. 하지만 몇 걸음만에 멈추고, 어깨 너머를 비스듬히 돌아보며 말했다.

"자, 봤지, 드래곤."

그녀는 드래곤의 어조를 흉내 내어 즐거이 코웃음 쳐 주었다.

"우스운 건 이런 거야."

더는 말없이, 다그마는 아버지의 요새로 향했다. 그리고 요새의 거대한 품에 안기기 전에 아버지가 묻는 소리를 들었다.

"너 좀 멍청한 자식이구나. 그렇지, 드래곤?"

정말로 아버지의 상스러운 태도가 고마운 순간이었다.

여자라니! '야수'가 여자였어? 어째서 아무도 말해 주지 않았지? 어째서 모두 남자라고 우겼던 거야? 그웬바엘이 미리 알기만 했더라면 아주 다르게 처신했을 터였다.

그러나 알지 못했고, 그 여자를 보고 처음 보인 반응은…….음, 아주 잘한 행동은 아니었지. 그웬바엘조차도 그 사실은 인정했다. 하지만 다들 '야수'는 지옥에서 튀어나온 우람한 용사라고 말하는 판국에 이게 어떻게 내 잘못이야?

'슬픔의 산맥' ─지금 상황에선 이 이름이 딱 맞았다─ 높은 곳에서 찾아낸 황량한 동굴 속에서, 그웬바엘은 안절부절못하고 오락가락하면서 이 일을 어찌 되돌릴지 머리가 부서지도록 고민했다.

당연히 처음 든 생각은 그 여자를 유혹하는 것이었다. 딱 봐도 노처녀처럼 보이지 않던가? 남자를 침대에 들일 만큼 믿지 못하는 괴팍하고 불행한 숫처녀. 그런 여자는 수월히 유혹할 수 있었다. 하지만······.

그웬바엘은 한숨을 지으며 눈을 비볐다. 그 여자는 전혀 그런 부류처럼 보이지 않거든.

여자의 외모는 수수했다. 그것만은 진실이었다. 하지만 흉측할 정도는 아니었다. 그 여자를 처음 보고 비명을 지르며 도망가고 싶다는 생각은 들지 않았으니까. 그리고 강철 같은 회색, 이 산 꼭대기처럼 차가운 눈을 하고 있지 않던가. 제대로만 가꾸면 그런 눈은 꽤 괜찮았다. 하지만 전혀 어울리지 않는 칙칙한 회색 드레스라니. 장식도 없고, 가슴이 드러나도록 깊게 파인 것도 아니고, 반대로 턱까지 높이 올라오는 얌전한 옷깃을 달아서 그 안에 뭘 감추고 있는지 궁금증을 자아내는 것도 아니었다. 허리띠는 지루한 갈색 가죽이었다. 꼬임이 들어간 은색 띠라면 훨씬 더 멋지게 어울렸을 텐데. 그 안에 찔러 넣은 단도는 그럭저럭 괜찮았지만, 그래서 어쩌라고? 작은 발에 신은 장화에도 회색 털이 달려 있었다. 게다가 마치 부엌 바닥 닦으러 가는 여자처럼 머리에 수건을 둘렀다.

아니, 그 여자에게 '야수'라는 별명이 붙은 건 외모 때문이 아니었다. 그녀는 못생기지 않았다. 하지만 침대에서 남자를 먹어 치우는 요염한 동물 같지도 않았는데…….

그렇다고 고래고래 소리를 지르는 광인도 아니었다. 노스랜더들이 '야수'라는 이름을 붙여 준 여자라면 그럴 법도 하련만.

그 눈에 깃든 냉정함이 온몸을 따라 흘렀다. 강력한 드래곤이 열을 받으면 무슨 짓을 할지 개의치 않는다는 듯, 그녀는 앤널에 관한 정보를 말하지 않았다. 사실, 다른 라인홀트 남자들도 그 여자가 뭘 숨기고 있는지 아는 것 같지 않았다.

시그마 라인홀트 본인도 손에 배틀액스만 들고 있지 않았다면 아무 대책이 없는 사람처럼 보였다. 그자는 노스랜더치고 놀랍게도 키가 작았지만, 덩치가 보완해 주었다. 어깨와 가슴이 기분 나쁠 만큼 떡 바라졌고, 근육은 옷에서 튀어나오기 직전이었다. 실은, 외모를 제외하면 그 땅딸막한 노스랜더는 그웬바엘의 아버지 '위대한 자' 베르세락을 연상하게 하는 면이 있었다. 아버지는 전투에서 사람이나 뭘 죽이는 순간만큼 행복해 보일 때가 없었다. 그 늙은 블랙 드래곤은 정치를 몹시도 지겨워했다.

그웬바엘은 머리를 긁었다. 그렇다. 물론 아버지 라인홀트는 속이 훤했다. 하지만 딸 라인홀트는……. 망할! 여자가 열쇠였어. 그럴 줄 알았지!

앤널에 대한 정보만이 아니었다. 이 아가씨…… 아니, 여인이라고 해야 하나? 어쨌든 그녀에게는 다른 게 있었다. 정말이지, 그웬바엘이 사정을 몰랐더라면 그렇게 차가운 눈과 외모를 가진 여자는 드래곤이라고 단언할 뻔했다. 얼굴은 어렸지만 눈에는 자신만의 이익을 얻기 위해 쓸 수 있는, 나이 모를 지식이 가득했다. 그 점에 감탄하지 않는 건 아니었다. 그웬바엘 자신도 마찬가지였으니까.

그 여자를 다시 만나야 했다. 그웬바엘은 그래야 한다는 것을 알았다. 하지만 이제는, 그저 다시 만나서 여자를 잡고 유혹하는 건 효과가 없으리라는 것도 알았다. 그 여자에게는 안 먹힐 터였다. 그가 인간으로 변신한 모습을 본다고 기절할 여자가 아니었다. 그의 남다른 미모나 인간 육체의 매력에 홀릴 것 같지도 않았다. 그렇다고 협박이나 고함에 겁을 먹을 여자도 아니었다. 다른 방법을 써야 했다. 어쨌든 가서 여자를 보는 게 우선이었다. 진짜 모습으로 가는 건 소용없을 것이다. 인간으로 변신해서…….

그웬바엘은 미소를 띠었다. 노스랜드의 지배자와 백성의 예절이 퍼뜩 떠올랐던 것이다. 그래, 좋아. 그 정도면 먹히겠군. 오늘 그가 만났던 여자는 예절을 알고 태연자약한 태도를 지켰으며 규칙에 따라 행동했다. 적어도…… 다른 사람들에 관해서만큼은 그랬다. 그 정도면 하룻밤은 벌 수 있으리라. 그것으로 충분했다.

그럼 충분해야지. 이 일로 앤윌을 실망시킬 수 없으니까. 이런 일로는.

앤윌은 그웬바엘을 보낼 때 뺨에 입 맞추고 오래 꼭 안아 주면서 그를 감동하게 했다.

'다른 이들 말은 듣지 마요. 난 당신이 노스랜드에서 잘 해낼 줄 알아요. 그저 조심하고, 무사히 다녀와요, 그웬바엘.'

그때 그웬바엘은 앤윌이 자기 혈육보다도 그를 더 신뢰한다는 것을 알았다. 앤뉠은 그녀 자신은 물론이고 자기 아이들의 목숨까지 그에게 맡겼다. 이렇게 북쪽 멀리까지 와서 금지된 아이스랜드에 들어섰을 땐 어떻게든 임무를 완수해야 했다. 앤뉠에게 어떤 해가 닥치도록 가만히 손 놓고 있을 수는 없었다.

그웬바엘은 동굴 입구까지 걸어가 잠깐 아래쪽 마을을 내려다보았다. 익숙한 향기가 콧구멍 속으로 혹 끼쳤다. 좀 더 일찍 깨달았어야 했는데, 생각에 너무 깊이 빠져 있었다. 이젠 주위의 그림자를 이용할 겨를밖에 없었다. 동굴 그림자가 그를 에워싸자 사랑하는 할아버지 아일레안으로부터 물려받은 선물, 그웬바엘의 비늘 색이 변했다.

몇 초 후, 때맞춰 그들이 시야에 들어왔다. 모두 넷이었다. 덩치가 크고 무모하며…… 보라색이었다.

번개 드래곤 놈들. 그웬바엘이 이 족속과 전투를 벌였던 것은 거의 백 년 전의 전쟁에서였다. 그들은 야만족이지만 용맹한 전사였다. 그웬바엘의 몸에는 이를 증명해 줄 흉터가 영구히 남았다. 요즘 와서 번개 드래곤들과 사우스랜드의 드래곤들이 사이좋게 살아가고 있다고들 하지만, 그건 실상과 거리가 멀었다. 휴전협정이 있긴 했다. 그러나 미묘한 것이라 언제라도 깨질 수 있었다. 새 전쟁이 터지지 않는 이유는 번개 드래곤이 여러 부족으로 나뉘어 있다는 사실 때문이었다. 노스랜드 인간들이 그러하듯이. 그들의 우두머리는 스스로를 전제군주가 아니라 군사령관이라 여겼다. 서로 싸우느라 너무 바빠서 사우스랜드의 드래곤 퀸 군대까지 덮칠 정력과 에너지가 없었다.

그웬바엘은 노스랜드의 목적지로 향하면서 그래도 그들의 영지를 조심스럽게 지났다. 사우스랜드와 노스랜드 사이의 경계인 아우터플레인과 라인홀트 영토가 겹치는 영역은 '게으른 건달' 올게어가 지배하고 있었다. 그는 리아논 여왕에 대한 노골적 적대감을 숨기려고도 하지 않았다. 협정을 지키긴 했지만 그다지 기꺼워하지는 않는 것이다. 그웬바엘은 올게어가 리아논의 아들을 자기 영역에서 잡았다면 어떻게 할지 한순간도 의심하지 않았다. 특히 번개 드래곤의 수컷들이 '훼손자'라고 부르는 자라면.

번개 드래곤들은 동굴을 지나쳤지만, 하나가 멈추더니 입구 앞에서 서성거렸다.

그웬바엘은 움직이지도 않고 소리를 내지도 않았다. 놈에게 덤벼들지도 않았다. 그는 여기 싸우러 온 것이 아니고 번개 드래곤 정찰대를 덮치고도 무사히 빠져나갈 수 있으리라 생각할 만큼 바보도 아니었다.

번개 드래곤은 공기 냄새를 킁킁 맡더니 더 가까이 다가왔다. 그웬바엘이 야만족 사이에서 번개 냄새를 맡을 수 있는 것처럼, 야만족도 그웬바엘에게서 불 냄새를 맡을 수 있었다.

그래서 그웬바엘은 천천히 몸을 낮춰 웅크리고 언제든 화염을 내뿜어 공격할 태세를 갖췄다.

번개 드래곤이 동굴 입구에 바짝 붙은 순간, 머리 위에서 까마귀 떼가 까옥거리는 소리가 들렸다.

그웬바엘은 노스랜드에 까마귀가 지나치게 많다고 생각했었다. 하지만 이 순간만큼은 까마귀가 그렇게 고마울 수 없었다.

까마귀 똥이 번개 드래곤의 코로 뚝 떨어졌던 것이다.

그 드래곤은 실눈을 뜨고 까마귀를 보더니 으르렁거렸다.

"이 쪼그만 새 새끼……."

"빨리 와, 멍청아!"

저 멀리서 또 다른 목소리가 소리쳤다.

"움직이라고!"

번개 드래곤은 얼굴에 떨어진 새똥을 닦으며 동료들을 향해 날아갔다.

그웬바엘은 한숨을 내쉬며 동굴 가장자리에 서서 머리 위의 까마귀를 올려다보았다. 산맥의 바위 표면에 솟아난 나뭇가지와 덩굴을 잘 이용했다면 수백 마리는 있을 터였다.

"고맙다."

그는 다정히 인사했다. 대답이라도 하듯, 다른 까마귀가 배설물을 떨어뜨렸다. 그웬바엘은 급히 뒤로 물러섰다.

"어잇! 야, 이 새끼들아! 털 조심하라고!"

망할 놈의 새들이 그를 비웃듯 일제히 깍깍거리자, 그웬바엘은 기분이 영 좋지 않았다.

4

다그마는 도서관—그녀가 유일하게 오래 버틸 수 있는 곳이었다—을 나섰다. 카누트가 충실히 그녀 옆을 지키고 있었다. 개는 소리 없이 돌바닥을 밟으며 그녀와 걸음을 맞추었다.

훈련 시간이었기 때문에 늦고 싶지 않았다. 하지만 아버지가 바로 옆에 나타났을 때도 그렇게 놀랍지는 않았다. 아버지는 현명하게도 카누트의 반대편에 섰다.

"퍽이나 잘됐구나."

그가 툴툴거렸다. 아버지는 절대로 괜히 뜸을 들이거나 서론을 길게 끄는 사람이 아니었다.

"투덜거리려 오셨어요?"

"아니, 무슨 계획인지 알아내러 왔다."

다그마는 똑바로 앞을 바라보며 고의로 멍한 표정을 지었다.

"어째서 제게 무슨 계획이 있다고 생각하세요?"

"너 아직 숨 쉬고 있잖느냐? 네가 계획을 꾸미지 않고 지낸 날이 하루라도 있을까. 남들은 계략이라고 하지만."

처음으로 다그마는 중앙 홀에서 움직이는 사람들을 돌아서 갈 필요가 없었다. 그들이 자동적으로 피했다. 사람들은 시그마 라인홀트와 어쩌다 그와 동행한 사람을 피해 다니기 마련이었다.

"저 아무것도 꾸미고 있지 않아요."

다그마는 확실히 말했다.

"하지만 그것이 하루나 이틀 후 다시 돌아온다고 해도 놀라지 마세요."

"그것? '그자' 말이냐?"

"그것, 그자, 뭐든요."

"그자가 뭣 때문에 돌아와? 여길 난장판으로 만들려고?"

"그럴 것 같지는 않아요. 정보를 쥔 사람을 해치고 싶진 않을 걸요."

"언제나 참 자신만만하구나. 죽어도 제 말이 맞다지."

다그마는 어깨만 으쓱하고 아버지를 문 옆에 남겨 둔 채 중앙 홀을 나섰다.

"제가 언제 틀린 적이 있었나요?"

그녀는 뻔뻔하게 받아쳤다.

다그마는 궁정 뜰을 지나 병사兵舍 한 채가 있는 쪽으로 돌아갔다. 그리고 아버지가 기대하는 전사가 되기 위해 열심히 훈련하는 한 떼의 남자들 옆을 지났다. 라인홀트는 약한 소리를 하거나 다쳤다고 낑낑대는 것을 못 참았다. 기왕 싸우기로 했고 매번 잘 싸웠으면 전투에서 죽는 것 정도는 하찮은 문제였다.

걸어가는 동안 다그마의 존재는 완전히 무시당했다. 매일 겪는 일이었다. 새로울 것은 없었다. 다그마는 훈련장을 가로지르고 병영 몇 개를 지나쳐 자기가, 그것도 혼자 오롯이 관장하는 커다란 훈련소로 향했다. 거기에 다다르려면 그녀의 지시로 지은 거대한 건물로 들어서야 했다. 다그마가 라인홀트의 모든 전투견을 키우는 곳이었다. 굳이 선발된 조련사들만 입장하도록 제한할 필요도 없었다. 거기 들어왔다가 어쩌다 풀려난 개에게 당할 위험을 무릅쓰고 싶을 정도로 멍청한 병사는 몇 없었으니까.

다그마가 들어서자마자 달리기 훈련을 하던 개들이 시끄럽게 짖으며 그녀를 맞았다. 오로지 말로만 명령을 내려 개들을 진정시킨 그녀는 뒷문으로 나가 훈련 링으로 향했다. 조교 요한이 벌써 어린 강아지들을 훈련시키는 중이었다. 이 강아지들도 곧 구십 킬로그램 나가는 전투견이 될 것이다. 다그마의 입장에서, 요한은 좋은 선택이었다. 그녀처럼 요한도 인간과 같이 있기보다는 개와 같이 있기를 좋아했다.

"잘되고 있어, 요한?"

"네, 레이디 다그마."

다그마는 카누트에게 자기가 돌아올 때까지 링 바깥에 가만히 앉아 있으라고 수신호를 보냈다. 그리고 요한이 훈련을 마치기를 기다렸다. 개들은 지시를 받지 않는 한 움직이지 않을 것이다. 그들은 노스랜드에서는 가장 온순한 동물이었다. 가장 온순하지만 훈련 방식 때문에 가장 피에 굶주린 동물이기도 했다. 다그마의 개보다 더 무서운 동물이라고는 퀴비치 마녀들이 데리고 다니는 동물, 뿔이 달린 늑대같이 생긴 거대한 짐승 정도가 꼽힐 뿐이었다. 다그마는 그 사실에 자긍심을 느꼈다.

그녀는 요한을 기다리면서 주머니에서 목록을 꺼내 그날 남은 일을 확인했다. 하지만 신경이 쏠리는 건 종이에 적힌 글자가 아니라 망할 놈의 드래곤이었다.

이보다 더 나쁠 수 있을까? '피의 여왕'이 직접 올까 반신반의하긴 했어도 그 미친 군주가 자기 대리로 드래곤을 보내리라고는 생각도 못 했다. 다그마는 그래도 지난번에 라그나 수사가 왔을 때 충고했던 대로 사우스랜드의 현자 중 한 명을 보내지 않았던가? 그런데 앤월은 답례로 그, 그…… 돼지 새끼를 보냈다! 그리고 그 자식은 다그마를 비웃었다.

비웃었다! 큰 소리로. 일족 남자들 앞에서.

사실 그 부분이 최악이었다. 오빠들이 다 들었다는 것. 그 말인즉, 올케들도 다 들었으리라는 것.

요한은 몇 분 더 기다리게 한 후 개들을 풀어 주었다. 그러자마자 개들이 다그마에게 달려와 뛰어오르고 짖어 댔다. 오늘은 개들이 약간 수다스러웠다. 들떠 있었다. 그녀는 미소를 지으며 개들을 토닥여 주었다.

다그마는 개들을 사랑했다. 개들과 함께 있으면 온전히 그녀다운 모습으로 있을 수가 있었다. 개들은 그녀를 비판하지도 않고 기대하지도 않았다. 수수한 얼굴도 개들에게는 별 의미가 없었다.

드래곤이 무례하게 굴었던 것도 이미 잊어버린 채, 다그마는 주저앉았다. 개들이 다가와 서로 밀치락달치락 그녀의 얼굴과 목을 핥아 댔다. 다그마가 개들을 도로 훈련 대형으로 돌려보내려는데, 문 다른 쪽에서 카누트가 성나서 짖는 소리가 들렸다. 카누트는 그녀가 저를 놔두고 가는 걸 좋아하지 않았지만 그녀는 다른 개들이 주변에 있는 동안에는 녀석을 링 안으로 데려오고 싶지 않았다. 하지만 카누트가 계속 짖어 대자, 다그마는 다른 개들에게 문으로 가라고 신호를 보냈다.

낮은 울타리 살 사이에 다리를 넣고 다그마는 몸을 일으켜 울타리 위로 몸을 내밀었다.

그리고 금빛 눈동자와 정면으로 마주쳤다.

한 남자가 손으로 카누트의 뒷덜미를 잡고 찔리는 표정으로 올려다보고 있었다.

"내 개를 가지고 뭐하는 거지?"

다그마가 물었다.

"아무것도?"

"왜 묻는 것처럼 말하는 거냐?"

"그런 적 없는데?"

"그랬잖아. 어쨌든, 개를 놔."

누군지는 몰라도 잘생긴 남자였다. 다그마가 명령조로 말하자 입을 삐쭉 내밀기는 했지만. 남자는 다시 개를 내려다보더니 어깨를 으쓱하고 손을 놓았다. 카누트가 뒤로 휙 물러나 다시 사납게 짖어 대기 시작했다.

"얌전히 있어."

다그마가 부드럽게 명령했다.

카누트는 더 이상 짖지 않았지만 계속 으르렁대고 있었다.

"무슨 일이지?"

다그마는 이 낯선 남자가 누구일까 궁금해하며 물었다. 노스랜드 사람일 리는 없었다. 피부가 햇볕을 너무 많이 쐰 금빛인 데다, 무릎 밑까지 흘러내리는 금발이 얼굴 주위로 느슨하게 흩어져 있었다. 노스랜드 남자는 머리를 길게 기르지 않고 잘 때를 빼면 언제나 하나로 땋아 늘였다.

남자가 천천히 몸을 일으켰다. 어째 한참이 걸리는 것 같은 느낌이더니, 오빠들이 다가와 말을 할 때 그러듯 다그마의 머리 위로 우뚝 솟았다. 아버지와는 달리 오빠들은 모두 키가 크고 건장한 체격이었다. 하지만 남자는 터무니없을 정도로 컸다. 덩치도 거대했다. 크고 강건한 근육이 사슬 갑옷 셔츠와 딱 붙는 바지, 가슴을 가로질러 걸친 연한 빨강색 겉옷 아래서 울룩불룩했다.

이상하게도 그의 눈길을 받으니 기분이…… 하지만 아니다. 어떤 남자도 다그마를 그처럼 바라보지는 않았다.

그런데 이 남자에게는 확실히 익숙한 점이 있었다. 이전에 만났었나? 오래전에?

어디서 만났는지 다그마가 머리를 쥐어짜고 있을 때, 남자가 씩 웃었다.

그 웃음을 보고 알아챘다. 무례하기 짝이 없는 망할 놈의 비웃

음. 긴 주둥이와 날카로운 이빨이 없어도 그 무례한 웃음은 알아
볼 수 있지!

다그마는 단조롭게 말했다.

"당신."

남자가 놀랐는지 눈썹을 치켰다.

"대단하네. 보통 인간들은 잘 연결하지 못하던데 말이야."

"이미 내 뜻은 똑똑히 밝혔을 텐데."

"그래. 하지만 내가 바라는 게 있거든."

다그마는 멍한 표정을 유지하며 눈을 깜박였다. 바라는 게 있
다고? 무슨 뜻이지?

"당신이 뭘 바라든 내가 알 바는 아니지."

"하지만 당신은 이 가문의 안주인이잖아?"

남자가 정곡을 찔렀다. 아버지가 새 아내를 들이지 않는 한,
예법상 그 업무는 다그마에게 떨어졌다.

"가문의 안주인으로서 손님을 접대하는 게 당신 일 아닌가?"

"안주인이 손님에게 가 버리라고 하지 않았을 때의 얘기지."

"갔어. 그리고 다시 왔지. 어차피 내가 돌아올 줄 알았잖아?"

그는 한쪽 팔꿈치를 문 위에 기대고 손바닥으로 턱을 괴었다.

"배가 고픈데."

정말이지, 말투 하고는……. 다그마는 이자를 어찌해야 할지
알 수가 없었다.

그가 그녀의 어깨 너머를 흘끔 보았다.

"저거 하나 가져도 되나?"

다그마는 뒤를 돌아보았다. 개들이 으르렁대고 이를 딱딱 맞부딪치며 그들이 있는 방향으로 달려오는 중이었고, 불쌍한 요한은 완전히 영문을 모른 채 서 있었다. 처음으로 개들이 조련사의 명령을 무시했는데 그는 이유를 몰랐던 것이다.

"하나를 가진다고?"

다그마도 영문을 몰라 물었다.

"그래, 배가 고파서……."

다그마는 고개를 휙 돌리고 한 손으로 그의 입을 탁 쳤다.

"내가 짐작한 말을 하려는 거라면……."

그녀는 부드럽게 경고했다.

"당신을 죽일 수밖에 없어. 그러니까 하지 마."

그때 다그마는 느꼈다. 손으로. 그 망할 미소를 다시금. 그녀는 자기 살이 다른 존재의 살에 닿은 그 느낌을 무시했다. 너무 오랜만이라 기분 나쁠 정도로 이상했다.

다그마는 손을 떼고 손바닥을 드레스에 쓱쓱 문질러 닦았다.

"가 버려."

"왜?"

"당신 모습만 봐도 내 개들이 무서워하니까."

남자는 오히려 더 가까이 몸을 내밀었다.

"당신은? 내 모습만 봐도 당신은 어떤데?"

다그마는 그를 올려다보며 단조롭게 말했다.

"구역질 나는 거 말고?"

그의 뻔뻔한 미소가 사라졌다.

"뭐?"

"구역질 난다고. 하긴 별로 놀라울 것도 없겠지. 내 아버지의 요새에 인간의 모습으로 위장해서 왔으니까. 사실상 거짓말이나 다름없잖아. 그래도 순진한 여자들이 얼마나 많이 그 뜨뜻미지근한 매력에 넘어갔는지 모르겠군. 당신이야 자기가 매력이 넘친다고 믿겠지만, 그 여자들은 나중에야 자기랑 같이 침대에 든 게 느물거리는 거대 도마뱀이었을 뿐이라는 걸 알게 되겠지. 그러니까 인간으로서 당신은 역겨울 뿐이야."

다그마는 살짝 코웃음 쳤다.

"왜, 괜히 물어봤다 싶은가?"

정말로, 그웬바엘은 괜히 물어봤다 싶었다. 이런 무례한 여자를 봤나! 그녀는 정말이지 무례했다. 그웬바엘은 심술궂은 여자를 좋아하지만 무례한 여자는 별로였다. 느물거린다고? 난 느물거리지 않아!

그래, 이런 식으로 놀아 보겠다 이거지. 좋아!

그웬바엘은 몸을 더 앞으로 내밀고 여자의 얼굴을 찬찬히 보았다. 여자의 온몸이 긴장하는 것이 느껴졌다. 그가 그렇게 바짝 붙으면 여자가 불편해한다는 것을 알 수 있었다. 필요할 때 이 점을 유리하게 이용할 수 있을 것이다.

"얼굴에 그거 뭐지?'

여자는 뺨이 아주 살짝 떨렸을 뿐, 얼굴의 나머지 부분은 감탄스러울 정도로 무표정했다.

"대체 무슨 소리야?"

그웬바엘은 고개를 약간 갸웃했다. 내가 달리 무슨 말을 한다고 생각하는 거지?

"그 유리……."

그는 한쪽 유리를 찔러 보려 했으나 여자가 손을 탁 쳐 버렸다.

"안경이다."

"광경? 나쁜 광경, 무서운 광경, 할 때 그거?"

"아니, 이걸로 보는 거야."

그녀는 침착하게 대답했다.

"당신 장님이었어?"

그웬바엘은 두 손을 그녀의 얼굴 앞에 흔들었다.

"나 보이나?"

그가 고함을 지르자 맛있게 생긴 개들이 더 크게 짖고 으르렁 댔다. 계속 차가웠던 표정이 휙 사라지며 여자가 다시, 하지만 좀 더 격하게 그의 두 손을 쳤다.

"장님 아니야. 귀머거리도 아니고!"

"성깔 부릴 필요까진 없잖아."

"성깔 부린 적 없어."

"내가 옆에 있을 때만 빼고 그런가 보네."

"당신이 사람에게서 가장 나쁜 부분만 끌어내기 때문이겠지. 그거 별로 자랑할 만한 점은 아닐 텐데."

"내 가족을 못 만나 봐서 그래. 우린 정말 이상한 점들을 자랑하거든."

여자의 입술이 휙 올라갔다.

"당신 같은 자들이 더 있나?"

"꼭 나랑 같진 않지. 나는 무진장 특이하거든. 굳이 말하자면 호감을 사는 편. 그래도 나도 일족은 있다고."

그웬바엘은 어깨를 으쓱했다.

"아까는 미안했어."

그리고 거짓말을 했다.

"당신이 나를 도와주면 좋겠고."

여자의 얼굴에 그 무미건조한 표정이 다시 돌아왔다. 그녀는 별로 깊은 인상을 받지 않은 듯한 표정을 꾸준히 유지하고 있었다. 무슨 일이 있어도, 어떤 상황에서도. 그런데 그웬바엘은 그게 약간…… 귀엽다고 느끼기 시작했다. 짜증 나긴 하지만 호기심도 일었다.

"물론 당신은 내가 도와줬으면 하겠지. 하지만 난 그러지 않을 거니까 기분 좋은데."

엣. 저게 기분 좋은 표정이야?

그웬바엘은 약간 뒤로 물러났다.

"내가 사과했잖아. 그래도 안 도와준다고? 참 상냥도 하시네!"

"첫째, 그 사과는 진심이 아니잖아. 그리고 둘째, 난 당신이 진짜 싫으니까."

"다들 나를 좋아해. 내가 얼마나 사랑스러운데. 처음엔 싫어했던 사람도 나중에는 다 좋아했다고."

"다들 바보라서 그런 거겠지. 난 당신을 좋아하지 않고 앞으로도 좋아할 일 없어."

"분명 마음을 바꿀 거야."

"난 안 바꿔."

그웬바엘은 살짝 찡그렸다.

"그런 적 한 번도 없어?"

"……한번은. 하지만 그때도 애초에 내가 옳았다는 걸 알았으니까 굳이 마음을 다시 바꿀 필요는 없었지."

쉽지 않겠는데, 이 여자. 하지만 그에게 맞서면서도 꼬박꼬박 대답은 하고 있었다. 아무리 약을 올려도 임기응변으로 어물쩍 넘기려 하지는 않았다. 그래서 더 약이 올랐다!

그웬바엘은 퉁명스레 말했다.

"좋아. 그럼 당신 아버지랑 말하지. 당신 아버지가 당신에게 안주인 노릇을 제대로 하게 만들 수 있나 한번 보겠어."

"그러시든가."

하지만 그웬바엘은 그대로 계속 그녀를 내려다보며 서 있었다. 여자가 물어볼 수밖에 없도록.

"뭐……?"

"당신 아버지가 어디 있는지 몰라서."

"찾아보시지."

"제대로 된 안주인이라면 길 정도는 안내해야지."

"제대로 된 안주인이라면 당신 같은 부류는 아예 집에 들이지도 않아."

"그건 좀 심하잖아."

"그런가."

"그래서 날 안 도와주겠다고?"

"그래."

"왜?"

"이미 설명했잖아. 당신을 안 좋아하니까. 솔직히 난 사람 대부분을 안 좋아하는데, 당신은 특히 싫어. 당신을 싫어하는 마음을 바탕으로 종교를 하나 창시할 수도 있을 것 같은 정도야."

이 계집을 어떻게 처리할지 아무런 생각이 떠오르지 않자 그웬바엘은 유효성이 입증된 방법 중 하나를 쓰기로 했다. 그는 훌쩍이기 시작했다. 그리고 계속 훌쩍였다.

'야수'가 눈을 깜박이더니 당황스러운 표정을 지었다. 하지만 첫 번째 눈물방울이 떨어지는 걸 보자 화들짝 놀라 눈이 휘둥그레졌다.

"잠깐……만. 당신…… 당신, 우는 거야?"

갓 열 살이 되었을 무렵 그웬바엘이 익힌 기술이었다. 비슷한 형들과 있을 때면, 엄마를 불러 가장 편애하는 아들을 지켜 달라고 하기 위해서 이 수법이 필요했다. 이제는 이 수법을 쓰는 일이 별로 없지만 지금은 그만큼 절박했다.

"나한테 너무 심하게 굴잖아."

그웬바엘은 눈물을 흘리며 불만을 터트렸다.

"그거야……."

"어째서 나를 돕지 않겠다는 거야?"

그는 흐느끼듯 물었다.

"알았어, 알았어."

여자가 두 손을 들었다.

"아버지에게 데려다 주지."

그웬바엘은 훌쩍거리며 눈물을 더 떨구었다.

"약속하는 거야?"

"내가……."

여자가 한숨을 내쉬더니 울타리에서 내려왔다. 뛰어내린 건 아니었지만 그렇다고 조신하게 내려선 것도 아니었다. 조심스럽게 계산된 발걸음이었다. 평생을 그렇게 조심스럽게 발걸음을 떼며 살아온 것처럼.

그녀는 밖으로 나서며 뒤로 문을 닫았다.

"카누트, 이리 와."

그웬바엘의 오후 간식이 될 뻔했던 맛있는 한입 거리가 곧장 여자 옆으로 왔다. 개는 노란 눈을 빛내며 그웬바엘을 꼼꼼히 감시했다.

"그리고 당신."

여자가 그에게 말했다.

"따라와."

그웬바엘은 앞서 걸어가는 여자의 모습을 뜯어보았다. 수수하고 펑퍼짐한 옷차림이라 몸매를 전혀 알아볼 수 없었다. 그 옷 아래에 어떤 몸이 있을지 궁금해졌다. 막대기처럼 말랐을까, 아니면 좀 굴곡이 있을까? 가슴이 두 손에 잡힐까, 아니면 비틀어 볼 만할까? 엉덩이는 납작할까, 아니면 올라탈 때 꽉 붙잡기 좋을까? 조용히 신음하는 편일까, 크게 비명을 지르는 편일까?

여자가 우뚝 서더니 어깨 너머로 그를 쏘아보았다.

"뭐야, 오고 있는 거야?"

그웬바엘이 자기를 보며 다시 웃기 시작하자 여자는 별로 좋아하는 기색이 아니었다.

중앙 뜰에 들어서자마자, 다그마는 모두의 이목이 쏠리는 것을 느꼈다. 사람들은 하던 일을 멈췄다. 병사와 전사 들은 훈련을 멈췄고, 여자들은······ 다그마는 여자들이 기절하지 않는 게 더 놀라웠다. 한숨 쉬는 소리는 들었다. 깊이 갈망하는 한숨. 하녀 아이 하나는 커다란 빵 바구니를 들고 식당으로 가다가 인간인 척하는 드래곤을 쳐다보느라 넋이 빠져서 벽에 머리를 박았다. 다그마는 눈만 굴렸을 뿐이다.

"저 남자들 벌거벗은 건가?"

다그마는 눈을 가늘게 뜨고 뜰 너머의 훈련 링 중 하나를 보고는 고개를 끄덕였다.

"그래."

"왜?"

"이런 추위에서도 알몸으로 싸울 수 있도록 훈련하는 거지. 뭘 입고 있든 싸울 수 있어야 할 일도 생길 테니까."

"노스랜드 남자들 사이에선 알몸으로 싸우는 일이 많은가 보지? 그들이 즐기는 활동인가?"

놀리는 듯한 그의 말투에 다그마는 웃음을 터뜨릴 뻔했다.

"즐기는지는 몰라도, 아무도 그렇다고 인정하지 않을걸."

"이쯤 해서 당신이 내게 질문을 할 거라고 생각했는데."

"뭘?"

"앤널 여왕에 대해, 드래곤과의 관계에 관해, 아니면 하다못해 내 이름이라도 물어볼 줄 알았지."

"관심 없어."

"거짓말. 내 이름은 미남자 그웬바엘이야."

"근사하네. ……좋아, 그웬바엘. 난 내 위치를 잘 알아. 내 역할도 잘 알고."

"아, 그러지 말고. 뭐든 물어봐."

"그러지."

다그마는 그의 가슴을 쳐다보았다.

"겉옷의 문장 말인데……."

"이게 뭐?"

"그 문장은 이미 오백 년 전에 멸망한 국가의 문장이라고 읽은 적이 있어."

그는 걷다가 말고 문장을 자세히 살폈다. 그러고는 말했다.

"젠장, 그건 싫은데."

"직접 죽인 건가?"

"고맙긴 하지만, 그 정도로 나이가 많진 않아. 내 삼촌 중 한 명이 그런 것 같은데…… 하지만 어색하군."

"그래?"

"인간 왕족이랑 마주 서서 재미있게 대화를 나누고 있다고 생각해 봐. 그런데 그 사람이 문장을 자세히 들여다보더니 얼굴이 창백해지고 땀을 뻘뻘 흘리는 거야. 그러면 갑자기 깨닫게 되는 거지. 맙소사, 내가 당신네 일족 남자의 혈통을 끊었군! ……그건 좀 어색하잖아."

"그럴 것 같네."

그들은 다시 걷기 시작했다. 그가 다그마에게는 별로 놀랍지 않은 질문을 했다.

"그래, 어쩌다가 '야수'라는 이름이 붙은 거야?"

다그마는 중앙 홀로 통하는 거대한 정문 앞에 멈췄다. 그녀는 눈을 내리깔고 부드러운 목소리로 대답했다. 상처받은 듯이.

"오빠들 중 하나의 아내가 내 외모가 평범하다며 그런 별명을 붙였어. 내게 상처를 주고 싶었던 모양인데, 성공한 셈이지."

길고 커다란 손가락이 다그마의 턱 아래로 미끄러져 들어오더니 얼굴을 살짝 들었다.

다그마는 시선을 다른 데로 돌리고 무너진 모습을 보이려고 갖은 애를 썼다. 어쩌다 그런 별명이 생겼는지에 관해 수년간 지어냈던 이야기는 다 잊어버리고 말았다. 단지 재미를 주려고 거짓말을 한 게 아니라 진실을 아무와도 나눌 수 없기 때문이었다.

그날의 자기 행동과 그 이후의 결과에 대한 죄책감은 그렇게 오랜 시간이 지났지만 아직도 생생했다.

그래도 누구든 물어보는 사람이 있으면 그에 맞게 이야기를 꾸며 내는 것은 다그마의 입장에서 볼 땐 하나의 오락이었고, 필요에 따라 동정이든 공포든 얻어 낼 수가 있었다. 그녀는 구구절절한 수식어 없이 단순한 이야기를 만들어 내서 나중에 기억이 잘 나지 않는 바람에 빠질지도 모르는 함정까지도 피했다.

"이런, 깜찍하기 짝이 없는 다그마."

그가 부드럽게, 유혹하는 투로 말했다.

"거의 완벽할 뻔했어. 눈물만 몇 방울 떨궈 줬다면 말이지."

다그마는 성난 티를 내지 않고 그저 당황스러운 표정만 지어 보였다.

"무슨 말씀이실까, 그웬바엘 님?"

"당신은 우는 법을 배워야겠어. 그러지 않으면 꼭 막판에 가서 산통이 깨지고 말 거야. 그저 눈물 한 방울만 뚝 떨궜다면 놀라운 효과를 냈을 텐데 말이지. 바로 여기에."

그의 손가락이 그녀의 뺨을 따라 내려왔다. 다그마가 얼른 머리를 뒤로 빼자, 골드 드래곤은 미소를 지었다.

"그렇지, 그게 진짜 당신이지. 당신 눈 말이야, 만약 그 눈이 칼이었다면 나를 잘게 다져 놨을걸."

"당신이 하는 말이 무슨 뜻인지 모르겠는데."

"물론 모르겠지. 당신이 그냥 멍청한 여자라면, 머릿속에 두뇌라고는 없는 그런 여자라면."

그가 다그마 뒤로 돌아갔고, 다그마는 엉덩이를 스치는 손길을 느끼고 펄쩍 뛰었다. 그는 뻔뻔스럽게도 자기가 놀란 표정을 하고는 말했다.

"자, 멍청한 아가씨. 더 중요한 남자들에게 날 좀 소개해 줘."

그웬바엘은 거짓말쟁이 레이디 다그마—내가 정말로 그 이야기를 믿을 줄 알았나?—를 따라 라인홀트 요새 안쪽으로 들어갔다. 요새는 예상했던 것만큼 궁색하진 않았지만, 그는 이보다 훨씬 더 따뜻하고 아늑한 동굴들도 본 적이 있었다.

건물의 일 층은 큼지막한 아궁이가 있는 큰 방 하나가 대부분의 공간을 차지하고 있었다. 통돼지 몇 마리가 구워지고 있는 아궁이 앞에 줄줄이 놓인 식탁들이 보였다. 여자들 한 무리가 탁자에 앉아 수다를 떨고 있었다. 그녀들이 탁자 아래서 잠든 남자를 보았는지는 몰라도, 별말은 하지 않았다. '야수'가 전투용으로 키우는 개들과는 전혀 비슷하지 않은 개들이 식당을 자유롭게 뛰어다니며 바닥에 떨어진 음식을 주워 먹고 있었다.

그웬바엘과 다그마가 식당 중앙에 이르자, 모든 동작이 멈추더니 사람들의 눈이 그들에게 쏠렸다.

한 손에 술잔을 든 거대한 인간이 다가왔다. 의심스러운 눈초리가 그웬바엘에게 꽂혔다.

"다그마."

"오빠."

"그자는 누구냐?"

"그웬바엘 님이에요. 아버지를 알현하러 가는 길이죠."

노스랜더가 그를 뜯어보더니 말했다.

"사우스랜더인가 보군. 피부가 갈색이야."

"난 금빛이라고 하는 편이 좋은데요."

그웬바엘은 고쳐 주었다.

"낮 동안 두 개의 태양이 떠올라 구름 뒤에 숨는 법도 없는 세계에 살고 있으니 정말 비극적인 저주죠. 여기선 무시무시한 노스랜더들에게 보일까 무서워 태양들도 숨을지 모르겠지만."

다그마의 오빠라는 남자가 그를 뚫어져라 보기만 하자, 그웬바엘은 그녀를 내려다보았다. 다그마가 히죽 웃는 걸 보고 그는 자기 생각이 맞다는 걸 알았다. 이들 무리에서 지성이라고는 오로지 그녀에게만 몰린 모양이었다.

"그웬바엘 님, 이쪽은 내 오빠이자 라인홀트 가문의 장남인 에이문드예요. 오빠는 그웬바엘 님의 농담을 이해하지 못한 것 같군요."

슬프게도 사실이었다. 에이문드는 이해하지 못했다.

"에이문드 님."

노스랜더는 툴툴거리면서도 계속 쏘아보고 있었다. 그웬바엘은 이게 무언의 도전인지 알 수 없어서 말했다.

"노스랜드 남자들은 무척 미남이군요. 특히 에이문드 님은."

그의 말이 노스랜드 남자의 거대한 두개골을 뚫고 굼벵이같이 돌아가는 두뇌에 닿기까지는 한참이 걸렸다. 그래도 마침내 닿기는 했는지 남자가 그를 노려보았다.

"어? 뭐라고?"

"실례를 용서하세요, 오빠."

다그마가 끼어들었다. 그녀는 그웬바엘에게 거대한 식당 끝쪽으로 가라는 손짓을 보내고 있었다.

"아버지를 뵈어야 해서요."

수수한 나무 문 앞에 이르자 그녀가 문을 두드렸다.

"들어와."

다그마는 육중한 문을 열고 그웬바엘을 안으로 들인 다음, 맛있게 생긴 개에겐 뒤에 남으라는 신호를 보냈다. 문을 닫고 아버지의 책상 앞으로 걸어간 그녀는 두 손을 앞으로 얌전히 모으고 할 수 있는 한 최대로 건방지지 않은 태도를 취했다.

"아버지, 아버지를 뵙고자 하는 이가 있어요."

시그마 라인홀트는 앞에 놓인 지도에서 눈을 들더니 그웬바엘을 힐끔 보고는 다시 지도로 시선을 떨구었다.

"모르는 사람인데."

"저도 알아요. 하지만 이미 만난 적이 있으세요."

"내가?"

"오늘 아침에 찾아왔던 드래곤이랍니다."

딸과 비슷한 회색 눈이 천천히 위를 쳐다보았다. 건장하게 바라진 체격의 남자가 의자 앞으로 몸을 내밀며 다그마를 지나 그웬바엘을 바라보았다.

"날 놀리는 거냐?"

시그마가 딸에게 물었다.

"제가 그렇게나 유머와 위트가 넘치는 딸이었던가요?"

다그마는 심드렁하게 말했지만, 그웬바엘은 그녀가 실은 아주 재미있는 여자라고 생각했다.

"정확한 지적이군."

그녀의 아버지가 말했다.

"하지만 그래도……."

"믿으시기 어렵다는 건 알아요. 하지만 그 드래곤이 맞답니다."

시그마 라인홀트는 진이 빠진 듯한 한숨을 내쉬더니 다시 의자에 기댔다.

"그래, 그렇다 치고. 여기서 뭐하는 거라냐?"

"아버지를 만나 뵙겠다고 해서요."

"내가 기억하기론 아무 얘기도 안 하기로 했을 텐데."

"맞아요. 하지만 데려올 수밖에 없었죠. 일단 몸을 쉴 곳을 청했고, 유일한 외부인이니만큼 적어도 저는 노스랜드의 예의범절에 따라 하룻밤 정도는 묵게 해 주어야 하니까요. 그건 공부하고 왔나 보더군요."

"너는 무슨, 네 앞에 쓰러진 굶주린 나무꾼 얘기라도 하는 양 말하는구나. 저자는 피에 굶주린 드래곤이야."

"맞아요. 하지만 울기까지 하는데 돌려보내긴 어려웠답니다."

전쟁 군주의 눈이 커졌다. 그는 다시 몸을 내밀어 그웬바엘을 보더니 입을 떡 벌렸다.

"울어?"

그 한마디에선 혐오감이 뚝뚝 떨어졌다.

"네, 아버지. 확실히 눈물이었어요. 약간 흐느끼기까지 했죠."

"제가 아주 섬세해서 말이죠."

그웬바엘이 끼어들었다.

"섬세해?"

시그마 라인홀트가 그런 말은 처음 들어 본다는 듯 되풀이하더니, 딸에게 물었다.

"저자가…… 섬세하냐?"

다그마는 고개를 끄덕였다.

"아주 섬세하고 잘 우는 것 같아요. 그럼…… 이제 두 분이 얘기 나누시도록 전 나가 볼게요."

하지만 그녀가 채 세 발짝도 떼기 전에 전쟁 군주가 매섭게 소리쳤다.

"그 납작한 엉덩이 가볍게 움직이지 말고 도로 오지 못해!"

그웬바엘은 보통 여자들에게 해 주었던 것처럼 즉시 나서서 그녀를 변호하려 들지 않았다. 본능에 따르면 다그마에게는 그의 도움이 필요 없었고, 그녀는 분명 보통 여자가 아니었다.

"그렇게 다정하게 말씀하시니, 아버지……."

다그마가 아버지를 보고 한쪽 눈썹을 치키자 그녀의 아버지도 숱 많은 눈썹을 꿈틀 치켜 보였다.

"뻔뻔한 것!"

한마디 내뱉은 그는 다시 그웬바엘에게로 관심을 돌렸다.

"그래, 뭘 원하나?"

그웬바엘은 한 손을 가슴에 얹고 부드럽게 대답했다.

"따뜻한 음식, 폭신한 잠자리, 하룻밤 푹 자는 것. 제 소원은 그뿐입니다."

전쟁 군주가 시력이 좀 좋지 않은 사람에게는 미소로 보일 수도 있는 표정을 지었다.

"소원이 그뿐이라고? 왜, 아침이면 이 아이가 마음을 바꿀 것 같나? 내 당장 말해 주지. 어림도 없다."

"때려서 말을 듣게 할 수는 없으십니까?"

다그마는 필사적으로 참으려 했지만 그는 듣고 말았다. 웃음을 감추려고 살짝 기침하는 소리를.

"여기선 그런 짓 안 해."

시그마 라인홀트가 말했다.

"그건 너희 사우스랜더들에게나 맡겨 두지. 여기 노스랜드에선 여성을 소중히 여긴다."

"아아! 소 떼처럼 말이군요!"

아버지가 그 순간 지은 표정으로 봐서, 다그마는 이 드래곤이 자기 머리를 소중히 여기는지조차 의심스러웠다. 아니면 지난겨울 아버지가 잡다가 침실에 장식한 칠백 킬로그램짜리 곰 두 마리처럼 그 옆에 나란히 걸리고 싶은 걸까?

"그웬바엘 님, 내 아버지를 모욕하려고 애쓰는 건 아니겠죠. 또다시."

"애쓴다고? 노력한다는 뜻인가요? 그럴 리가."

좋아. 최소한 다그마도 이 점은 인정해야 했다. 그는 재미는 있었다. 게다가 자기 몸을 보전하려는 생각 따위는 없었다.

그뿐 아니라 노스랜드 남자들이 얼마나 잘생겼느냐 하는 소리
—그게 거짓말이라는 건 다그마도 알고 있었지만—를 대놓고
했으며, 아버지 앞에서 자기가 울었다는 것도 인정했다. 바보가
아니다, 이 드래곤은. 그는 노스랜드의 방식을 아주 잘 이해하고
있었다.

그렇다면 대체 무슨 생각을 하고 있는 걸까?

다그마는 알 수 없었고, 알아낼 때까지 기다릴 수도 없었다.

"우리 방식에 따라 이자를 하룻밤 묵도록 해야 해요, 아버지."

"좋다."

"그리고 당신들과 함께 저녁 식사를 해도 될까요?"

드래곤이 그 커다란 황금빛 눈을 껌벅이며 상냥하게 물었다.

"저녁을?"

아버지가 그녀를 돌아보았다. 이제는 혼란에 빠진 모습이 친
숙하게 느껴질 정도였다.

"네, 위대한 라인홀트 일족과 저녁을 나누며 수다라도 떨고 싶
은데 말이죠. 재기 넘치는 레이디 다그마는 물론이고요."

"음…… 생각해 보지."

"그 날씬하고 잘생긴 아드님들도 함께! 모두 다 결혼을 한 건
아니겠죠?"

다그마는 자기도 모르게 코웃음을 치고 말았지만, 아버지가
자리에서 벌떡 일어나려 하자 얼른 손을 들었다.

"괜찮아요, 아버지."

그녀는 몸을 숙이고 다 들리도록 속삭였다.

"제가 이자를 감시할게요."

"그래, 네가 맡아라."

아버지가 의자에 다시 앉자, 다그마는 문을 향해 손짓했다.

"그웬바엘 님, 방을 보여 드리죠."

6

그녀는 그웬바엘을 건물 다른 쪽의 이 층으로 데려갔다. 건물의 중앙 홀은 작은 부대 하나 정도는 수용할 수 있을 정도로 거대한 하나의 공간이었지만, 뒤로 가면 라인홀트의 아들들과 그 아내들, 그 자식들 여럿이 살 수 있는 여덟 층 높이의 거주 구역이 나왔다.

"여기가 당신이 묵을 방이야."

다그마가 방 안으로 들어가 그가 들어오기를 기다렸다.

"새 이불보도 있고, 바람에 말려 둔 모피도 있어."

그웬바엘은 방 여기저기를 걸어 보았다. 뭐…… 이 정도면 그럭저럭.

"더 필요한 게 있으면……."

"목욕물 좀 부탁할 수 있나?"

그웬바엘은 침대 끝에 앉았다. 하루의 피로가 몰려왔다.

"그거라면 호수가 있는데."

그녀가 창가로 가더니 밖을 내다보며 말했다.

"오늘 밤엔 비도 올 것 같으니 밖에 나가 서 있어도 되고."

그웬바엘은 머리를 두 손에 묻었다.

"뭐가 잘못됐어?"

다그마가 물었다.

"맙소사, 여기도 욕조가 있다고 말해 줘!"

대답이 돌아오지 않자, 그웬바엘은 고개를 들었다. 다그마가 웃음을 참느라 한 손으로 입을 막고 어깨를 들썩이고 있었다.

"이 여자야, 날 또 울게 하지 마. 이번에는 콧물까지 질질 흘려 줄 테니까."

그녀가 좀 더 편하게 웃었다.

"이성을 방패 삼아, 더 이상 울진 마."

그웬바엘은 피곤한 눈을 비비며 하품했다.

"이성을 방패 삼아? 아오이벨 시대 이후로 그런 표현은 처음 들어 보는군."

"아오이벨에 대해 들어 봤어? 그럼 당신도 책을 읽나?"

"적어도 두 권은 읽었지. 무엇보다, 실제로 아는 사이였거든."

"현자 아오이벨과 아는 사이였다고? 철학자와?"

다그마가 바짝 다가섰다.

"당신이?"

"이단자 아오이벨 말하는 거 아니었나?"

그웬바엘은 두 손을 뒤로 해서 침대를 짚고 두 다리를 앞으로 뻗었다. 다그마가 다가서 준 덕분에, 원하기만 한다면 그녀의 다리 안쪽을 쓰다듬을 수도 있을 것 같았다. 음…… 하고 싶기는 해. 하지만 치마 속에 뭔가 있어 물어뜯을 것만 같아 겁도 났다.

"정말 욕조가 없어?"

"나한테는 있지. 그보다, 이단자라는 건 부당한 호칭이야. 아오이벨은 어떤 사람이었어?"

"어떤 사람?"

그는 어깨를 으쓱했다.

"그럭저럭 괜찮은 여자였지. 하지만 뭐든 꼬치꼬치 따지고 들었어. 당신은 정말로 신을 믿지 않나?"

다그마는 두 손을 앞으로 살포시 맞잡고 있었다. 겉으로 보기에는 완벽하게 고귀한 신분의 노처녀 같았다. 얌전하고 고운 말을 쓰고 예의를 잘 아는, 그러면서도 주변 사람들과 대화의 수준을 맞춰 줄 정도로만 영리한 여자. 하지만 그웬바엘은 겉보기에 속지 않을 만큼은 똑똑했다. 오직 영리하고 용감한 자만이 아오이벨의 가르침을 따랐다. 대놓고 신에 대한 타인의 믿음을 문제 삼는 것은 상당히 위험한 일이 아닐 수 없었다.

"아오이벨의 가르침에 신들이 존재하지 않는다는 말은 없어. 하지만 나도 그분처럼, 신을 섬기진 않아."

그웬바엘은 아오이벨과 열정적으로 신학 논쟁을 벌였던 기억을 떠올리며 미소를 지었다. 현자 아오이벨은 이성과 논리가 인생을 성공적이고 행복하게 살아가는 데 필요한 모든 것이라고 믿었다. 이따금 그웬바엘은 그녀와 뜻이 잘 맞지 않기도 했지만, 그녀가 논쟁을 좋아한다는 것만큼은 확실히 알 수 있었다.

"언젠가 신이 필요할지도 모른다는 걱정은 안 들어?"

"아니. 신들은 믿을 수 없어. 들어주지도 않는 신에게 무릎 꿇고 비느니 두 다리로 꼿꼿이 서서 자기 자신을 믿는 편이 낫지."

그웬바엘은 킥킥 웃었다.

"아오이벨은 당신을 좋아했을 거야."

"그분이?"

"그 여잔 '생각하는 자'를 좋아했지. '일상의 테두리를 넘어서 생각하는 자'라고 말했어."

"진짜로 만났었나 보네. 난 친구가 보내 준 편지 속에서 몇 구절 읽었을 뿐인데. 책은 읽은 적 없어. 그분이 세상을 떠나실 때 당신도 있었어?"

"아니……."

그웬바엘은 문득 떠오른 기억에 움찔했다.

"내가 그 여자 딸 중 하나와 침대에 있는 걸 잡은 후로는 말을 안 걸더군. 노발대발했지. 삼지창을 들고 나를 쫓아왔다니까."

다그마가 두 손을 거만하게 허리에 얹자 얌전한 자세는 싹 사라졌다.

"그분 따님을 더럽혔다고?"

"더럽히긴 뭘 더럽혀. 그 딸은 젊은 과부였어. 난 그 여자가 삶을 되찾을 수 있도록 좀 도와준 것뿐이지."

"퍽이나 이타적이시네."

"나도 그렇게 생각했어."

그웬바엘은 씩 웃어 주고는, 두 손을 옆으로 벌리고 벌렁 드러누웠다.

"욕조를 가져와! 안 가져오면 발을 구르면서 울어 버릴 거야."

"제발 그래 주시지. 어쨌든 아버지는 당신을 내쫓으려다 간신히 참으시는 것 같았으니까."

"맞아, 정말 그러시더군."

"잘만 울어 줬으면 더는 안 참으셨을 텐데."

"그럼 아쉽지 않겠어?"

"아쉬워?"

"그래. 앤널은 강력한 여왕이잖아. 앤널과 동맹을 맺는 게 현명하지."

"당신은 여왕을 위해서 동맹을 중재하러 온 건가?"

다그마가 조심스럽게 물었다.

"물론이지."

"그러니까 '피의 여왕'이 당신을 대사로 보냈는데, 라인홀트의 아들들과 군대 앞에서 그 가문의 외동딸을 비웃는 게 좋은 생각인 것 같았단 말이지."

그웬바엘은 움찔했다. 이 여자가 정곡을 찌르네. 그는 애써 몸을 일으켜 앉았다.

"좋아, 인정하지. 최선의 행동은 아니었어. 나도 알아. 하지만 내가 여기까지 오는 내내 '야수'에 대한 소문을 들었다는 걸 이해해 줘야지. 무시무시하고 공포스러운 '야수', 교활한 전투 기술을 쓰는 '야수', 덩치가 곰만 하고 살쾡이 이빨을 가진 '야수'. '야수', '야수', '야수'! 그런데 당신이 나왔단 말이야. 당신은, 당신은……."

"평범하고, 지루하고, 이빨도 없더라?"

"우아하다고 말하려고 했지."

"우아해? 내가?"

그웬바엘은 미소를 지을 수밖에 없었다.

"내가 아는 여자들에 비하면 당신은 공기 요정처럼 우아하지."

그는 손짓으로 다그마의 몸을 가리켰다.

"당신 몸을 좀 봐. 발은 작고, 손은 섬세하고, 목은 길고 가늘고……. 흉터 하나 없잖아. 뭐, 흉터가 나쁘다는 건 아니야. 흉터가 있으면 꽤 매혹적이거든. 하지만 흉터 하나 없는 여자를 본 지가 꽤 오래라서 말이지."

그는 다그마의 안경도 가리켰다.

"게다가 반은 장님이나 다름없다니 훨씬 순수하고 연약해 보이고."

"반은 장님은 무슨. 그리고 노스랜드에서는 살림하다가 생긴 것 말고 다른 데서 흉터를 얻은 여자는 평생 자기를 잘 돌봐 줄 남자를 얻지 못한다고 해."

"내가 아는 여자들은 돌봐 줄 남자 따위 필요로 하지 않아."

"당신은 혐오스럽지 않나 보지, 그런 여자들이?"

"별로. 하지만 번번이 내 형제들이 그런 여자들을 먼저 찾아내서는 절대 놔주지 않더군. 단 하룻밤도."

그녀의 입꼬리가 미소를 담고 슬쩍 올라가는 것 같았다. 하지만 다그마는 간신히 억눌러 참으며 말했다.

"나한테 당신이 쓸 수 있는 욕조가 있어. 여기로 옮겨다 주지. 하지만 시간이 좀 걸릴 거야. 무거우니까."

"귀찮게 뭘. 내가 당신 방으로 가면 되잖아."

그웬바엘은 그저 히죽 웃었을 뿐이지만, 그것은 치명적인 대응이었다.

"아, 그러시겠다?"

"날 못 믿는 거야, 순수하신 레이디 다그마?"

차가운 시선이 그를 한참 훑었다.

"난 아무도 안 믿어."

그녀가 마침내 인정했다. 그웬바엘은 본능적으로 그 말이 완전히 솔직하다는 것을 알았다. 문득, 그녀가 평소 이처럼 솔직하게 속마음을 털어놓는 여자일까 의심스러워졌다.

"내 방은 문 다섯 개를 지나 오른쪽이야."

다그마가 말했다.

"난 당신이 혼이 빠지도록 겁을 준 개들을 돌보러 가야 하니까, 저녁 식사 후에는 방이 비어 있을 거야."

"고맙군, 레이디 다그마."

다그마는 방을 가로질러 걸어가 문을 열었다. 그녀가 개라고 부르는 것이 거기 서서 대기하고 있었다. 그웬바엘을 본 개가 머리를 낮추고 이빨을 드러냈다.

"카누트, 가자."

그녀는 목소리를 높이지도 않았다. 그럴 필요도 없었을 것이다. 개가 즉시 멈췄으니까.

"그러고 보니 생각나는데."

그웬바엘은 침대에서 일어나며 말했다. 다시 누우면 몇 시간 동안 깨지 못할 것 같았다.

"뭐가?"

그는 한참 개를 바라보다가 다그마를 보고 씩 웃었다.

"배고파 죽겠어. 저녁 먹기 전에, 뭐…… 간식 같은 건 없나?"

다그마가 실눈을 뜨더니 두 손으로 황급히 손짓을 보냈다. 개는 즉시 사라져 버렸다.

"치즈와 빵을 보내 주지."

"치즈와 빵? 좀 더 고기 같은……."

"치즈와 빵을 보낼 거야, 사우스랜더. 그나마 얻어먹는 걸 다행으로 알아. 내 개들 근처엔 얼씬도 말고."

그대로 몸을 돌리는 다그마의 뒤통수에 대고 그웬바엘은 소리쳤다.

"손님을 이렇게 푸대접하기야!"

7

"문제가 생겼습니다."

브리크는 책을 읽다 말고 고개를 들어 브라스티아스의 얼굴을 올려다보았다. 브라스티아스는 앤닐의 군대를 맡은 장군이자 그가 참아 낼 수 있는 몇 안 되는 인간 남자였다.

브리크는 책을 덮고 물었다.

"그웬바엘이 또 무슨 짓을 했지? 어머니에게 연락해야 하나? 이미 전쟁 중인가, 아니면 전운이 닥쳐오는 중인가?"

가장 기분이 좋을 때도 흉터 가득한 얼굴 때문에 섬뜩해 보이는 브라스티아스가 미소를 지었다.

"제가 문제가 생겼다고 하면 다들 똑같은 질문을 하시는군요."

"내 동생은 말이 똥 싸지르듯 문제를 만들고 다니니까. 우리다 그 정도는 알거든."

"이번은 아닙니다. 하지만 그웬바엘 님이 문제를 일으켰다면 차라리 더 좋아하실 것 같군요."

"뭐지?"

"직접 보십시오. 말로는 안 됩니다."

브라스티아스는 브리크를 훈련장으로 안내했다.

앤벌의 군대가 점점 세를 불리자 여러 곳을 특별히 훈련장으로 지정해서 쓰게 되었다. 브라스티아스가 그를 데려간 곳은 신병 훈련장이었다. 브리크의 딸 이지가 훈련병 중에 끼어 있었다.

이지는 평소 교육대에서 지내다 필요할 때만 성을 오가곤 했다. 그 아이의 어머니—브리크가 사랑하는 아름답고 조용한 탈라이스—는 딸이 흥미를 잃고 전사가 되기를 포기할 때까지 참을성 있게 기다렸지만, 브리크는 그런 날이 영원히 오지 않을까 봐 두려웠다. 이지는 전투에 참가하고 전사가 되는 이야기만 끈덕지게 해 대고 그런 꿈을 꾸었다.

브리크가 볼 때마다 이지는 새로운 멍이 들었거나 몸 한 군데가 정상보다 두 배로 부어올라 있었다. 저녁 식사에 합석할 때면 신들도 질겁할 만큼 얼굴을 찌푸리며 절뚝거리거나 팔에 부목을 대었거나 머리에 심한 부상을 입어 붕대를 감은 꼴로 들어오곤 했다. 식탁에서 음식을 먹다가 조는 바람에, 탈라이스와 브리크가 방에 데려가 침대에 눕히기도 했다. 그러고도 아침이면 훈련한다고 분대로 또다시 돌아가 버렸고, 매번 더 멍이 들고 더 아픈 몸으로 돌아왔다.

그 때문에 탈라이스가 화가 났다고 한다면 너무 약한 표현이었다. 십육 년 동안, 그녀는 품에 안아 보지도 못한 딸을 보호하기 위해 갖은 수를 다 썼다.

어떤 여신을 숭배하는 자들이 복수심에 불타올라 탈라이스에게서 이지를 잔인하게 빼앗아 간 적이 있었다. 그들은 탈라이스를 묶어 놓는 굴레로 이지의 목숨을 이용했고, 언젠가 명령에 따라 죽일 수 있도록 훈련시켰다.

어머니와 딸이 마침내 재회했을 때는 모든 것이 좋았다. 이지가 앤널의 군대에 입대하기로 결심하기 전까지는. 오랜 세월 동안 딸을 보호하려고 애쓰고 딸의 안전을 위해 자랑스럽다고는 결코 말할 수 없는 일들까지 했는데, 탈라이스는 이제 소중한 외동딸이 전장에 나가서 죽을지도 모른다는 걱정을 해야만 했다. 전사를 자식으로 둔 부모라면 다 하는 걱정이겠지만, 그녀는 그 일이 바로 이지가 원하는 것이라는 사실을 받아들이지 않으려 했다. 적어도 지금은.

탈라이스는, 벽에 잘 부딪치고 걸핏하면 제 큰 발에 걸려 넘어지곤 하는 이지가 대부분의 일에 싫증을 냈던 것처럼 이 일에도 금방 싫증 낼지 모른다는 희망에 매달렸다.

브리크 역시 소리 내어 인정하지는 않았어도 한편으로는 똑같은 희망을 품고 있었다. 이지는 그의 피붙이는 아니었지만 다른 면에서는 친딸과 똑같았다. 그도 탈라이스만큼이나 이지가 다치거나 위험에 빠지는 모습을 보고 싶지 않았다. 솔직히, 브리크가 너그럽게 보듬어 주는 존재는 많지 않았다. 하지만 탈라이스와 이지는 그에 속했다. 그들이 성미를 건드려도, 불꽃으로 태우고 남은 재를 날려 버리는 것으로 자기 인생에서 몰아내겠다는 생각은 들지 않았다. 브리크가 그렇게 말할 수 있는 존재는 몇 되지 않았다.

그는 경기장을 두른 나무 울타리에 기대어, 주변에 선 다른 장교들과 앤널의 정예 경비병을 슬쩍 쳐다보았다.

"그래, 뭔데?"

브라스티아스가 두 팔을 울타리 위에 얹고 한숨을 내뱉은 후 말을 이었다.

"우리가 이지를 받아 줬을 때는 낙오하면 그만둔다는 상호 이해가 있었죠. 이지의 안전을 위해서만이 아니라 같이 전투할 동료들을 위해서도 말입니다."

"물론이지. 내 딸이 전사가 되겠다는 망상을 품었다고 해서 위험에 빠뜨릴 수 없으니까."

브라스티아스가 웅얼거렸다.

"그렇죠…… 망상."

브리크는 약간 움찔했다.

"얼마나 심한데?"

"직접 보시죠."

브라스티아스가 교관 한 명에게 손짓을 하자, 교관이 소리쳐 불렀다.

"탈라이스의 딸, 이세벨! 앞으로 나와 대결!"

브리크는 어떻게 될지 짐작할 수 있었다. 브라스티아스는 비록 약한 인간이었으나, 이지가 다음 단계로 올라가기 전에 훨씬 더 훈련을 많이 받아야 한다는 소식을 아버지가 딸에게 직접 전해 주기를 바라는 것이다.

좋지 않았다. 브리크의 딸은 평범한 방식에는 별로 인내심을 발휘하지 않았고 지금은 앤널의 군대에 들어가 병사가 되기를 바라고 있었다.

이지가 훈련장으로 들어섰다. 입술이 갈라지고 얼굴에는 더 많은 멍이 들어 있었지만, 그 어떤 상처도 어머니에게서 물려받은 미모를 빼앗아 가지는 못했다. 다만 열일곱 번 겨울을 보낸 것치고는 다리만 길쭉할 뿐, 살이 오르지 않았다. 키는 아직도 자라는 중이었는데, 지금은 거의 앤널만큼 커서 백팔십 센티미터쯤 되는 키의 이 인간 여왕과 눈높이가 딱 맞았다.

하지만 몇 년 내로 이지도 활짝 꽃이 펴서 몸매가 풍만해지고 제 어머니를 닮아 갈 것이다. 지금이야 둘이 닮은 데라고는 연한 갈색 눈과 그보다 더 연한 갈색 머리칼뿐이지만. 이미 시시한 동네 청년들이 딸 근처를 기웃대고 있었다. 지나치게 가까이. 어떤 녀석들은 기웃대는 것 이상을 시도하려 들기도 했다.

물론 그런 놈들은 브리크, 피어구스, 그웬바엘이 기꺼이 혼쭐을 내 주었다. 브리크의 딸을 쳐다보기만 해도 목숨이 날아갈 수 있다는 교훈을 깨달을 때까지.

이지는 앤널의 군대가 전투에서 선호하는 단검과 전장 금속 방패로 중무장을 한 채 훈련장을 둘러보았다. 딱히 누구를 찾는 것 같진 않았지만 마음은 어딘가 다른 곳에 가 있었다. 가도 한참 멀리 가 있는 듯 보였다.

이지는 브리크가 와 있는 것을 보더니 활짝 웃었다.

"아빠!"

소리를 지르며 검을 든 손을 열심히 흔들다가 하마터면 머리를 칠 뻔했다. 바로 그날 아침에 마구간 근처에서 만났다는 것은 까맣게 잊은 듯했다.

브리크도 딸에게 웃어 주었다.

"안녕, 꼬마야."

"구경하러 오셨어요?"

"그래."

이지는 떨리는 듯 코를 문질렀다.

"으! 하지만…… 나 아직 훈련 중이라는 거 잊으시면 안 돼요!"

그리고 그의 마음이 찢어지도록 희망찬 눈빛을 보냈다.

브리크는 딸아이에게 고개를 끄덕여 준 다음, 브라스티아스에게 웅얼거렸다.

"칠 개월밖에 안 됐잖아. 쟤한테 기회를 좀 더 주면……."

"직접 보십시오."

브라스티아스가 교관에게 다시 신호를 보내자, 교관이 거대한 곰 같은 남자에게 손짓을 했다. 브리크는 그자와 함께 전투를 치렀던 것을 기억했다. 이지의 동료 훈련병이 아니라 앤뉠이 가장 아끼는 전사였다. 앤뉠은 그를 '도살자 곰'이라고 다정하게 부르곤 했다.

브리크는 대체 이자들이 자기 딸을 왜 몰아내려 하는가 싶어 점점 분노가 차올랐다.

대부분의 훈련병들은 겨울을 스물한 번 맞을 때까지 시간을 들여 훈련받을 가치가 있는지 증명할 수 있도록 기다려 주었다. 그 전에 짐을 싸서 돌려보내지는 않았다.

"너무 잔인하군, 브라스티아스. 이런 건 허락하지⋯⋯."

"직접 보셔야 한다니까요."

브라스티아스가 다시 말했다. 그리고 그는 두 전투원에게 고함쳤다.

"시작!"

이지가 살짝 웃으며 고개를 끄덕였다.

브리크는 그 순간 알았다. 문제가 생각보다 심각하다는 것을. 그가 상상조차 해 본 적 없을 만큼 심각하게 나쁘다는 것을 확실히 알았다. 인생에서 처음으로 어떻게 처리해야 할지 모를 일이 생겼다. 상황이 나아지기는커녕 위험할 정도로 나빠질 수도 있었다. 당장은 피할 길도 없었다.

훈련 링 바깥에 서 있던 전사들 모두는 앤널이 가장 아끼는 전사가 울타리를 부수고 나가떨어져 쭉 뻗어 버리기도 전부터, 뼈가 부러지는 소리와 고통에 찬 비명을 듣는 순간 이미 인상을 쓰고 있었다.

"앗!"

이지가 아랫입술을 살짝 깨물었다.

"죄송해요, 대장. 그⋯⋯ 얼굴 어떡하지."

그녀는 얼굴을 찡그린 채 브라스티아스 쪽을 힐끔거렸다.

"죄송해요, 장군님. 물러서야 한다는 걸 까먹었어요⋯⋯ 또."

천천히, 아주 천천히, 브라스티아스는 브리크를 돌아보았다. 그의 얼굴에 어린 표정, 살짝 떨리는 눈 아래 근육을 보고 브리크는 무슨 일을 해야 할지 명확히 알았다.

하지만 어떻게 드래곤이, 세상의 그 어떤 드래곤이 자기가 사랑하는 여자에게 아직 열여덟도 안 된 외동딸을 전장에 내보내겠다고 말할 수 있겠는가?

다그마는 마지막 개 한 마리까지 사육장에 들어가 먹이를 먹고 보살핌을 받는지 확인했다. 드래곤의 공포가 아직도 남아 있어서 아이들을 진정시키는 데 한참이 걸렸다. 하지만 아직 한 살도 안 된 개치고는 다들 잘 해냈다. 드래곤을 보고도 물러서지 않았다.

좋아. 전시에 겁을 먹는 개들까지 기를 여유는 없지.

그녀는 요한에게 잘 쉬라는 밤 인사를 하고, 카누트를 대동한 채 요새로 돌아왔다. 중앙 홀로 들어섰을 때 일족 사람들이 한창 싸움 중인 것을 보고도 별로 놀라지 않았다. 그저 말다툼일 뿐, 아직 몸싸움까지는 번지지 않았다. 그럴 가능성이 상당히 높긴 했지만. 오빠들은 별 하찮은 이유로도 다툼을 벌였고, 다그마가 끼어들지 않는 한 다칠 일은 없었다.

그런데 오늘은 웬일인지 그녀가 들어가자마자 말다툼이 뚝 그치더니 오빠들이 그녀에게 집중했다. 다그마는 걸음을 멈췄다.

"왜요?"

"그자가 네 방에 있지?"

에이문드가 기다란 식탁에 기대며 물었다.

"네. 목욕을 하고 싶대서."

"목욕?"

"네, 욕조에서 목욕하고 싶대요. 누구나 얼음같이 차가운 강물에서 미역 감고 싶은 건 아니잖아요."

"그건 괜찮다 치자. 하지만 그자를 네 방에 들여서는 안 되지, 누이."

이런 말다툼을 할 기분이 아니었기 때문에 다그마는 어깨를 가볍게 으쓱이고는 다시 걷기 시작했다.

"알아요. 그자가 내 침대에서 거대한 고양이처럼 몸을 뒤틀거나 내 신발 냄새를 맡고 있을지도 모르죠."

"아니면 거하게 간식을 먹거나."

오빠의 말투에 어린 묘한 기색에 다그마는 걸음을 멈췄다.

"치즈와 빵을 보내 줬는데요."

"그걸 거하다 할 수 있나, 그런 자에게."

"사실이냐?"

발디스가 한 팔을 에이문드의 어깨에 얹으며 물었다.

"아버지 말로는 그자가 앞서 왔던 드래곤인데 인간으로 변신한 거라며. 드래곤들이 정말 그런 것도 하나?"

"맞아요."

"그럼 네가 안 믿는 그 신들에게서 온 걸 수도 있겠네."

오빠의 냉소적인 말투가 껄끄러워서 다그마는 말했다.

"다시 말하지만 굳이 내 신앙 체계를 설명……."

그러다 갑자기 멈추었다. 오빠들 모두가 싱글대고 있었다. 오빠들은 술에 취했거나 뭔가를 죽일 때 말고는 싱글대는 법이 없었다.

설마 드래곤을 죽였거나, 죽이려 든 건 아니겠지? 아버지의 보호 아래 하룻밤 묵어가게 해 준 건데. 아니면…… 무슨 짓을 저지른 거야?

다그마는 방을 둘러보며 사태를 파악할 실마리를 찾았다. 뭔가 어울리지 않거나 빠진 것…….

그녀는 다시 방을 둘러보면서 이번에는 수를 셌다.

"토라가 낳은 새끼 어디 있어요?"

이미 훈련을 시작한 다른 강아지들과는 달리, 너무 자그마하고 겁이 많은 이 강아지는 전투견으로 만드는 대신 집에서 애완용으로 기르고 있었다. 음식 찌꺼기를 먹고 아이들과 노는, 기본적으로 팔자 늘어진 개였다.

"무슨 새끼?"

에이뮌드가 짐짓 영문 모르겠다는 표정으로 되물었다.

다그마는 오빠들을 쏘아보았다.

"나쁜 자식들!"

고함을 지르다시피 하고, 그녀는 치맛자락을 움켜쥐며 식당을 달려 나갔다. 뒤쪽 복도를 통해 계단을 오르고 이 층으로 뛰어가는 동안 오빠들의 웃음소리가 뒤를 따랐다.

닫힌 침실 문 앞에 이르렀을 즈음에는 숨을 헐떡이고 있었다. 어찌나 겁이 났는지 등줄기를 따라 또르르 굴러 내리는 땀방울이 느껴질 정도였다. 평소에는 땀을 흘리는 법이 없건만! 어쨌든 오빠들 탓에 이처럼 힘을 쓰게 되었으니 나중에 이 앙갚음은 꼭 해주어야 할 것이다. 지금은 아니지만……

다그마는 방문을 왈칵 밀고 들어갔다. 욕조는 있었지만 드래곤은 보이지 않았다. 그녀는 재빨리 방 안을 살피다가 물기 어린 맨엉덩이가 침대 아래에서 꿈틀거리고 있는 것을 찾아냈다.

"이리 오렴, 꼬마야."

드래곤이 살살 꾀고 있었다.

"조금만 더 가까이 오렴, 요 맛나게 생긴 꼬마 녀석아."

역겹기도 하고 어이가 없기도 했지만, 무엇보다도 화가 머리 끝까지 솟았다. 다그마는 벌거벗은 개자식의 발목을 잡아 침대에서 홱 끌어냈다. 분노가 솟구친 덕분에 일시적이나마 이 개를 먹는 식성의 덩치 큰 자식을 끌어낼 힘이 생겼다.

"우왓!"

그는 다리 사이의 엄청나게 커다란 무기를 감싸며 몸을 뒤집었다.

다그마가 그렇게나 성이 나 있지 않았더라면, 그가 인간일 때는 놀랍도록 멋진 몸이라는 것을 알아차렸을지도 모른다. 근육에다 근육을 쌓아 올린 듯한 일족 남자들, 몇몇은 넓은 어깨로 감추고는 있지만 목도 없이 태어난 것 같은 그들과 달리, 발치에 누운 이 드래곤은 키가 크면서도 늘씬했다. 지방이라고는 한 점도 붙어 있지 않았고 모양이 이상하거나 지나치게 발달된 근육도 없었다. 강하고 힘이 넘치는 허벅지, 납작하고 탄탄한 복부, 배와 엉덩이뼈 사이에는 흥미롭게도 선명한 윤곽이 보였다.

그를 내려다보며, 다그마는 저도 모르게 손가락을 움찔거리고 혀로 입천장을 문질렀다. 하지만 분노를 지키기 위해 그 모든 반응을 무시하기로 했다.

그가 다그마를 쏘아보았다.

"내가 돌바닥에 내 소중한 물건이 쓸리는 걸 좋아할 것 같아, 이 여자야!"

"나는 당신이 내 개를 쫓아다니는 걸 좋아할 것 같아, 그것도 또다시!"

"아, 그거……."

그는 헛기침을 하더니 살짝 어깨를 으쓱했다.

"누가 문을 열더니 개를 안으로 던지더라고. 난 또 당신이 나를 대접하려고 보낸 간식인 줄 알았지, 뭐."

그래, 이 조그만 야만족 여자도 결국은 성깔을 부린다 이거지. 적어도 개에 관한 문제라면 말이야.

게다가 여자는 성질이 있는 대로 났는지 그의 다리 한쪽을 들더니 발로 그의 물건을 밟으려 했다. 그웬바엘은 두 손으로 그 부분을 보호하고 있었지만, 여자의 발이 대신에 배를 걷어차자 아픔에 모로 누워 몸을 웅크렸다.

"내 개들에게서 떨어져, 드래곤! 개는 모두, 큰 놈이든 작은 놈이든!"

명령처럼 소리친 다그마는 그의 몸을 훌쩍 넘더니, 숨어 있는 작은 털 뭉치를 찾아서 침대 반대편으로 다가갔다.

"이 요새, 이 땅에 있는 개는 모두 내 거야. 손도 대지 말고, 말도 걸지 말고…… 어쨌든 가까이 가지 마."

그녀는 두 팔에 강아지를 안고서 부드럽게 토닥이며 달랬다. 그리고 다시 침대를 넘어와 그의 몸을 밟고 지나갔다.

그웬바엘은 눈곱만큼의 동정심도 담지 않고 한숨지었다.

"개 한 마리 가지고 말이야. 야만인 같으니, 고작 개 한 마리라고. 가끔 난 개 뼈다귀로 이도 쑤시는데."

다그마가 으르렁대더니 몸을 아래로 숙여 그의 젖은 머리카락을 한 움큼 움켜쥐고 거의 뽑힐 만큼 잡아당겼다.

"아얏, 놓지 못해!"

그웬바엘은 그녀의 손을 때리고, 이 나사 풀린 여자에게서 소중하고 아름다운 자신의 머리카락이 빠져나오도록 몸부림쳤다. 여자들은 언제나 그네들 몸 위로 떨어지는 그의 머리카락이 얼마나 아름다운지, 그 머리카락을 쓰다듬는 기분이 얼마나 좋은지를 이야기했고 마침내는 그의 몸까지 쓰다듬곤 했다. 머리카락을 뽑아내려 드는 미친 여자 같은 건 필요 없었다.

다그마는 머리칼을 한 번 더 세게 잡아당긴 후에야 놔주고 그의 팔이 닿지 않을 곳으로 물러났다.

"잘 들어, 이 짐승! 어디 내 개에게 손만 대 봐. 내가 기르지 않기로 한 수캐들을 처리하듯 처리해 줄 테니!"

그웬바엘은 그녀가 갑작스레 성질을 냈다가도 조심스럽고 정확하게 자제하는 모습을 감탄하며 바라보았다. 그녀의 회색 눈이 다시 그를 쳐다보았을 때는, 얼음처럼 차가웠다.

"그 점을 확실히 해 두었으면, 이제 목욕을 마칠 수 있도록 비켜 드리지, 그웬바엘 님."

다그마가 밖으로 나가다 말고 멈춰 섰다.

"한 가지, 이 땅의 남자들은 긴 머리를 그렇게 풀어 헤치고 다니지 않아. 뒤로 땋아 내리는 게 관습이지. 내 오빠들의 불평도 진정시켜야 하니 당신도 그에 따라 주면 고맙겠어."

"물론이야."

그웬바엘이 대답하자 그녀는 고개를 끄덕이고 문으로 향했다.

"아쉬운데……."

그웬바엘은 중얼거리듯 그녀의 등에 대고 말했다. 그리고 그녀가 걸음을 멈추고 뻣뻣이 굳어지는 모습을 즐겼다.

"뭐가…… 아쉽지?"

"내 머리카락이 이렇게나 길고 말을 잘 안 듣는다는 거. 내 머리는 절대 제대로 땋을 수 없을 거야."

그는 싱긋 웃었다.

"어쩌면 당신이 나를 위해서 해 줄 수 있으려나?"

"하인을 보내 주지."

"하지만 집안의 안주인으로서……."

다그마가 몸을 돌려 그를 마주 보았다.

"집안의 안주인으로서, 뭐?"

"손님을 접대해야 하지 않나?"

그녀의 얼굴에는 아무런 표정도 없었다. 태도 역시 조금도 바꾸지 않았다. 하지만 그웬바엘은 자기가 허를 찔렀다는 것을 알았다. 그녀의 팔에 안긴 강아지가 끙끙거리며 몸을 뒤챘다. 다그마가 팔의 힘을 느슨히 풀자 개는 더 이상 꿈틀거리지 않았다.

"굳이 그걸 바란다면……."

그웬바엘은 미소를 지었다.

"오, 바라고말고!"

그의 신음이 너무 과해서 다그마는 이 상황이 한층 더 어색했다. 사실 이런 유의 일은 오로지 남편이나 일족의 남자들에게만, 그것도 전투에 나가기 전에만 해 주는 법이었다. 다그마는 몇 년 동안 아버지가 전투에 나갈 때마다 머리를 땋아 드리곤 했다. 아버지가 전쟁에서 돌아오면, 이미 한차례 강물에서 몸을 씻은 후임에도 불구하고 남아 있는 피와 살점을 떼어 내느라 몇 시간이나 고생을 해야 했다.

이 드래곤의 머리를 땋아 주는 일은 절대로 하지 말아야 할 행동이었다. 한층 더 소름 끼치게도, 그는 단지 머리 땋기만 원하는 것이 아니었다.

다그마가 강아지를 바깥에 내놓자, 그는 마치 그녀를 하녀 부리듯 설명했다.

'일단 빗질을 해 봐, 아가씨. 조심해서. 엉킨 머리카락 푼답시고 뽑아 버리는 건 싫으니까.'

그게 끝은 아니었다.

'그렇게 삼백 번을 빗는 거야. 좌우로 백 번씩, 뒤쪽도 백 번.'

설명을 마친 그는 의자에 편히 앉으며 벗은 허벅지에 대충 모피를 덮었다. 모피는 언제라도 떨어질 듯 아슬아슬했다.

다그마의 머릿속에 그녀가 가죽띠에 찔러 넣고 다니는 식도를 뽑아 이놈의 목을 따 버릴까 하는 생각이 스쳐 갔지만, 그래서야 나라에 이득이 되지 않을 것 같았다. 무엇보다 중요하게는 그녀 자신에게 이득 될 것이 없었다.

대신에 그녀는 아버지가 약탈해 온 상아 빗을 집어 조심스레 드래곤의 머리를 빗기 시작했다. 머리카락이 바닥까지 닿았으므로 쉬운 작업이 아니었다. 설상가상으로 이놈의 드래곤은 입을 다물 줄을 몰랐다.

세상에! 다그마는 이 드래곤만큼 수다스러운 존재를 본 적이 없었다.

그는 말을 하고, 하고, 또 하고도, 더 할 말이 있었다. 그가 한 말이 정말로 흥미로운 것이었다면 다그마로서는 그다지 싫지 않았을지도 모른다. 아오이벨을 아는 사이였다는 말을 들었을 때 타올랐던 희망도 금세 사그라지고 말았다. 그녀의 신앙 체계 기반을 만들어 준 그 위대한 철학자는 어떻게 이, 이…… 드래곤을 꾹 참고 저녁을 함께했던 것일까?

드래곤은 자기가 아는 온갖 여자들을 들먹이며 바보같이 지껄여 댈 뿐이었다. 여자는 또 어찌 그리 많은지!

그리고 마침내 다그마가 빗에서 브러시로 바꾸었을 때, 신음이 시작되었다. 불행하게도 신음은 멈추지를 않았다.

어느 시점에서 그가 한숨을 쉬며 말했다.

'으으음, 기분 좋네. 이걸 생계 수단으로 삼아 볼 마음 없어, 아가씨? 정말 잘하는데.'

다그마는 아무 대꾸 없이 처음 백 번을 다 빗었다. 그리고 반대쪽을 빗으려다가, 자기가 오십 번을 빗든 천오백 번을 빗든 이 드래곤은 알지 못할 거라는 생각이 들었다.

하지만 착각이었다. 그녀가 뒤쪽을 빗으려 하자 그가 말했다.

"일흔다섯 번밖에 안 빗었잖아, 아가씨. 스물다섯 번을 더 빗어야지. 뒤는 그다음이고."

다시금, 죽여 버릴까 하는 생각이 솟았다. 하지만 다그마는 마음을 다잡았다. 그리고 삼백 번을 다 빗은 후에야 빗을 던지듯 내려놓았다. 이제 땋는 일만 남았어!

그녀는 그의 머리를 땋기 시작했다. 뒷머리를 반쯤 땋았을 즈음 그녀가 말했다.

"일어서 주면 도움이 되겠는데."

"그러지."

그가 일어서자 다그마는 벌거벗은 엉덩이와 딱 마주치고 말았다. 저 훌륭한 벗은 엉덩이……. 그녀는 저도 모르게 속으로 중얼거렸다. 앞도 정말 근사했지만 뒤는…….

오, 이성이 돌아오기를!

"그 모피로 몸을 둘둘 감싸면 안 돼?"

다그마는 강아지 머리를 토닥이듯 그 엉덩이를 토닥이게 될 것만 같아 두려웠다.

"물론 그럴 수 있지. 하지만 당신 질문은 '내가 그러고 싶은

가?'에 가깝겠지?"

"나와 내 칼이 뒤쪽에서 더 쉽게 접근할 수 있다는 걸 알……."

그녀의 말이 끝나기도 전에 그가 급히 모피를 끌어다 엉덩이에 둘렀다.

"고맙군, 그웬바엘 님."

다그마는 상냥하게 인사했다.

"별말씀을."

그가 다시 툴툴거렸다.

약간 시간이 걸리긴 했지만, 다그마는 금빛 머리칼을 다 땋고 가죽 끈으로 끝을 묶었다. 자리에서 일어섰을 땐 손가락이 다 저렸다. 그녀가 손가락을 주무르고 있는데, 몸을 돌린 드래곤이 그녀를 보고는 손을 잡으려 했다.

"도와줄까?"

"됐어."

다그마는 잡히기 전에 손을 싹 뺐다.

"당신 방에 입을 옷이 있을 거야. 저녁은 한 시간 후. 그때까진 개들에게 접근하지 마."

"그러지."

그가 한 걸음 다가섰다.

"아주 친절하군, 레이디 다그마. 고마워."

"천만에."

한 걸음 더.

"어쩌면 당신이 내 방에 와서 옷 입는 걸 도와줄 수도 있을 것 같은데."

다그마는 손가락 하나만 들어 그의 가슴을 밀었다.

"뭐하는 거야?"

그가 우뚝 멈춰 섰다. 그리고 뻔뻔하게 미소를 지었다.

"내가 항상 하는 거."

"뭐든, 나한텐 하지 마."

"진심이야? 내 기술은 유명한데."

"당신이 가진 기술이라곤 그것뿐이겠지. 하지만 노스랜드에선 여자들이, 하녀조차도 제대로 존중받아. 남편이 어떻게 하든 간에 다른 사람, 특히 외부인이 똑같이 해도 된다고 생각하면 오산이야."

"당신을 해칠 계획은 없는데, 레이디 다그마."

"그거야 나도 똑똑히 알지. 하지만 당신이 드래곤이라는 이유로 오빠들이 당신을 무서워할 거라고 생각하지는 마. 당신의 남성을 온전하게 지키고 싶거든 앞가림 잘하는 게 좋을걸."

그의 미소가, 그 절대적인 아름다움이 방 안을 밝혔다.

"무슨 말을 하고 싶은 거야?"

"당신 물건 바지 속에 고이 간수하고, 손 함부로 놀리지 말라는 말."

다그마는 문을 활짝 열었다. 긴장한 카누트가 거대한 발로 펄쩍 뛰어들어 주인의 명예를 지킬 태세를 갖췄다.

"이건 다정한 경고 정도로 받아들이고."

"지금…… 내 물건을 바지 속에 고이 간수하라고 말한 거야?"

다그마는 그를 무시하고 방 밖으로 나와 문을 닫았다.

하지만 복도를 반쯤 내려갔을 때, 그녀는 빙그르르 돌아 도로 방으로 향했다. 문을 두드리자 드래곤이 열어 주었다.

"당신이 내 방에 있는 거잖아!"

다그마는 매섭게 쏘아붙였다.

"언제쯤 알아차리나 했지."

그의 웃음에, 그녀는 이를 더 꽉 물었다.

8

다그마는 그가 무슨 수작을 부리는지 알 수 없었지만, 무척 흥미롭기는 했다.

그는 분명 그녀를 무시하고 있었는데, 다그마에게 그런 유의 취급은 익숙했다. 익숙하지 않은 것은 올케들을 무시하는 남자였다. 아니, 이 경우에는 남자 드래곤이라고 해야 하나. 올케들 모두가 아름답지는 않았다. 몇몇은 차라리 다그마가 자신의 평범한 외모에 감사하고 싶을 정도였다. 그런 여자들은 부족한 미모를 열정적인 태도로 보충하고 있었다.

키카는 에이문드가 몇 년 전 요쿨의 기습 공격으로 사랑하는 첫 아내를 잃은 후 그 자리를 차고 들어온 여자였는데, 아름다우면서 열렬하기까지 했다.

그 키카가 완벽하게 단장한 머리에 가슴을 헤프게 드러낸 드레스를 입고 빠져 죽을 만큼 흠뻑 향수를 뿌린 채 나타났는데도, 드래곤은 손가락으로 음식을 먹는 에이문드의 습관에만 관심을 쏟을 뿐이었다.

"듣자 하니 많은 전투에 참전하셨다고요, 그웬바엘 님?"

키카가 자기 가슴이 더 똑똑히 잘 보이도록 그 쪽으로 몸을 숙이며 물었다.

"필요에 따라 몇 번 했죠. 하지만 제 검술은 변변찮은 편이라."

그는 대충 대답하고 에이문드 쪽으로 돌아앉았다.

"하지만 당신은 꽤 검을 잘 다룰 것 같군요. 무척 강하고."

다그마는 하마터면 와인을 뿜을 뻔했다. 그녀는 조심스레 잔을 놓으며 다른 오빠들과 아버지를 쳐다보았다. 다들 에이문드만큼이나 불편해 보였다. 아니, 기겁했다고 할까. 그렇다. 일족 남자들은 분명 공황 상태에 빠져 있었다.

그러한 진실이 다그마에게는 놀라울 따름이었다.

남자들은 그가 드래곤임을 알고부터 눈 하나 깜박하지 못했다. 초대도 받지 않은 그가 아버지, 네 명의 오빠, 오빠의 아내들, 다그마와 함께 상석에 앉았건만 누구도 말 한마디 못 했고 흥미조차 드러내지 못했다.

게다가 그가 여자들보다는 남자들에게 더 관심을 보이자 다들 언제라도 방에서 튀어 나갈 태세였다.

드래곤도 그 사실을 알고 있었다. 그는 자기가 뭘 하는지 정확히 알 뿐 아니라 상황 자체를 즐기는 것 같았다.

아버지가 그녀와 눈을 맞추더니 드래곤을 가리켜 보였다.

다그마는 아버지가 뭘 원하는지 확실히 몰라 어깨만 으쓱했다. 아버지는 딸을 신붓감으로 말고는 남자에게 내놓은 적이 없었다. 그녀는 이번에도 그런 의미일까 잠깐 생각했다.

하지만 아버지가 더 심하게 얼굴을 찡그렸기 때문에, 그녀는 드래곤의 관심을 오빠들에게서 돌리라는 뜻임을 짐작했다. 굳이 상관해야 한다면 시간을 좀 더 가치 있게 쓰는 편이 나으리라.

"그웬바엘 님, 그럼 앤닐 여왕과는 정확히 어떤 관계인가요?"

다그마의 질문에도 그는 불쌍한 에이문드를 계속 뚫어져라 쳐다보면서 나른한 미소를 보냈다.

"무척 좋은 친구죠."

"친구를 위해서라면 고향에서 수천 리 떨어진 곳까지도 심부름을 다니나 보죠?"

"그 친구가 앤닐이라면. 하지만 그게 합리적이지 않나요? 우리 종족이 한번 날면 인간이 말을 타고 나라를 건너오는 것보다 시간이 반은 적게 드니까요."

"지당한 말이네요. 하지만 앤닐 여왕이 대리로 협상을 하라는 권한을 준 걸 보면 그웬바엘 님을 무척 신뢰하나 보군요. 우리가 보낸 전갈에는 동맹에 대한 논의는 전혀 없었거든요."

"왕국 간 동맹에 관한 논의가 아니라면 당신이 여왕에게 친견을 요청할 이유가 달리 있을까요? 게다가 라인홀트 영토의 방어 진지들을 보니, 아마도 좋은 동맹이 필요한가 보다고 생각할 수밖에 없던데요."

"저는 어째서 앤닐의 태아들이 그렇게 중요한 표적이 되는지 궁금할 수밖에 없던데요."

"모른단 말인가요?"

다그마는 두 손으로 잔을 잡고 팔꿈치를 탁자 위에 댔다.

"제가 아는 건 아기들이 무슨 전염병이라도 되는 양 여왕에게서 잘라 내고 싶은 자가 있다는 것뿐이에요. 아직 대답을 얻지 못한 부분은 그 이유가 무엇인가 하는 것이고요."

"그 이유는 당신과 전혀 상관없는 일이고…… 뭐, 어쨌든 당신과 내가 이 일에 관련된 모든 이들에게 유리하게 작용할 만한 합의점을 찾을 수는 있을 것 같군요."

그는 태연한 듯 의자 깊숙이 몸을 기댔지만, 다그마는 조금도 믿지 않았다.

"당신과 제가요? 아니, 아니에요."

그녀는 가볍게 선웃음 치며 잔을 도로 탁자 위에 내려놓았다. 다그마와 대화를 나누는 황홀한 매 순간, 그웬바엘이 느낀 것은 오로지 열기와 욕망이었다. 그녀는 그만큼이나 게임을 좋아하지만, 이 야만인들이 그녀의 발목을 잡고 있는 것이다. 애석하기 짝이 없었다. 그웬바엘은 그녀의 고삐를 풀어 주면 어떻게 될지 궁금해졌다.

"저로서는 그렇게 중차대한 협상을 잘 해낼 수 없어요."

"뭐예요, 아기씨."

구역질 나는 향수에 목욕이라도 했는지 냄새를 풀풀 풍기는 여자—키카라고 했던가?—가 끼어들었다.

"아기씨는 아버님 땅의 정치가가 아니던가요?"

다그마는 움찔도 하지 않았다. 표정도 그대로였고 여자의 말이 거슬린다는 티조차 내지 않았다. 하지만 그웬바엘이 보기에, 그 차가운 회색 눈동자만은 언제나 레이디 다그마의 속내를 드러내고 있었다.

저 여자는 지금 얼마나 위험한 동물과 놀려고 드는지 모른단 말인가? 눈뜬장님인가? 아니면 질투에 눈이 멀어 자기가 얼마나 큰 위험에 빠졌는지 못 보는 건가?

키카가 매끄럽고 말끔한 손 하나를 그의 팔에 얹었다.

"아시죠, 그웬바엘 님. 저희 다그마 아기씨는 언젠가 법이 바뀌어 여기 보이는 모든 것을 다스리는 군주가 될 수 있을 거라는 희망을 품고 있답니다. 우리 위대한 전사들이 전투에 나갈 때면 '라인홀트'가 아니라 '야수'를 연호하리라는 희망이죠."

아하, 눈뜬장님이 아니라 미련한 거였군!

식탁에 둘러앉은 재미없는 여자들이 그녀의 농담에 웃어 대고 있는데, 키카가 비명을 올리며 식탁에서 펄쩍 물러났다.

"무슨 일이야?"

에이문드가 눈을 치뜨며 소리쳤다.

"아기씨의 망할 개가 물었어요!"

다그마는 한 손을 가슴에 올리며 짐짓 놀란 척했다.

"어머나! 키카, 정말 미안해요."

그러고는 육중한 나무 탁자 아래를 쓱 들여다보았다.

"이리 오렴, 귀염둥이. 이리 와."

그웬바엘이 등에 올라타고 다크플레인을 달려도 될 만큼 커다란 개가 탁자 아래에서 나타났다.

"이두, 카누트랑 놀고 싶은가 보구나. 하지만 오늘은 안 돼. 자, 이제 밖으로 나가라."

덩치는 크지만 하얀 콧등과 회색 털로 보아 나이는 꽤 먹었을 듯한 늙은 개가 탁자 아래에서 슥 걸어 나와 어슬렁어슬렁 식당 밖으로 나갔다.

"일부러 그 아래 밀어 넣은 거죠!"

하인이 발목의 피를 닦아 내는 동안 키카가 따졌다.

"제가 왜 그러겠어요?"

"그 개가 날 싫어한다는 걸 아니까요."

"이두가 올케를 싫어하는 건 맞아요. 하지만 그래서 올케가 이두 맘에 안 드는 말을 하면 물어 버릴 수 있도록 내가 녀석을 탁자 밑에 넣어 줬다는 거예요? 개가 그렇게나 대단한 계략을 꾸밀 수 있단 말이죠, 네?"

"아니, 내 말은 아기씨가⋯⋯. 내 말뜻 알잖아요, 젠장."

"앉아."

에이문드가 명령했다.

"지금 바보짓 하고 있잖아."

"하지만 아기씨가⋯⋯."

"앉으라고!"

키카는 분노로 벌겋게 물든 얼굴로 다그마를 이글이글 노려보다가 천천히 자리에 앉았다.

그녀가 그웬바엘을 똑바로 보았을 때, 그는 그녀의 눈에 담긴 의도를 알 수 있었다. 분명한 초대의 눈빛. 말로든 표정으로든 키카는 그에게 밤늦게 자기 방으로 오든지, 다른 데서 만나든지 하자는 의미를 전하려 애썼다.

대답으로, 그웬바엘은 의자에서 몸을 돌리며 다시 에이믄드에게 집중했다.

"동생분이 협상을 잘하지 못한다니, 이 일은 오빠랑 같이해 보고 싶은데요. 아주 밀착해서."

자기가 이럴 때마다 이 남자가 얼어붙는 것이 무척 재미있었다. 에이믄드는 그가 며칠 전 숲 속에서 본 사슴 같은 표정을 하고 있었다. 그웬바엘은 뭘 어떻게 하면 이자가 줄행랑을 칠까 궁리했다.

그때, 다그마가 의자를 뒤로 밀며 일어났다.

"전 자러 가야겠어요, 아버지. 그웬바엘 님, 그럼."

"네, 레이디 다그마."

그웬바엘도 인사했지만 에이믄드에게서 시선을 떼지는 않았다. 인간이 한층 더 겁에 질렸다.

"말해 보세요, 에이믄드."

그웬바엘은 아삭아삭한 과일을 한입 베어 물고는 물었다.

"식사 후에 무슨 계획이라도……?"

화이트 드래곤 모르퓌드는 방금 입었던 드레스를 벗어 버리고 다른 드레스를 집었다.

언제 이렇게 되어 버린 거지? 이처럼 어리석게 그리고…… 여자같이 되어 버린 거야? 정말이지, 이런 일을 겪어야 할 필요가 있어?

모르퓌드는 붉은 드레스를 입고 거울에 비친 모습을 바라보며 얼굴을 찌푸렸다. 붉은 옷을 입은…… 모르퓌드. 규율에 어긋나는 것 아닐까?

그녀가 다시 드레스를 벗어 던지고 다른 옷을 입으려는 순간, 그웬바엘의 심언心言이 머릿속을 울렸다. 모르퓌드는 나쁜 짓을 하다가 걸린 사람처럼 괜스레 찔려서 가만 멈추었다가 동생이 노스랜드에 있다는 것을 기억해 냈다. 또, 동생은 자기 생각을 읽을 수 없다는 것을 재차 상기했다.

하지만 대부분의 드래곤처럼 그들도 서로 정신만으로 교신할 수 있었다. 진정한 재능이었다. 뭔가 마음속에 숨겼다 참새처럼 흠칫 뛰어오르지만 않는다면.

— 거기 있는 거야, 없는 거야?

동생의 목소리가 캐물었다.

— 소리치지 마!

모르퓌드는 침착하려 애쓰며 이마를 문질렀다.

— 뭔데?

— 아무것도 아니야. 하지만 난 지금 라인홀트 요새에 있어.

— 지하 감옥에 갇혔어?

— 웃기네.

모르퓌드는 미소를 띠며 침대 가장자리에 풀썩 주저앉았다.

실로 무척 웃겼다.

— 지하 감옥 아니야. 방 안에 있지. 인간 여럿하고 막 저녁 식사를 하고 오는 길이야. 좋게 말하면 아주 지루한 인간들.

— 그들이 뭐라고 했는데? 뭘 아는데?

— 알아내려고 작업 중이야.

— 아직도…….

모르퓌드는 이를 갈았다.

— 무슨 짓을 했어?

— 아무 짓도 안 했어.

— 그웬바엘!

— 나한테 맡겨 둘래? 왜 날 못 믿어?

— 몰라서 물어?

모르퓌드는 한숨을 지었다.

— 나 앤뉠한테 널 보내지 말았어야 한다고 했어.

— 동생을 그렇게 한없이 믿어 줘서 고맙네, 누이.

그 생각은 혼자만 간직하고 있어야 했다는 것을 뒤늦게 깨닫고 모르퓌드는 얼굴을 찡그렸다.

— 그웬바엘, 미안해. 그러니까…….

하지만 그웬바엘이 이미 사라지고 없다는 것은 알고 있었다.

동생을 상처 입힐 생각은 없었다. 하지만 그웬바엘이 아닌가! 그녀는 피어구스와 함께 앤뉠을 설득해서 그웬바엘을 대사로 보내지 못하게 하려 했다. 그러나 친구는 끝내 그를 고집했다.

모르퓌드는 동생이 노력을 하리라는 것을 의심하지 않았지만,

그래도…… 그웬바엘이니까!

"또 그웬바엘이었어?"

갑작스레 누군가 끼어들었다. 익숙한 손이 등을 쓸자, 모르퓌드의 몸이 굳어졌다.

"내가 마음을 상하게 했어."

그녀는 돌아보지도 않고 대답했다.

"그럴 작정은 아니었는데."

입술이 그녀의 뺨과 목덜미를 지나고, 이가 가볍게 그녀의 귀를 물었다.

"알지. 하지만 가끔 그웬바엘은 그런 대접을 받을 만한 짓을 하니까."

모르퓌드는 뒤에 선 인간 남자에게 기댔다. 남자는 지난 몇 달간 똑같은 방식으로 방 안에 들어왔다. 창문을 넘어. 그들의 낮은 왕국을 위한 봉사로 채워졌지만, 밤은 서로에게 바치는 시간이었다.

"그 애 말로는 우리가 자기를 믿어 주지 않는대."

브라스티아스 경, 다크플레인의 전군을 총괄하는 장군은 두 팔로 모르퓌드의 몸을 감싸 꼭 끌어안으며 턱을 그녀의 어깨에 기댔다.

"믿음과 신뢰는 자기가 얻어 내야 하는 거야, 모르퓌드. 하지만 당신 동생은 그렇게 봐주기엔 장난이 너무 심했어. 게다가 자기가 곰을 찔러 놓고 곰이 공격했다고 놀라면 안 되지."

"하지만 그 애도 신경을 쓰는걸. 나름대로는. 남들은 그렇게 생각하지 않지만, 걘 정말 그래. 그리고 진심으로 앤닐을 돕고 싶어 해. 걱정도 하고."

"우리 모두 그렇지. 지난 몇 주간 여왕님은 어디가 아픈 것 같았어."

"알아. 앤닐이 신경을 많이 쓰지 않도록 당신이 확실히 처리해 줘서 고맙게 여기고 있어."

또, 둘의 관계를 멋진 비밀로 해 두고 있는 것도.

모르퓌드는 오빠들이 그들 사이를 알아내면 브라스티아스의 몸이 온전하지 않을까 싶어 사실을 인정할 수 없다는 걱정이 그저 기우이기를 바랐다.

하지만 그것만이 아니었다. 어머니에게 이야기해야 한다는 생각만 해도 침대에 누웠을 때 몸이 움츠러들어 꼼짝할 수도 없었다. 리아논 여왕은 기분이 좋을 때조차 까다로웠다. 딸을 대하는 태도와 아들을 대하는 태도가 천양지차인 이유는 하늘만이 알 것이다.

"여왕님을 보호하려고 하지만, 가끔씩 내 속을 캐내려고 한단 말이야."

그가 미소를 지었다. 드문 일이었지만, 무척 아름다웠다. 모르퓌드는 언제나 그의 미소가 자기만을 위한 특별 선물 같다고 느꼈다.

"얼마나 더 걸리겠어?"

"모르겠어. 적어도 두 달은 더 기다려야겠지. 하지만 아무리 쌍둥이를 가졌다고 해도…… 그렇게 배가 부른 건 이상해."

"걱정이 많이 되나 보군?"

"걱정돼. 정말로 걱정이 돼."

모르퓌드는 머리를 그의 머리에 기댔다.

"이미 할 수 있는 한 최선을 다하고 있어. 여왕님도 그 이상을 바랄 순 없을 만큼. 우리 모두가 그래."

"알아."

"여왕님은 오늘 저녁 식사에 나오지 않았어. 누가 말해 줬어?"

"아니."

모르퓌드는 즉시 근심스러워했다.

"괜찮대?"

"괜찮다더군. 피어구스와 여왕님은 그냥 오늘 밤은 누워 있고 싶다고 했어. 대전에 사람들이 별로 내려오지 않을 것 같다는 소리로 들리던데."

"알아."

"그래서 난 당신과 여기서 저녁 식사를 할까 했지. 우리도 좀 눕고."

모르퓌드는 얼굴을 그 쪽으로 돌리며, 키스의 느낌이 온몸을 훑고 지나도록 맡겼다.

"오늘 밤 식사에 그 옷을 입을 작정이었어?"

모르퓌드가 눈꺼풀을 파르르 떨며 눈을 떴다. 그의 키스가 멈췄다는 것을 깨달은 것이다. 모르퓌드는 그가 키스를 하다가 마는 것이 싫었다.

"이거? 음…… 그냥 한번 입어 본 거야. 식사 때 입을 작정은 아니었고."

"어디 보자."

브라스티아스가 몸을 뗐다.

"자, 보고 싶어."

불안한 기분을 느끼면서 모르퓌드는 일어서서 천천히 그를 향해 돌아섰다. 모르퓌드는 빨강 옷을 입어서는 안 되었다. 어머니가 특히 빨간색을 입어서는 안 된다고 명령을 내렸다. 대체 무슨 생각을 했던 걸까?

"약간 물러서면 드레스 전체가 보일 것 같은데."

모르퓌드는 몇 발짝 물러섰다.

"어때?"

"멋지군. 당신은 빨강 옷을 입으면 근사해."

"그래?"

"그럼.

그의 시선이 그녀의 머리끝부터 발끝까지 한차례 훑고는 천천히 다시 올라왔다.

"정말 그래."

모르퓌드는 그의 눈길 아래서 자신감이 솟는 것을 느꼈다.

"고마워."

그가 침대에 누워 몸을 펴더니 무척이나 만족한 듯 숨을 내쉬었다. 그사이에도 그의 시선은 모르퓌드에게서 떠나지 않았다.

"그런 옷을 금방 벗어야 한다니 무척 안타까운데."

그에게로 걸어가는 모르퓌드의 손가락은 벌써 드레스를 어깨에서부터 벗겨 내리고 있었다.

"그래, 브라스티아스. 무척 안타까운 일이지."

그웬바엘은 머리를 흔들어 멍청해 보이는 땋은 머리를 풀어 헤치고 방 안을 서성거리기 시작했다.

"그래, 그웬바엘을 보내지 말라고 했다고. 다 망칠 거라고. 쓸모없고 한심한 그웬바엘이니까."

세 형제 중 누군가 그랬다면 모르퓌드가 한 말은 쉽게 무시해 버릴 수 있었다. 하지만 모르퓌드나 여동생 케이타가 그런 말을 했다고 생각하면 마음이 아팠다. 상당히. 누이들이 자기를 이만한 일도 할 수 없다고 여긴다니 무척 마음이 상했다.

앤뉠은 그에게 전 세계나 같은 의미였고, 그는 앤뉠과 그 쌍둥이의 안전을 위협하는 일은 절대 하지 않을 것이었다. 그런데 어째서 가족들은 이런 사실을 모른단 말인가? 그가 죽을 수도 있는 무시무시한 시험들에 맞서지 않으려 했기 때문에? 피어구스처럼 항상 아무 생물체나 보고 인상을 썼어야 한단 말인가? 아니면 브리크처럼 계속 경멸해야 했나? 아니면 에이브히어처럼 눈을 휘둥그레 뜨고 열심히 하는 척했어야 하나? 그래야 일족이 그를 진지하게 받아 줄까?

이렇게 오랜 세월이 흘렀는데도 어째서 가족들은 아직도 모른단 말인가?

그웬바엘은 이 모든 이유가 아버지가 즐겨 부르는 대로 그의 '여성 편력' 때문이라는 얘기는 귀담아듣고 싶지 않았다. 일족 중 누구도 수도승처럼 살고 있진 않았으니까. 모르퓌드야 다른 가족들보다는 좀 더 그런 이상에 가깝게 살고 있긴 하지만.

그래도 이런저런 일 끝에 앤닐만은 그의 가치를 이해해 주었다. 이백 년은커녕 알고 지낸 지 오 년도 안 된 인간이, 앤닐만이 그를 진정으로 믿어 주었다.

그러니 앤닐 때문이라도 그는 결코 실패해서는 안 되었다.

갑자기 문을 두드리는 소리에 그웬바엘은 우울한 생각에서 빠져나왔다. 그가 이런 감상적인 기분을 얼마나 싫어하는지는 아무도 몰랐다.

그는 방 반대편으로 가서 두껍고 튼튼한 나무 문을 열었다. 그러고 보니 노스랜드에선 모든 게 나무로 만들어졌고 튼튼했다. 사람들까지도.

복도에 서 있는 하녀를 보고, 그웬바엘은 눈을 깜박였다.

"응?"

하녀가 찡그리자, 그가 말했다.

"뭐지?"

"저는, 음⋯⋯."

하녀는 그웬바엘의 눈치를 살피더니 약간 몸을 떨며, 대담하게 방으로 들어왔다.

"내가 뭐 해 줄 일이라도 있나, 귀여운 아가씨?"

"전 선물이에요."

여자가 벌써 드레스를 벗으며 말했다.

"나리께 바치는 선물이죠."

그녀의 시선이 탐욕스럽게 그를 삼켰다. 여자는 그의 남성을 원했지만, 그에겐 별로 놀랄 일도 아니었다.

"지금? 누가 보냈는데?"

"라인홀트 님들이시지요, 물론."

"알겠군."

그웬바엘은 방 저편으로 뚜벅뚜벅 걸어가 창 옆 벽에 등을 기대며 팔짱을 꼈다.

"그럼 넌 무슨 선물이지?"

여자의 드레스가 바닥으로 툭 떨어졌다. 그녀는 그 앞에 아름다운 알몸으로 자신 있게 서 있었다.

그의 몸이 자르르 떨렸지만, 그렇게 놀랍지도 않았다. 오랜만이니까. 일주일 가까이나 됐다!

게다가 아직…….

갑자기 그는 창 쪽으로 빙그르르 몸을 돌려 밖을 바라보았다. 다그마 라인홀트가 마구간 옆 그늘에서 쓱 빠져나와 요새 문에서 멀어지는 모습이 보였다. 그녀는 모직 망토를 따뜻하게 두르고 장갑을 꼈으며 어깨에 가방을 메고 있었다.

이 시간에 어디를 가는 거지?

그웬바엘도 인정해야 했다. 레이디 다그마가 아주 흥미로운 여자라는 것을.

저녁 식사 때, 그녀는 그웬바엘의 꿍꿍이에 당황했으나 흥미가 동한 듯도 했다. 게다가 무척이나 재미있어했다. 그는 다그마를 볼 때마다 발톱을 숨긴 고양이가 마음속에 떠오르곤 했다. 특히 방 안을 샅샅이 살피면서 눈앞의 광경을 파악하고 분류하는 차가운 회색 눈을 볼 때면.

그런데 저 노스랜드의 얌전한 외동딸이 이 한밤에 뭘 하느라 헤매고 다니는 거야? 알아내야겠군!

"나리?"

그웬바엘이 험상궂은 표정으로 쳐다보자, 여자가 움찔 물러섰다. 솔직히 여자가 방에 있다는 것조차 잊고 있었다. 그는 찡그린 표정을 풀고 무척 호의적인 미소를 지었다. 노부인이나 귀찮은 꼬맹이들을 상대할 때 짓는 미소.

"미안, 귀여운 아가씨. 오늘 밤은 안 되겠어."

"네?"

그웬바엘은 여자의 드레스를 집어 팔에 걸쳐 주고 될 수 있는 한 부드럽게 문 쪽으로 밀었다.

"하지만 여기 와 줘서 진심으로 고마워. 착하기도 하지."

그러고는 문을 열고 여자를 복도로 밀어냈다.

"시그마 님께 고맙다고 전해 드려. 그리고…… 가슴 죽이네."

그는 문을 닫고 잠근 다음, 옷을 벗고 창을 활짝 열어젖혔다. 차가운 노스랜드의 밤 속으로 빠져나왔을 때는 드래곤으로 변신해 있었다. 앞 발톱이 돌벽을 파고들었다. 그는 주변의 어둠에 녹아들어 다그마 라인홀트를 따라갔다.

에이문드와 형제들은 사랑스러운 레가르타가 드래곤의 방에서 복도로 쫓겨 나오는 광경을 보았다. 문이 쿵 닫히더니 곧이어

빗장이 채워졌다. 여자는 알몸이었지만, 앞을 드레스로 가리고 있었다. 방 안에는 채 삼 분도 있지 않았다. 에이문드가 어림하기엔 한 번 빨아 줄 만한 시간도 되지 않았으니 한 번 할 시간은 말할 것도 없었다.

에이문드가 손짓하자 여자가 뛰어왔다. 얼굴은 붉게 상기되었고 몸이 부들부들 떨리고 있었다.

"저 개자식이 나를 쫓아냈어요. 내가 누군지 알고!"

레가르타의 침대에 들어가보지 않은 남자는 라인홀트 영지에 몇 되지 않았다. 그녀는 쾌락을 즐겼고, 뭐든 거리낌이 없었다. 그들이 방으로 돌아가는 드래곤을 가리켜 보였을 때, 레가르타는 정열에 사로잡혀 혀로 입술을 핥았고 그의 '선물'이 되겠다고 순순히 나섰다.

"그자가 뭐라고 했지? 이유를 댔나?"

"아뇨. 그냥 별로 흥미를 보이지 않았어요."

에이문드는 동생들을 돌아보았지만, 다들 영문을 모르겠다는 표정이었다.

아무리 인간인 척하는 드래곤이라도, 어떻게 저 개자식이 공짜로 여자를 안겨 준다는 데 관심이 없을 수 있지? 대체 무슨 남자가 그래?

"자기 종족만 좋아하는지도 모르지."

형제 중 한 명이 짐작을 내놓았다.

"나라도 드래곤 여자랑 잠자리를 같이하라면 마음이 편하다고는 못 할 것 같거든."

"드래곤만 좋아해서 그런 건 아닌 것 같은데."

발디스가 말했다.

"그보다, 에이문드를 원해서 그런 것 같아."

에이문드가 걱정하는 점이 바로 그것이었다. 보통 외부인에게서 보호해야 할 필요가 있는 사람은 다그마였다. 하지만 처음으로 다그마는 전혀 위험하지 않은 듯했다.

"아버지를 뵈러 가야겠다."

에이문드가 불쑥 말했다. 나머지는 모두 술집으로 향했다.

다그마는 병사 지붕 위에 편안하게 자리를 잡았다. 추워질 줄 알고 모피를 더 챙겨 왔다. 가장 좋아하는 가방에는 와인 한 병과 아까 저녁 식사에 나왔던 디저트와 술잔도 들어 있었다. 모두 다 차려 놓은 후, 다그마는 두 다리를 꼬고 수수하지만 편안한 치마를 끌어당겨 무릎과 발을 따뜻하게 덮었다. 그런 후에 오락이 시작되기를 기다렸다.

오래 기다릴 필요는 없었다.

키카가 발꿈치를 들고 이쪽저쪽을 살피며 사람들의 눈을 피해 슬금슬금 나타났다. 그런데 일전에 우겨서 산 값비싼 망토를 두르고 있었다. 밖은 어두웠지만 여러 건물에서 빛이 나오고 있어 환한 노란 옷이 핏빛 태양 속의 흑점처럼 확 튀어 보였다.

멍청한 여자.

에이문드의 신부로 라인홀트 요새에 온 이래, 키카는 다그마를 자기 발로 깔아뭉개려고 갖은 노력을 다 했다. 그녀는 다그마를 믿지도, 좋아하지도 않았고 기가 죽지도 않았다.

다그마도 마찬가지였다. 다만 차이점이 있다면 키카는 멍청하다는 것이다. 다그마는 그 썩은 머리에 뇌가 있기나 한지 의심스러웠다.

지난 다섯 달, 키카가 시그마를 살살 구슬려 다그마를 멀리 보내려 하고 남편을 꼬드겨 그 일을 밀어붙이려 하는 동안, 다그마는 점점 늘어나는 키카의 연인 목록을 작성했다. 그 안에는 장소와 시간, 체위까지 다 적혀 있었다.

사실, 키카의 불륜 행각을 오래전에 폭로할 수도 있었다. 하지만 굳이 힘을 낭비해서 뭐하겠나 싶었다. 더 중요한 것은, 키카가 더 많은 자식을 낳아 남편을 행복하게 해 준다면 시그마가 아들들의 결혼 생활에 대한 걱정을 덜고 요쿨 같은 더 중요한 사안에만 집중할 수 있기 때문에 그러지 않았을 뿐이다.

게다가 이렇게 병사 지붕 위에 앉아 있는 동안 다그마도 인정할 수밖에 없었다. 그녀가 다른 방식으로는 얻을 수 없는 오락거리를 키카가 즐기고 있다는 사실을.

다그마는 훔쳐보는 것이 좋았다. 나쁜 짓이기는 했지만, 요 몇 년 새는 다그마가 힘들여 얻어 낸 것을 빼앗아 가고자 하는 사람들에게 대항하는 목적으로만 사용했다. 키카가 아무 짓도 하지 않는 한 이 비밀은 안전하게 지킬 작정이었다.

키카는 마구간 우두머리의 방 안으로 슬쩍 들어갔다. 노스랜드에서 말은 무척 중요했으므로, 전사들도 마구간 우두머리를 존경했으며 높은 임금을 주고 부지에 거처도 제공했다.

고맙게도 이 마구간 우두머리의 작은 집에는 예쁜 창문이 나있었고, 그 나무 창문은 닫히는 법이 없었다. 우두머리가 속셈을 훤히 보이며 키카에게 다가가자, 다그마는 가방 속에 손을 넣어 특제 안경을 꺼냈다. 라그나 수사가 몇 년 전에 만들어 준 물건이었다. 얼굴에 끼는 안경과는 달리, 이건 훨씬 커서 양손으로 들어야 했다. 얼굴에 쓰는 게 아니라 눈에 갖다 대는 것이었지만 안경을 싼 가죽 덕분에 손으로 잡기 편했다. 보통 안경으로는 앞에 있는 물체만 보였지만, 이 안경으로는 저 멀리 있는 물건까지도 볼 수 있었다.

근사할 정도로 자세히.

다그마는 마구간 우두머리가 키카의 드레스를 찢자 씩 웃었다. 저 여자는 요새에 돌아가서 뭐라고 하려고 저러지? 지금쯤이면 에이문드도 드레스가 또 '우연히' 찢어졌다는 사실을 눈치채리라는 것을 알 법도 한데.

오빠는 동전 한 닢도 아까워하는 구두쇠였고, 키카의 매력은 오래전 닳아 없어졌다. 이 또한 키카가 점점 더 불만을 키운 이유일 거라고 다그마는 짐작했다. 하인들이 해 준 말로는, 두 사람의 부부 싸움이 잦아졌다고 했다. 오빠는 동네 술집에서 동료나 일족 남자들과 더 많은 시간을 보내게 되었다. 물론 술집 여자들과 함께.

키카의 옷과 속옷이 찢겨 벌어지자, 마구간 우두머리 발테마는 그녀를 자기 팔 위로 누이고 괴상할 정도로 큰 가슴을 탐했다. 다그마는 한껏 즐기면서 구경하고 있긴 했지만 남자의 솜씨에 약간 얼굴을 찡그렸다.

"기술은 좀 부족하군, 안 그래?"

갑자기 들려온 목소리에, 창피하기도 하고 깜짝 놀라기도 한 다그마는 거대한 안경을 무릎 위로 내리고 고개를 왼쪽으로 돌렸다. 눈을 깜박이며 뒤를 보았다가, 다시 오른쪽을 돌아보았다.

"열심히는 하는데, 약간…… 음, 침을 너무 많이 바르네."

그녀는 다시 왼쪽을 보았다. 가까이에 있는 건물 꼭대기, 저 멀리 나무 우듬지만이 보일 뿐이었다. 그러나 모습을 볼 순 없어도 느낌은 여전히…….

그녀는 한 손을 뻗다가 뭔가 단단하고 부드러운 것과 부딪쳤다. 그게 뭔지 알아내려고 표면을 쭉 더듬어 보았다.

"그거 기분 좋은데."

다그마는 손을 휙 뒤로 뺐다.

"모습을 드러내, 드래곤."

어둠이 흔들리더니 그 자리에 없었던 것이 나타났다. 황금빛 비늘, 몸에 딱 붙인 거대한 날개, 발톱, 송곳니. 드래곤이 세계를 등진 채 그녀를 마주 보고 있었다. 끄트머리가 깔끔히 잘려 뭉툭한 검은 꼬리가 지붕 가장자리에서 나른하게 앞뒤로 흔들렸다.

"레이디 다그마, 아름다운 밤이야."

다그마는 대답하지 않았다. 그에게 들켰다는 게 무척이나 언짢았다. 그가 보았다는 게 너무나 언짢았다.

불이 드래곤을 감쌌다. 다그마는 재빨리 고개를 돌렸지만 열기가 너무 가까이에서 느껴져 불편했다. 그리고 잠시 후, 그가 옆에 앉았다. 인간의 형태로.

게다가 알몸으로.

그녀의 침실에서처럼, 두 손을 뒤로 해서 지붕널을 짚고 윗몸을 지탱한 자세였다. 긴 다리는 무릎을 구부려 우스꽝스럽게 큰 발을 앞에 두었다. 하지만 그의 거대한 남성이 허벅지 위에 나른하게 놓여 있는 모습에 다그마의 입속 침은 금세 말라 버렸다. 그럴 만도 했다. 늘어져 있을 때 저렇다면…….

다그마는 시선을 돌리려 애쓰며 물었다.

"쌀쌀하지 않아?"

"괜찮은데."

다그마는 그에게 모피 담요를 건넸다.

"어쨌든 이거 덮어."

그는 킬킬대며 모피를 무릎 위에 덮었다.

"슬쩍 보기는 했어?"

"그럴 필요도 없지. 벌거벗은 남자들이야 매일 보니까."

"하지만 나처럼 훌륭한 사람은 없잖아."

사실이었지만 다그마는 큰 소리로 인정할 마음이 없었다.

"여기 왜 온 거지?"

"구경거리를 찾아왔지. 당신처럼."

다그마는 그의 능글맞은 말에 대답하지 않았다. 대신 이게 자기에게 얼마만큼 나쁜 상황일지를 분석했다.

드래곤은 이걸 약점으로 잡아 그녀에게 불리하게 이용할 수 있을 것이다.

하지만 다그마가 순순히 당해 줄 때의 이야기였다. 아버지가 좋아하시진 않겠지만, 어느 모로 보나 키카에게 더 나쁜 상황이니 자신에게 쏠리는 관심을 쉽게 딴 데로 돌릴 수 있을 것이다. 에이문드를 배신한 쪽은 키카였다. 어쨌든 키카가…….

"안 그래도 돼."

다그마는 그를 흘긋 쳐다보았다.

"뭘?"

"내가 이걸 어떤 식으로 당신에게 불리하게 써먹을까 싶어 머리 굴리는 거."

"그런 적 없……."

"그런 일은 없을 테니까."

다그마는 입을 다물고 똑바로 앞을 바라보았다.

"안 그런다고?"

"맞아. 그거 와인이야?"

그는 앞으로 몸을 숙이며 병을 집었다.

"왜?"

"뭐가 왜야?"

그는 뚜껑을 돌려 빼고 와인을 꿀꺽 들이켜더니, 켁켁거렸다.

"지하 세계의 신들이 다 벌떡 일어나겠군! 이게 뭐야?"

"아버지의 와인이야. 사우스랜드의 와인보다야 부드럽지는 않겠지."

"뾰족뾰족한 유리 조각보다야 부드럽다고 하지그래."

하지만 어쨌든 그는 한 모금 더 마신 후 병을 도로 건넸다. 다그마는 잔을 집으려 했지만 병에 직접 입을 대고 마시는 게 더 어울릴 법한 밤이었다. 그래서 그대로 병에 입을 대고 몇 모금 마신 후 다시 뚜껑을 끼웠다.

"나한테 불리하게 쓰지 않겠다, 이거지."

"그래."

"왜? 우리 둘 다 당신이 내게 원하는 게 있다는 걸 알아. 하지만 나는 주지 않겠다고 했지. 그런데도 이걸로 협상하려 들지 않겠다고?"

"두 가지 이유가 있어. 먼저, 그렇게 했다간 당신을 적으로 돌리게 될 테니까. 난 당신을 적으로 삼고 싶지 않아. 사실, 이 노스랜드에서 적으로 돌렸다간 절대 당해 내지 못할 사람이 바로 당신이지."

"그 말은 맞네."

다그마는 인정했다.

"알아. 내가 이걸 이용하면, 확실히 진실은 얻어 내겠지. 하지만 부분밖에 얻을 수 없을 거야. 나를 쫓아 보낼 정도는 되지만 진짜로 도움이 되지는 않을 정도? 앤널 여왕을 완전히 지킬 수 있을 만한 진실은 주지 않겠지."

그 말이 맞았다. 딱 들어맞았다.

"두 번째 이유는?"

드래곤은 미소 지었다.

"나도 훔쳐보기를 좋아하니까. 그러면서 그걸 남에게 불리하게 쓰면 위선자 아니겠어?"

"난 재미로 보는 게 아니야. 순전히 확인을 하려고……."

"하지 마."

그가 진지한 표정으로 고개를 저었다.

"나한테는 거짓말하지 마."

그리고 주변의 너른 들판을 향해 팔을 휙 저으며 말했다.

"세상 모두에게 거짓을 말해도 좋아. 당신이 원하는 걸 얻는 동안 사람들이 듣고 싶어 하는 말을 해 주라고. 하지만 나한테는 하지 마."

"왜 그래야 하는데?"

"우리는 서로 잘 이해하니까, 다그마. 귀찮게 시시한 게임은 하지 말자고."

다그마가 그의 직선적인 말에 당황했다. 당황하면서도 호기심이 인 듯했다.

"그럼 당신이 제안하는 건 뭐지, 그웬바엘 님?"

"그거 오늘 저녁에 나온 디저트야?"

그녀가 옆에 깔아 둔 천 위에 놓인 기름진 디저트를 힐끔 보았다. 그걸 가져왔다는 사실조차도 잊고 있었던 모양이다.

"그래."

"먹어도 돼?"

그웬바엘은 그녀의 몸 위로 손을 뻗어 디저트를 집었다.

"정말 맛있더라고. 여기 요리사들 훌륭하던데."

"그렇지."

그는 손가락으로 디저트를 한 조각 뜯어내 입안에 넣었다. 맛이 혀에 닿아 터지자, 절로 한숨이 나왔다.

"정말 훌륭해!"

"당신 제안을 말해 봐, 드래곤."

그웬바엘은 입술을 핥았다.

"몇 가지 있지. 하지만 가장 중요한 건 서로를 적으로 보지 말자는 거야."

"우리가 적이 아닌가?"

"여기서 원하는 게 없으면 그렇지."

그는 손가락 끝에 묻은 맛있는 반죽을 핥았다.

"난 장님이 아냐, 다그마. 당신 아버지의 땅에는 심각하게 방어진지가 구축되어 있더군. 불만 붙이면 되는 기름 웅덩이가 곳곳에 숨어 있고, 순찰이 끊이지 않고, 땅에는 방아쇠를 당기기만 하면 되는 대못 덫을 설치해 놓았더군. 내가 본 건 새 발의 피라는 것도 알아."

"요점이 뭐야?"

"기본 방어진지가 있다는 거지. 전쟁 대비용 진지. 확실히 전쟁이 닥치고 있는 거야."

"전쟁은 이미 벌어졌어."

그녀가 깊은 숨을 내쉬었다. 그 순간 모든 가식, 모든 환상이 사라졌다. 그웬바엘은 이제 진정한 다그마 라인홀트와 말하고 있다는 사실을 알았다. 그녀의 일족이 한 번도 보지 못했으며, 보고 싶어 하지도 않는 모습. 다그마는 그에게 기회를 주고 운을 걸어 보려는 것이다.

"아버지가 이 땅을 차지한 건 고작 열일곱 살 때였어. 형제 중 여섯은 아버지에게 충실했지만, 셋은 죽었고 둘은 요쿨의 편에 섰지. 물론 요쿨 본인도 있고."

그웬바엘이 디저트를 내밀자 그녀는 한 덩이를 떼어 내며 말을 이었다.

"요쿨은 이 땅을 직접 차지하겠다고 결의했어. 그리고 몇 년 전, 군대를 이끌고 요새 근처 마을과 영지를 급습했지. 우리는 방어 태세를 갖추고 있지 못해서…… 아주 심하게 당했어. 에이문드 오빠의 첫 번째 아내가 그 자리에 있었는데 살해당했지. 오빠가 계속 분개하는 이유야."

"요쿨이 그녀를 죽였나?"

"사람에 따라 대답이 달라질 거야. 아버지와 일족이 지키면서 사는 '노스랜드 규약'에는 혈연관계거나 인척인 여성은 절대 건드리면 안 된다는 대목이 있어."

다그마는 저 멀리 영지를 아련히 쳐다보았다.

"내 가족 남자들은 요쿨이 그렇게 저열한 지경까지 떨어졌다는 건 믿으려 하지 않아. 자진해서 '규약'을 깨려고 했다고는. 그들은 에이문드 아내의 죽음을 사고로 믿고 싶어 하지."

"당신은 믿지 않는군."

"난 요쿨이 오직 그 자신의 규약만을 따른다고 믿으니까."

"그가 다시 반격해 올 계획이라고 생각하는군."

"그러든 그러지 않든, 준비해 둘 가치가 있지."

그웬바엘은 디저트를 한 조각 더 떼어 냈다.

"그럼 앤닐과의 동맹은⋯⋯."

다그마가 고개를 저었다.

"나는 그 동맹을 가지고 당신과 거래할 수 없어. 그건 아버지랑 해야 해."

"당신 일족 남자들이 매력적이긴 하지만, 레이디 다그마⋯⋯."

그는 손가락에서 크림을 핥아 냈다.

"실제로 생각과 이성을 필요로 하는 일을 다룰 만큼 내가 신뢰할 수 있는 사람은 당신뿐이야."

다그마가 고개를 휙 돌렸다. 그웬바엘은 그녀가 웃음을 억누르려 한다는 것을 알았다.

"당신 아버지는 내가 맡도록 해 줘."

그녀의 얼굴에 떠오른 웃음에는 그의 기술을 전혀 믿지 않는 기색이 역력했다.

"할 수 있다면 해 봐."

"내가 할 수 있다는 건 알아."

그녀는 와인을 한 모금 더 마시고 그에게 병을 건넸다.

"재미있네."

그웬바엘이 마침내 말했다.

"뭐가?"

그는 마구간 우두머리 숙소의 열린 창 안쪽을 와인병으로 가리켰다.

"저자가 여자에게 하는 짓이."

다그마가 가죽에 싼 거대한 유리 조각을 다시 들어 눈에 갖다 댔다.

"세상에."

그녀는 유리 안경을 내리고 그를 보았다.

"저런 짓을 하려면 적절한 준비 같은 걸 해야 하지 않나?"

"여자도 마찬가지로 즐기게 하고 싶으면…… 그렇지."

"그러면 그저 무례한 거네."

"섬세함이라고는 없는 거지. 차라리 곰에게 물어뜯기는 편이 나을걸."

다그마가 다시 그쪽을 보면서 웃었다. 그웬바엘은 어쩐지 그녀가 웃고 싶은 만큼 웃지 않는다는 느낌을 받았다.

"올케가 오빠에게는 곰한테 뜯겼다고 둘러댄다는 데 금화 세 닢 걸겠어."

"아니, 아니지. 난 당신 오빠가 그걸 믿는다는 데 금화 세 닢 걸지."

그들은 씁쓸한 끝까지 지켜보았다. 드래곤의 논평을 듣다 보니 다그마는 웃다가 눈물이 날 지경이었다. 자기가 그를 웃겨 주기도 했다는 것이 한결 더 보람 있었다. 다그마를 정말로 재미있다고 생각하는 존재는 이전에는 없었다. 이제는 그런 기분이 얼마나 근사한지 확실히 알았다.

마침내 키카가 비틀비틀 절뚝거리며 요새로 돌아가자, 다그마는 가지고 온 짐을 도로 쌌다.

드래곤이 지붕 위에서 뛰어내리며, 허공에서 간단하게 원래 형태로 변신했다.

"가지, 야수. 데려다 줄게."

"나를 데려다 준다고?"

드래곤은 병사 지붕 위에 착륙했다. 그 가벼운 몸짓에 다그마는 놀랐다. 아침이 되어도 건물을 뒤흔들었던 것이 뭔지 병사들이 궁금해하지는 않을 것 같았다.

그가 약간 몸을 돌리며 낮추었다.

"자, 올라타."

날아간다고? 나를 태우고 날겠다는 거야?

"난……."

"당신도 해 보고 싶으면서."

드래곤이 송곳니를 드러내며 씩 웃었다.

"떨어뜨리지 않겠다고 약속할게."

"참 안심이 되네."

하지만 다그마는 전혀 걱정이 되지 않는다는 게 더 걱정스러웠다.

"자, 내 길고 호화로운 갈기를 잡고 훌쩍 올라타."

"난 훌쩍 뛰지 않아, 드래곤."

"그럼 꼭 잡아."

다그마는 가방끈을 어깨에 메고 갈기를 붙잡았다. 그의 꼬리가 엉덩이 아래로 들어와 몸을 들어 올리는 게 느껴지자, 그녀는 깜짝 놀라 비명을 질렀다.

"도와주려고 한 것뿐이야."

다그마가 식사용 칼로 꼬리를 찌르기 전에 그가 말했다.

"자, 그럼 허벅지로 내 목을 꽉 조이면서 머리카락을 붙들어."

드래곤이 건물 가장자리로 뛰어내렸다. 등에서 날개가 펼쳐졌다. 노스랜드의 바람이 그들을 높이 들어 올렸다. 그는 약간 활강을 하더니 두 날개를 퍼덕여 더 높이 올랐다. 다그마는 눈앞의 광경에 매혹되어 세상을 바라보았다. 만물을 내려다보는 기분은 멋졌고, 이처럼 자유로운 느낌은 중독성이 있었다.

그는 다그마를 태우고 마을과 들판 위를 한 시간 가까이 돌았다. 어째서 그렇게 오랫동안 사방을 도는지 알 수 없었지만, 다그마는 불평하지 않았다. 일분일초가 좋은데, 굳이 따질 이유가 없잖아?

드래곤은 그녀를 다시 요새로 데려왔고, 다그마는 자기 방 창문을 가리켰다. 그가 벽에 내려앉으며 앞발로 몸을 지탱했다. 다그마는 미끄러져 아래로 곤두박질칠까 겁이 덜컥 나서 그에게 매달렸다. 그러나 그의 꼬리가 그녀의 허리를 감아 들어 올렸다.

"창문을 열어."

다그마가 시키는 대로 하자, 꼬리가 그녀를 안으로 들여보내 주었다. 그 꼬리는 그녀가 바닥을 디딜 때까지 계속 허리를 감고 있었다.

"이 말은 해야겠군, 레이디 다그마. 내가 여자랑 자지도 않는데 이렇게 즐거웠던 건 처음이야."

다그마는 팔꿈치를 창틀에 기대고 주먹으로 턱을 받쳤다.

"그자에게 훈수를 두고 싶어서 꽤 힘들었겠네."

"물론이지! 정말 엉망이더군."

그녀는 못마땅한 듯 입을 비죽였다.

"게다가 더럽기도 했지. 그 차이를 당신이 알까 몰라."

"알지."

"내 올케가 즐겼던 것 같아?"

"내내 당신 오빠를 속여 먹을 궁리나 했을 텐데, 어떻게 그랬겠어?"

"올케가 그런 생각을 했는지 어떻게 알아?"

"알고말고. 그 표정을 이전에도 본 적이 있으니까."

다그마도 그 말은 충분히 동감할 수 있었다.

"아침이 되면 당신이 날 신뢰해 주길 바라, 레이디 다그마."

"별로 좋은 생각 같지 않은데."

"그럴지도. 하지만 당신은 날 신뢰해야만 해."

다그마는 그도 신뢰해 주기를 바라며 고개를 끄덕였다. 비록 그녀 자신은 그런 신뢰를 받을 자격이 없겠지만.

드래곤이 자기 방 쪽으로 향했다. 돌벽에 발톱을 찍으며 걷는데도 가벼운 발걸음이었다.

카누트가 그녀 뒤에서 으르렁거렸다. 다그마는 돌아서서 한 손을 들었다. 개는 즉시 자리에 앉았다.

"착하다."

순간, 다그마는 느꼈다. 엉덩이를 쓱 지나 치마 아래와 다리 사이로 미끄러지는…….

그녀가 휙 몸을 돌렸을 때, 꼬리는 사라지고 없었다. 다그마가 창밖으로 몸을 내밀자, 그가 말했다.

"아침에 보자고, 레이디 다그마."

불꽃이 반짝 타오르더니 그녀를 놀리듯 나체의 남자로 변한 그가 방 안으로 사라졌다.

다그마는 창문을 닫고 한 손을 가슴에 얹었다. 그의 속셈을 제대로 헤아렸기를 진심으로 바랐다. 그렇지 않다면 저 멍청한 키카보다 나을 게 하나 없는 여자가 되고 말 것이다.

게다가 다그마는 단순한 위신보다도 잃을 게 훨씬 많았다.

올게어 일족의 '건달' 올게어는 앞발 아래쪽의 땅에 침을 뱉었다. 화가 날 만도 했다. 그자들이 그의 영토 안에 들어와 있었으니까.

노스랜드의 위대한 드래곤 군주로서, 그의 영토는 고지대 노스랜드 평원 안 '의혹의 산'부터 서쪽으로는 '파괴의 강', 동쪽으로는 '험악한 바다'까지 뻗어 있었다. 영토가 끝나는 곳은 아우터 플레인으로, 그곳이 그와 드래곤 퀸 계집 사이의 경계였다.

그는 노스랜드 전체를 지배할 꿈을 꾸었지만 사우스랜드 암캐년의 영토 때문에 그 이상을 추구하기가 어려웠다. 그와 다른 전쟁 군주들은 백 년도 전에 잠깐 연합해서 리아논 여왕에게 전쟁을 선포했으나, 대부분이 서로 아웅다웅하느라 정신이 없어서 제대로 된 공격은커녕 방어진지를 세우기도 어려웠다.

까다로운 사우스랜드 놈들은 그 누구의 예상보다도 빠르게 공격하며 노스랜드 국경선을 넘어 들어왔고 올게어가 이제까지 알았던 전사들 중 가장 훌륭한 이들을 죽여 버렸다.

그는 다른 전쟁 군주들에게 경고하려 했다. 리아논의 짝에 대해서 경고를 주려 했다.

'복수자' 베르세락은 전사놀이를 좋아하는 응석꾸러기 왕이 아니었다. 그는 카드왈라드르 일족이었다. 인간들이 전투견을 이용하듯, 사우스랜드 왕족들이 그렇게 이용하고 버리는 천출 도마뱀. 왕족들은 전쟁을 벌이거나 보호가 필요할 때 그들을 불러들여 임무를 맡기지만, 평화로운 시기에는 찌꺼기나 던져 주고 추운 바깥에 내버려 두었다.

하지만 정작 그들은 전혀 개의치 않는 것 같았다. 그저 평생을 이 전투에서 저 전투로 옮겨 다녔고, 드래곤 왕국이 평화로울 때에는 인간으로 변해서 인간들과 싸웠다. 카드왈라드르 일족 중에서도 특히 베르세락은 드래곤 왕국에서 가장 잔인하기로 이름이 높았다.

올게어는 몇 세기 전 전쟁에서 베르세락의 전사 자매들 중 하나가 노스랜드의 전쟁 군주들에게 납치당했을 때 일어났던 일을 아직도 똑똑히 기억하고 있었다. 리아논의 어머니가 왕좌를 차지했던 시기였다.

베르세락은 그자들의 장남들을 납치해서 그들의 비늘을 한 조각, 한 조각 벗겨 냈다. 그리고 그 비늘들을 선물처럼 꾸러미로 싸서 각자의 아버지들에게 보냈다. 편지도 없었고, 꾸러미를 들고 온 사자들도 아무런 전갈을 하지 않았다. 하지만 메시지는 분명했다.

내 피붙이가 날개 깃털 하나 상하지 않은 채로 풀려나지 않으면, 너희는 너희 피붙이의 날개와 팔다리를 다음 '선물'로 받을 것이다.

베르세락은 아직도 당대의 드래곤 퀸 옆에서 통치하고 있지만, 이제 그도 나이가 들었다.

지난번 전투에는 그의 거친 아들들이 나왔다. 그들도 그럭저럭 잘 싸웠으나, 올게어는 그 아버지만큼 아들들이 걱정되지는 않았다. 그때는 번개 드래곤들이 아직 준비가 되어 있지 않았던 것뿐이다.

그래도 여전히 카드왈라드르 일족은 경계해야 했다. 마지막으로 듣기에 그들은 서부 산맥에서 전투를 벌이고 있다고 했지만, 올게어가 침공하면 가장 먼저 맞설 대상이 누군지는 훤했다.

그리고 그는 침공할 것이다. 드래곤 퀸을 자기 발밑에 꿇리고 그 땅을 자기 것으로 차지할 것이다. 무슨 일이 있든 간에.

하지만 먼저, 역모를 꾸민 아들 녀석부터 처단해야 했다.

올게어에게는 아들이 많았다. 정말로. 마지막으로 셌을 때 열아홉이었다. 그들 중 여덟째 아들이 가장 영리했다. 그래서 문제를 일으킬 수도 있었다. 벌써, 사촌 두 명을 자기 대의에 동조하도록 끌어들였고 스스로 군주가 될 계략을 꾸미고 있었다. 올게어가 어디 순순히 넘겨줄 줄 아는지.

올게어는 항상 그 멍청한 자식의 어미에게, 놈이 너무 공부를 많이 하고 시골 사람들에게 떠들고 다니는 현자나 수도사 들과 지나치게 시간을 많이 보낸다고 경고했다. 이제 그놈은 자기가 아버지 머리 꼭대기에 올라탔다고 여기고 있었다.

하지만 놈에게는 불운하게도, 그렇지 않다는 사실을 뼈저리게 배워야 할 것이다.

강한 앞발이 올게어의 어깨에 닿았다. 여럿 있는 조카 중 한 명이 몸을 내밀었다.

"사우스랜드 드래곤 하나가 라인홀트 영지에서 목격되었다는 보고를 막 받았습니다."

올게어는 입꼬리를 올렸다.

"우리가 아는 자냐?"

"아직은 확실히 모릅니다."

올게어는 손자 셋을 가리키며 명령했다.

"쟤들보고 가서 확인하라고 해."

"그자를 잡아 와야 할지도 모릅니다."

"뭐하러? 필요한 건 이미 있는데."

올게어는 산채 안에 안전하게 사슬로 묶어 놓은 포상물을 떠올리고 마음속으로 한숨지었다. 그 계집애는 완벽했다.

조카가 손자 셋에게 그의 지시를 전하고 돌아왔다.

"그럼 저 무리는 어쩌죠?"

올게어는 그의 영토를 지나치다 잡힌 자들을 바라보았다. 두 개의 태양이 뜨기도 전에 여기 나온 것은 그들 때문이었다. 그들 무리는 잔혹한 아이스랜드에서 이처럼 멀리 떨어진 곳에서는 모습을 잘 볼 수가 없었다. 하지만 그들을 보는 경우에는 ─이번에는 동굴 함몰 때문이었다─ 경계심이 높아졌다. 그들은 아이스랜드에서 온 자들 대부분 그러하듯이 불안정했지만, 나름대로 용맹한 전사들이었다. 심지어 드래곤도 그들이 주위에 있으면 주의해야만 했다.

다해서 마흔이 넘었다. 다들 훤칠하고 강해 보였지만, 대부분 짐승이나 다름없었다. 하지만 이 짐승들은 더 높은 목표를 지녔다. 올게어가 별문제 없이 지지할 수 있는 높은 목표였다.

"다리 옆 동굴로 데려가서 갈 길 가라고 해."

"그 동굴이 어디로 이어지는지 잘 아시잖습니까. 진심이세요, 삼촌?"

올게어는 씩 웃었다. 그 짐승들 모두가 아르젤라 여신의 이름을 가슴에 칼로 새긴 걸 보니 즐거웠다.

심지어 피를 닦지도 않았는지 몇몇은 제대로 낫지 않은 상처가 그대로 있었다. 하지만 그들은 광신도였고, 그건 광신도들이 할 법한 짓이었다.

"물론이지."

올게어는 조카의 어깨를 토닥였다.

"그 여자에게 가라고 해. 자기들 사신을 기리도록 하라고."

그는 경비병을 뒤에 달고 자기 동굴로 향했다.

"저들이 그 여잘 죽이면 우리 전투는 반은 이긴 거야."

다그마가 디저트 크림과 드래곤 꼬리가 나오는 이상한 꿈을 한창 꾸고 있을 때, 침실 문이 벌컥 열렸다. 그녀는 비몽사몽간에 벌떡 일어나 앉으며 고함을 질렀다.

"거짓말이 아니야!"

오빠 셋이 문간에 서서 그녀를 보고 있었다. 몇째, 몇째 오빠더라? 아무 생각도 나지 않았다. 눈앞에 보이는 것이라고는 흐릿한 윤곽뿐이었다.

"뭐예요?"

카누트가 신경질적으로 짖어 대는 소리 위로 다그마는 큰 소리로 물었다.

"카누트!"

개가 즉시 소리를 낮춰 위협적으로 으르렁댔고, 다그마는 침대 옆 작은 탁자로 손을 뻗어 안경을 더듬어 찾았다.

"아버지가 아래층으로 내려오라신다. 지금."

발디스 오빠의 목소리를 알아들을 수 있었다. 그가 안경을 손바닥 위에 놓아 주는 것도 느낄 수 있었다.

"왜요? 무슨 일 있어요?"

"빨리 옷 입어. 우린 복도에서 기다릴 테니까."

목욕할 시간은 없었기에 다그마는 세면대에서 대충 세수하고 서둘러 옷을 입었다. 머리에 수건을 두르자마자 복도로 나갔고 오빠들이 즉시 그녀를 계단으로 밀고 내려갔다.

중앙 홀로 들어가는 문을 지나면서 다그마는 카누트를 잠깐이나마 마음껏 돌아다니도록 풀어 주고 옆 마당에서 다른 개들과 놀도록 했다.

개가 사라지자마자 발디스는 동생의 손목을 잡고 아버지의 사실로 끌고 갔다. 손수 문을 당겨 열고 그녀를 밀어 넣어 주기까지 했다.

방 안 대부분의 공간을 차지한 커다란 탁자 앞에 앉은 아버지가 먼저 보였다. 평소처럼 탁자 위에는 지도와 영지 곳곳의 주요 지점에 주둔한 군대에서 보낸 전령들이 가득 덮여 있었다.

그리고 탁자 반대편에, 그웬바엘이 있었다. 문이 열리자마자 그가 함박웃음을 지은 채 돌아서며 외쳤다.

"에이문드!"

그러다 다그마를 보고는 표정이 구겨졌다.

"이런, 레이디 다그마. 안녕하세요."

"안녕하세요, 그웬바엘 님. 발디스 오라버니, 하인들에게 명령해서……."

하지만 오빠들은 이미 내뺀 지 오래였고, 문만 쿵 닫혔다. 다그마는 고개를 절레절레 흔들며 탁자로 갔다.

"부르셨어요, 아버지?"

"그래. 음…… 여기 이자가 네가 가진 정보를 달라는구나."

"안 돼요."

아버지는 한 손가락으로 당신 딸을 가리켰다.

"보라……."

"제가 미안하다고 사과도 했는데요."

그웬바엘이 어린아이처럼 눈알을 능숙하게 굴리면서 끼어들었다.

"참 큰일을 했죠. 하지만 아직도 저는 용서해 드릴 기분이 들지 않네요."

아버지가 두 손으로 탁자를 쿵 치더니 일어섰다.

다그마는 아버지를 보고 문을 가리켰다.

"잠시만 바깥에 나가서 말씀드릴 수 있을까요, 아버지?"

다그마가 복도로 나갔을 때, 오빠들 모습은 온데간데없었다. 열둘 모두.

아버지가 밖으로 나올 때까지 기다렸다가 그녀는 문을 닫고 아버지를 쳐다보았다.

"무슨 일이에요?"

"저자를 보내야 해."

"어째서요? 이제까지는 무척 예의 바르게 행동하고……."

"이런 일 가지고 소동 피우고 싶진 않다. 저자를 보내야 해. 오늘. 그러니까 저자가 알고 싶어 하는 걸 말해라."

이제 시작이구나.

다그마는 관련자들 모두와 함께 이 일을 성사시킬 수 있는 기회란 딱 한 번뿐임을 알았다.

먼저, 아버지부터.

"그리고 완벽한 기회를 놓치라고요?"

그녀는 물었다. 심장이 쿵쿵 뛰었지만, 아버지에게는 아무런 내색도 비치지 않았다.

"무슨 기회? 그자에게 뭘 얻어 내려고 하는 거냐?"

"아버지."

다그마는 목소리에 초조한 느낌을 담으려고 애썼다.

"어쨌든 그자에게 정보를 그냥 던져 주실 거라면, 제게 십 분만 여유를 주세요. 저 혼자 뭘 알아내는지 두고 봐 주시라고요. 그래 봤자 손해 보실 건 없잖아요?"

"영문을 모르겠군……."

"그럼 에이문드 오빠한테라도 시켜 주세요."

다그마는 순진한 척 제안했다.

"그웬바엘 님이 오빠를 좋아하는 것 같으니까요."

"안 돼!"

아버지가 숨을 들이마시더니 평정심을 되찾으려 애썼다. 다그마는 적절하게 영문 모르겠다는 표정을 지었다. 거울 앞에 서서 몇 시간씩 한 연습이 마침내 빛을 보았다. 시그마 라인홀트는 딸을 보고 문을 가리켰다.

"가라. 가서 얘기를 나눠 봐. 내가 한잔할 동안 그에게 뭔가 알아낼 시간을 주마. 그런 다음에는 다 말해 주고 여기서 저자를 쫓아 버려."

"네, 아버지."

다그마는 문을 열고 안으로 들어간 후, 다시 조용히 닫았다. 그리고 탁자 반대편 아버지의 의자로 가서 앉았다.

사슬 갑옷과 겉옷을 차려입은 드래곤이 장화 신은 두 발을 탁자 위에 올리며 그녀를 보고 미소를 띠었다.

"그래서?"

"우리한테는 십 분이 있어."

그는 발을 바닥에 내리고 두 손을 탁자 위에 얹었다. 둘은 거리를 두고 서로 마주 보았다.

"좋아. 뭘 원하지?"

"레기온 다섯."

그가 못 믿겠다는 듯 되물었다.

"레기온을 다섯이나? 미쳤어?"

"아니. 당신네 귀한 여왕님을 구하고 싶지, 안 그래?"

"단위부대 열 개. 그 정도면 공정해."

"날 모욕하지 마, 그웬바엘. 레기온 넷으로 하지."

"당신이 준다는 정보가 레기온 넷은 고사하고 부대 하나 가치라도 있다는 걸 어떻게 알지?"

"가치가 있어."

그가 의자에 기대앉으며 말했다.

"당신이 해 준다는 말이 확실하다면, 레기온 하나 정도는 될지도 모르지."

"달랑 하나?"

"병사로 치면 오천이백이야, 레이디 다그마."

다그마는 한숨을 내쉬고 손가락으로 탁자를 톡톡 두드리다가 볼멘소리로 대답했다.

"좋아."

"잘됐군. 이제 아는 사실을 말해 봐."

"당신네 여왕이 죽기를 바라는 자가 있어."

그가 머리로 탁자를 쿵 치자 다그마는 펄쩍 뛰었다. 옆으로 늘어뜨린 그의 두 팔이 번쩍 올라왔다.

"할 말이 고작 그거야?"

맙소사, 극적인 효과를 무척 좋아하는 남자네. 다그마는 생각했다. 그가 탁자에서 머리를 들고 이글이글 타는 시선으로 그녀를 꿰뚫을 듯 쳐다보았다.

"그건 이미 알아. 모두들 여왕이 죽기를 바라지. 몇 년 동안이나 여왕이 죽기를 바랐다고! 여기서 내가 시간 낭비만 한 건 아니겠지?"

"얘기 다 끝났어? 내 얘기는 아직 안 끝났는데."

"천만다행이군."

그가 짜증스럽다는 듯 계속하라는 손짓을 했다.

"내가 알기로는, 아이스랜드에서 한 무리가 남쪽 다크플레인으로 향하고 있어."

"아이스랜드? 거기 누가 사는지도 몰랐는데."

"누가 살아. 우리 땅이 험한 것 같아? 여긴 거기에 댈 바도 아니야. 거기 사람들은 강하고, 성질이 괄괄하고, 무척이나 적대적이지. 게다가 당신네에게 더 큰 문제는 대부분 지하로 이동한다는 거야."

"그게 어쨌다고?"

"아이스랜드에선 언제든지 갑자기 치명적인 얼음 폭풍이 몰아칠 수 있어. 그래서 그런 이름이 붙여진 거지."

그는 코웃음을 쳤지만, 다그마는 말을 이었다.

"그래서 그들은 땅굴을 파기 시작했어. 처음에는 그저 광산과

광산, 일족과 일족을 잇는 용도였지. 하지만 곧 자기들 이외에 다른 이들에게 그 지역을 드나들 수 있는 통로를 제공해서 돈을 벌 수 있다는 것을 깨달았어."

"지금 누군가 지하로 암살자들을 보낸다는 거야? 그 정도면 단위부대 스무 개로 충분한 정보야, 레이디 다그마."

"암살자들이 아니야. 아이스랜드에는 수백 개의 밀교 집단이 있어. 그들은 신들을 섬기기 위해 살지. 내 생각으로야 오래전에 그들을 저버린 신들 같지만. 당신네 여왕을 잡으러 오는 자들은 아르젤라를 숭배한다고 해. 그 여신을 기리려고 여왕의 아기들을 원하는 거지. 아기들의 피 말이야. 당신도 잘 알겠지만, 돈을 받고 싸우는 자들은 명분을 믿는 자들과는 아주 달라. 그들은 무엇에도 거칠 게 없지. 여왕과 태어나지도 않은 자식을 죽이는 거야 아무것도 아닐걸."

그녀를 바라보는 드래곤의 얼굴에서 연극적 과장과 웃음기가 완전히 사라졌다. 다그마의 말이 진실임을 안 것이다. 그는 의자에 깊숙이 몸을 묻었다.

"이 정보 확실한 거야?"

"내 정보원은 틀린 적이 없어."

"알겠어."

그가 의자를 뒤로 밀었다.

"레기온 하나."

"훌륭하네."

그웬바엘이 자리에서 일어서자, 그녀는 이제 기회를 잡아야 한다는 것을 알았다.

"다른 것도 있어."

그가 그녀를 내려다보았다.

"뭐?"

"아이스랜드에서 시작된 땅굴은 노스랜드를 지나 남쪽으로 이어져. 알산데어 사막에 이를 때까지."

표정이 멍해지더니 그가 입을 떡 벌렸다.

"그게 무슨…… 뭐라고?"

"그자들이 제대로 이어지는 땅굴을 탄다면, 당신네 대전 한가운데로 올라갈 수가 있단 말이지. 그자들이 당신을 창으로 찌르고 여왕의 배를 갈라 아이를 가져갈 때까지 모를 거란 말이야."

다그마는 의자 등받이에 느긋하게 몸을 기댔다.

"당신들은 땅굴에 대해 전혀 모르지?"

"이해할 수가 없군. 그런 땅굴이 있다면, 어떻게 당신네 일족 중 아무도……?"

"전군을 그리로 이동시키는 건 불가능해. 그들이 그렇게 되도록 확실히 만들어 놨지. 거기 더해, 땅굴 사용은 노스랜더를 위한 게 아니야. 서로 전쟁을 벌일 뿐 다른 영토는 도발하지 않는 아이스랜드에서 온 자들을 위한 거지. 대부분의 노스랜더는 땅굴이 존재한다는 것도 몰라. 아는 소수도 지하에서 전투를 벌이는 데는 크게 관심이 없는 자들이고. 땅굴은 항상 위험하니까."

"하지만 당신은 이런 정보를 아는군."

"정보를 아는 친구들이 있으니까."

"당신은 '그자들이 제대로 이어지는 땅굴을 탄다면'이라고 말했지. 그게 어느 땅굴인지 알아야겠어. 아니, 땅굴 전체를 알아야겠어."

장화 속에서 그녀의 발가락이 오그라들었다.

"그 정보도 알아다 줄 수 있어."

다그마는 숨을 들이마신 다음, 말했다.

"제값을 치른다면."

그가 눈을 굴렸다.

"좋아. 레기온 하나 더. 합해서 둘."

"안 되지."

"다섯부터 다시 거래를 할 순 없어, 알지?"

"알아. 아버지를 위해서 레기온 하나는 좋아. 약속대로."

"그럼 어쩌겠다는 거⋯⋯."

"당신을 도와줄 수 있는 사람을 내가 알아. 정보를 줄 수 있는 사람이지."

"좋아."

"당신이 해 줄 일은⋯⋯ 나를 데려가는 거야."

그웰바엘은 한참이나 그녀를 쏘아보았다. 다그마도 시선을 맞받아쳤다. 그녀의 눈이 유리 조각 너머에서 열렬히 빛났다.

"나랑 같이 도망가고 싶어?"

여자가 그런 부탁을 한 게 처음은 아니었다. 심지어 자기 인생에서 벗어날 수 있게 해 달라고 부탁한 여자도 있었다. 하지만 다그마는 웃기만 할 따름이었다.

"무슨 그런! 물론 당신과 도망가고 싶다는 게 아니야!"

"그럼 뭘 부탁하는 거지?"

"정보를 가지고 있는 사람은 여기서 말을 타고 한나절도 안 걸리는 데 있어. 날아간다면 훨씬 덜 걸리겠지. 내가 당신과 함께 가서 정보를 얻도록 해 주겠어. 그리고 당신이 무슨 소리 할 줄 알고 하는 말인데, 이 정보를 얻으려면 내가 필요할 거야. 그런 다음 나를 도로 데려다 줘."

그녀가 손가락을 딱 튀겼다.

"게스투르로 데려다 주면 더 좋고."

"게스투르는 또 어디야?"

"어디가 아니라 내 삼촌이야. 아버지에게 충성하는."

"어째서 거기 가려는 건데?"

"나름대로 이유가 있어. 게다가, 어쨌든 삼촌은 한 달쯤 후면 여기 올 계획이니까 난 삼촌이랑 같이 돌아오면 되지. 그동안은 소박하게나마 휴가를 보낸다고 생각하면 되고."

"휴가 가서 즐길 생각부터 하기 전에, 당신 아버지가 안 놔주려고 할걸. 그걸 실행하려면 온갖 '노스랜드 규약'이라는 거에 맞서야 할 텐데 어쩌려고?"

"아버지는 내 이름도 제대로 기억 못 해. 항상 나를 계집애나 꼬마 아가씨라고 부르지."

"다정한 애칭이라고 생각했는데."

"아버지가 당신에겐 다정한 사람처럼 보였어? 하지만 굳이 우긴다면, 그건 레기온과 보급 물자를 포함한 거래의 일부로⋯⋯."

"무슨 보급 물자?"

"당신이 약속한 물자."

"난 물자 같은 건 약속한 적 없는데."

"하려고 했잖아."

"그런 적 없어."

이 여자, 완전히 즐기고 있잖아! 얼굴에 헤실헤실 떠오른 웃음을 보니 알 수 있었다. 다그마는 그가 망할 땅굴에 대한 정보를 간절히 원한다는 것을 알고 있으므로 그 정보를 이용해서 그를 쉽사리 벗겨 먹을 수 있었다.

세상은 다그마 라인홀트가 남자로 태어나지 않은 걸 기뻐해야 할 것이다. 그랬다면 지금쯤 황제가 되었을 테니까.

"난 안 그럴 건데."

"왜?"

"당신이 뭔가 꾸미고 있으니까."

"내 부탁이라고는 고작 몇 시간만 자유로이 돌아다닐 수 있게 해 달라는 거야, 그웬바엘. 그게 그렇게 큰 부탁이야?"

망할 여자 같으니.

"날 정말로 돕겠다고 맹세해야 해."

"라인홀트로서 목숨을 걸고, 당신 여왕을 도울 수 있는 거라면 뭐든 하겠어."

"좋아."

그웬바엘은 고개를 숙이고 숨을 몇 번 들이쉬었다. 다시 그녀를 보았을 땐 눈에 눈물이 글썽이고 있었다.

다그마가 뒤로 약간 물러섰다.

"뭐하는 거야?"

그웬바엘이 경고를 하기도 전에 그녀의 아버지가 들이닥쳤다. 이 전쟁 군주가 적어도 이틀은 목욕을 하지 않았다는 단순한 사실 때문에 그웬바엘의 불쌍한 콧구멍이 먼저 알아챘던 것이다.

"대체 여기서 무슨 수작들이야?"

시그마 라인홀트가 한 손에 술잔을 든 채 따져 물었다.

그웬바엘은 연극하듯 훌쩍이며 책상 건너편의 다그마를 훑어보았다. 그녀는 놀란 기색도 없이 태연하게 자리에서 일어나 아버지 옆으로 갔다.

"잠깐 우리가 실례해도 될까요, 그웬바엘 님?"

"물론이죠."

그는 켁켁거리다가 끝으로 살짝 흐느끼는 척까지 했다. 스스로도 감탄할 만큼 인상적인 연기였다.

다그마는 다시 아버지를 복도로 끌고 나갔다. 내심 펄쩍펄쩍 뛰며 손뼉이라도 치고 싶었지만, 역효과만 날 터였다. 그래서 대신 이렇게만 말했다.

"죄송해요. 저자가 기분이 아주 안 좋아서요."

"세상에, 맙소사! 너는 뭐라고 한 거냐?"

"제가 무슨 말을 해서 그런 게 아니에요, 아버지. 제가 할 수 없는 말 때문이죠. 페투르 수도사에게서 나온 정보가 더 있다는 걸 알아요. 그 사람 기억하시죠?"

이런! 어째서 그의 이름을 끄집어냈을까?

어쩌면 아버지가 페투르를 조금도 위협적으로 보지 않기 때문일지도 몰랐다. 그는 전쟁에 대한 관용을 설교하는 수도회 소속이었다. 라그나 수사의 철퇴 수도회나 다그마가 좋아하는 불타는 검 수도회와는 사뭇 달랐다.

"그 멍청이네 수녀원으로 가는 길을 지도에서 찍어 주지 그랬느냐?"

"그곳은 수녀원이 아니에요, 아버지. 수녀원은 여자들이 가는 데죠."

아버지가 그런 곳으로 자기를 보내 주기를 다그마는 얼마나 여러 번 원했던가?

"거긴 수도원이에요. 저자에게 가는 길을 알려 줬는데, 저보고 같이 가자네요."

"내 눈에 흙이 들어가기까진 절대로 안 된다, 이 계집애야. 내가 너를 여기서 나가게 할 줄 아느냐? 그것도 저, 저…… 울보 놈이랑."

"진정하세요. 안 될 것도 없잖아요? 제 정결을 걱정하시는 건 절대로 아닐 테니까요."

다그마는 웃음을 터뜨렸지만 디저트 크림과 제멋대로 움직이던 드래곤 꼬리의 달콤한 환영이 머릿속으로 헤엄쳐 들어왔다.

"안 될 것도 없다니, 무슨 뜻이냐? 저자는 너를 보호할 수 없어. 저 자식이 망할 계집애처럼 홀쩍대느라 정신이 없는 동안 너는 다른 영지의 주인에게 잡히고 말 거다!"

"목소리 좀 낮추세요! 덩치만으로도 저자는 저를 보호할 수 있을 거예요."

아버지가 끙 신음한 덕에, 다그마는 아버지를 설득한 게 아닐까 하는 희망을 품었다.

"이렇게 하면 어떨까요? 일단 제가 저자와 함께 가죠. 몇 시간밖에 안 걸릴 거예요. 그런 다음 저자가 저를 게스투르 삼촌 댁으로 데려다 주는 거죠. 거긴 수도원에서 걸어서 두 시간도 안 걸리는 곳이잖아요. 아버지가 게스투르 삼촌에게 보낼 전갈도 가지고 갈 수 있어요. 그러면 밤이 오기 전까지 라인홀트 영토에 안전하게 돌아올 수 있죠."

아버지의 눈이 가늘어졌다.

"벌써 다 짜 놓은 것 같구나."

다그마는 어깨를 으쓱했다.

"사촌들이 여기 온 지도 한참 되었잖아요. 게스투르 삼촌이 다음 달 여기 오실 때 저를 데려다 주실 수도 있고요."

"다음 달이라고?"

아버지가 그녀를 미심쩍다는 듯 쳐다보았다. 다그마는 아버지의 표정이 무슨 뜻인지 모르는 척했다.

"마음엔 안 드는데. 게다가 넌 아직도 너를 보내야 할 이유를 충분히 대지 못했다."

"레기온 때문이에요."

"뭐라고?"

"이미 말씀드렸던 대로, 저자는 '피의 여왕' 앤닐을 보호하려고 해요. 우리에게 앤닐 여왕 군대의 레기온 하나를 보내 주기로 약속했죠."

"저자 말을 믿느냐?"

"믿어요. 아버지, 오천이백 명의 군사예요."

"그래 봤자 사우스랜드 것들이지."

아버지가 조소했다.

"저라면 인간 표적이라고 하겠네요. 요쿨을 정신없게 만들어서 아버지께서 뼈와 가죽을 분리해 버리도록 틈을 만들어 줄 표적들이죠."

시그마 라인홀트는 미소를 짓는 일이 드물었지만 이 순간 미소가 그의 얼굴을 스쳤다.

"가끔은 네 엄마 같구나, 너는. 복수심이 강해."

아버지의 칭찬은 드문 편이었고 기이하기도 했지만, 다그마는 그래도 기꺼이 받아들였다.

"그런가 봐요. 그리고 저 울보를 돕는 게 우리가 필요한 걸 얻는 데 도움이 된다면…… 그 정도 대가는 약과죠. 아버지, 일단 저를 좀 믿어 주세요."

"내가 믿는 건 언제나 네가 뭘 꾸미고 있다는 거야, 꼬마 계집애야."

하지만 시그마는 더 이상 딸과 싸울 생각이 없었고 둘 다 그 사실을 알았다.

"그런데 자신 있느냐? 너 혼자 저자랑 가도 되겠어? 저자랑 있어도 안전할 것 같으냐 말이다. 저래 봬도 남자고 네 올케들이 저 자를 어떤 눈으로 쳐다보는지 나도 다 봤다."

다그마가 문을 살짝 열었고, 아버지는 그 틈새로 그웬바엘이 수건에 코를 풀면서 연신 꺽꺽대는 꼴을 보았다. 그녀는 한쪽 눈썹을 치키며 말했다.

"제가 에이문드로 돌변하지 않는 한…… 괜찮을 거라고 그럭저럭 확신해요."

10

"공주님! 공주님, 일어나세요."

모르퓌드는 눈을 떴다.

"뭐지, 타피아?"

"서두르시는 게 좋겠어요. 경비병들이 어머님께서 오신다는 경고를 외치고 있어요."

"곧 내려갈게. 태양들이 아직 뜨지도 않았는데."

모르퓌드는 다시 몸을 돌려 따뜻하고 단단한 가슴에 머리를 묻었다.

"공주님, 내려가서 어머님을 맞이하시지 않으면 어머님이 올라오실 거예요."

"으음."

그래, 맞아. 어머니가 방에 올라오시겠지. 그리고 브라스티아스와 껴안고 있는 모습을 보신다면…….

모르퓌드는 번쩍 잠에서 깼다. 벌떡 일어나 앉는 그녀의 온몸이 긴장으로 굳어졌다.

"맙소사! 어머니가 오신다고? 어째서 여기에?"

"저도 모르겠어요, 아가씨. 하지만 지금 다가오고 계시니 곧 착륙하실 거예요."

그녀는 허겁지겁 침대에서 빠져나오며 옷장을 가리켰다.

"내 옷 좀 갖다 줘, 타피아. 빨리!"

모르퓌드는 브라스티아스가 자기를 바라보고 있음을 알았다.

"그런 표정으로 쳐다보지 마."

"어떤 표정?"

그녀는 초조하게 한숨을 지으며 세숫대야에 물을 부었다.

"어머니에게 말할 순 없어, 아직은."

"그럼 언제? 언제가 되어야 가족 누구에게라도 말하지?"

"당신은 팔다리가 붙어 있는 편이 낫지 않겠어? 오빠들이 안다면 팔다리가 남아 있지 않을 텐데. 게다가 아버지는……."

모르퓌드는 생각만으로도 몸이 떨렸다. '위대한 자' 베르세락은 언젠가 젊은 드래곤이 달이 차고 이우는 동안 거의 매일 모르퓌드에 대한 사랑을 증명하겠다며 동굴을 찾아오자 불같이 화를 내며 그자의 날개를 잡아 뜯어 버렸다.

'아직 마흔밖에 안 된 것이! 겨우 애새끼가!'

아버지가 고함을 지르며 불쌍한 구애자의 날개를 흔들자 피가 방 안에 확 튀었다.

"언제까지 가족들을 핑계 삼을 거지?"

브라스티아스가 부드럽게 물었다.

모르퓌드는 어깨 너머로 그를 흘끗 돌아보았다. 그는 어느새 침대에서 나와 거의 옷을 다 입고 창문으로 향하고 있었다.

"그렇게 쉽지 않아."

그가 셔츠를 잠그는 동안, 모르퓌드는 그의 등에 대고 말했다.

"당신 일족의 다른 이들에게는 쉽던데."

"우리를 피어구스나 브리크와 비교할 수는 없어……."

"난 가는 게 좋겠군."

그는 창문을 열더니 쉽게 그 사이로 빠져나가 창틀 아래 좁은 턱 위에 섰다. 매일 밤과 아침 어떻게 그럴 수 있는지 모르퓌드로서는 짐작도 할 수 없었지만, 고마워하는 마음만은 간절했다.

"브라스티아스, 잠깐."

그가 발꿈치로 빙그르르 돌았다. 이 순간 그를 떨어지지 않고 버틸 수 있게 하는 건 그 큰 발뿐이었다. 떨어지면 죽진 않더라도 뼈 한두 개는 부러질 터였다.

"사랑해."

브라스티아스가 말했다. 그리고 사라져 버렸다.

모르퓌드는 얼마나 오래 그 자리에 서 있었는지 알지 못했다. 사랑에 굶주린 아이처럼 그가 서 있던 자리만 하염없이 바라보았다. 그가 사랑한다고 했나? 이전에는 그런 말을 한 적이 없었다. 진심이 아닌 이상 그가 그런 말을 할 리가 없다는 것도 알고 있었다. 비극적으로, 그녀도 그를 사랑했다. 둘 다 이보다 더 바보 같을 수 있을까?

타피아가 그녀의 팔꿈치를 잡아당겼다.

"공주님, 어머님께서 기다리세요."

"그래…… 그래."

지금은 어머니와 마주할 기분이 아니라는 말로도 표현할 수 없는 상황이었지만, 달리 선택의 도리가 없었다. 모르퓌드는 재빨리 로브를 입고, 일 층으로 뛰어 내려가 대형 홀을 지나 궁정 뜰로 향했다.

뜰의 크기는 이 년쯤 전에 오고 가는 드래곤들을 다 수용하기 위해 확장했고, 인간들 대부분도 이젠 그들에게 꽤 익숙해졌다. 하지만 그 누구도 드래곤 퀸에게는 익숙해지지 못했다. 여왕은 그 존재만으로도 앤녈을 섬기는 모든 인간들에게 드래곤 공포증을 일으켰다.

모르퓌드는 어머니가 착륙하는 광경을 바라보았다. 어머니의 옆과 뒤에는 목숨을 다 바쳐 드래곤 퀸을 지키는 왕실 근위 드래곤들이 따르고 있었다. 어머니가 굳이 인간으로 변신해서 모두들 들을 수 있도록 쩌렁쩌렁 소리치는 상황에서는 쉬운 임무가 아닐 것 같았다.

"그래, 그 창녀는 어디 있지?"

모르퓌드는 평소에는 거의 드러내지 않는 화를 누르려 눈을 잠깐 감았다가 뜨며 말했다.

"그렇게 부르지 마세요."

"뭐, 걔한테 딱 맞는 말이잖아. 안 그래? 내 아들을 배신한 창녀 같으니!"

"대체 왜 앤널이 피어구스의 아기를 가졌다는 사실을 믿지 않으세요?"

"그럴 리가 없으니까."

"어머니, 이 세상 모든 존재 중에서도 어머니야말로 신들이 개입되어 있는 한 무엇이든 가능하다는 사실을 아시잖아요."

공포에 질린 비명이 들렸다. 모르퓌드는 리아논의 근위병이 입에 마구간 소년 한 명을 물고 있는 광경에 발을 굴렀다. 좌절한 그녀가 매섭게 소리쳤다.

"어머니!"

어머니는 짜증스럽다는 듯 콧김을 내뿜었다.

"알았다, 알았어. 그 애 내려놔라, 케이언스."

"하지만 여왕님, 배가 고프단 말입니다."

드래곤 근위병이 비명을 지르는 인간을 입안에 가득 물고 꿍얼댔다.

"그럼 공터에 가서 소든 뭐든 잡아먹어. 하지만 걔는 내려놔!"

드래곤이 무례하게 뱉어 낸 인간이 궁정 뜰 바닥에 데구르르 굴렀다.

"이제 말해라. 걔는 어디 있지?"

어머니가 매섭게 따져 물었다.

"가반아일의 창녀는 어디 있느냐?"

"아직도 나랑 말하지 않으려 한다니, 믿을 수가 없네."

"당신이 내 개를 데려가지 않겠다니, 난 믿을 수가 없는데."

다그마는 그웬바엘이 목적지에서 일 리그*도 떨어지지 않은 —계산이 맞다면— 공터에 내릴 때까지 기다렸다가 등에서 뛰어내렸다. 멀찍이 떨어지려 했지만, 다리가 후들거려서 쓰러지지 않으려면 드래곤의 목덜미를 붙잡을 수밖에 없었다.

"세상에! 또 그 얘기야?"

그가 그녀의 불편을 무시한 채 으르렁거렸다.

"그래! 다시 그 얘기야. 걔가 얼마나 언짢아하는지 봤잖아!"

"이 여자야, 걔는 개라고! 그리고 나는 당신 애완동물을 실어다 주는 짐말이 아니야."

"걔는 단순한 애완동물 이상이야. 내 반려견이고 나를 보호해 준다고."

"이젠 내가 당신을 보호하는데."

"그것 때문에 내가 별로 편하지 않은 거잖아."

드래곤이 움직이자, 다그마는 비틀거리다 넘어질 뻔했다. 하지만 그의 꼬리가 엉덩이를 잡아 똑바로 앉아 있게 붙잡아 주었다. 그러더니 제멋대로 움직였다.

"이봐!"

다그마는 한 발을 쾅 구르며, 뒤로 손을 뻗어 탐험하는 꼬리를 찰싹 쳤다.

"그걸로 나를 추행하는 짓 그만둬!"

---

* league, 일 리그는 약 오 킬로미터에 해당한다.

"추행은 무슨. 그저 당신이 제대로 설 수 있게 도와주려는 거였지."

다그마는 이를 득득 갈았다.

"그럼 왜 내 다리 사이로 들어오는데?"

"당신이 움직였잖아."

분노 덕분에 힘이 다시 돌아오는 걸 느끼며 다그마는 뒤로 물러섰다가 한 발을 들어 꼬리 끝을 꽉 밟았다.

"아얏! 사악한 야생 독사 같으니!"

그가 뒷다리로 일어서며 앞발로 꼬리를 붙잡았다.

"이게 내 몸에 붙어 있다는 걸 알기는 하는 거야?"

"그럼! 그러니까 그게 제멋대로 재미를 보고 있다는 걸 알게 된 거지!"

그녀가 문에 찧은 손가락을 빨듯이, 그웬바엘이 꼬리 끝을 자기 입에 넣었다. 둘은 잠시 말없이 서로 째려보기만 했다. 그러다가 그가 시선을 돌리며 말했다.

"나 저 도시 알아."

다그마는 숨을 내쉬며 산등성이 너머를 바라보았다.

"위대한 도시 스파이켄해머. 난 항상 여기 오고 싶었지. 노스랜드에서 가장 근사한 도서관이 있거든."

그가 코웃음 쳤다.

"스파이켄해머Spikenhammer라니, 뭐 그렇게 뻔한 이름이 있어?"

드래곤이 갑자기 꼬리를 내리며 얼굴을 찡그렸다.

"잠깐. 이해가 안 되는데. 우리 수도원에 가는 거 아니었나?"

"어째서 내가 수도원에 가야 하지?"

다그마는 언제나 소문으로 들었지만 한 번도 가 본 적 없는 대도시를 가리켰다.

"우린 저기로 가는 거야."

"하지만 당신 아버지에게 말하기를……."

"거짓말이야. 아버지는 당신과 함께든 아니든, 내가 여기 오도록 허락해 주시지 않았을 테니까."

다그마는 한시라도 빨리 도시로 들어가고 싶어 안달하며 산등성이를 내려갔다.

"꽤 걸어야 하니까 서두르는 게 좋을걸."

"그것 말고 또 거짓말한 건 없고?"

그가 뒤에서 고함쳤다.

다그마는 웃었다.

"좀 더 구체적으로 물어보는 게 좋지 않을까?"

경비병들이 어머니가 도착했다고 알렸지만, 그런 보고가 없었다 해도 피어구스는 알아챘을 것이다. 성안에 울려 퍼지는 고함을 들을 수 있었으니까.

그가 대전으로 들어서자 두 여자가 정면으로 맞선 모습이 보였다. 두 여자 중 어느 쪽도 상대가 말을 맺을 때까지 기다리지 않았으므로 피어구스는 대체 둘이 무엇 때문에 말다툼을 하고 있는지 알 수 없었다.

다만, 확실히 분위기가 달아올라 있어 불쌍한 모르퓌드만 언제나처럼 사이에 껴서 상황을 진정시키려고 필사적으로 애쓰고 있었다.

어머니는 고함을 지르는 다른 여자를 위에서 내려다보았지만, 작은 여자의 기를 죽일 순 없었다. 기죽을 여자가 아니었다. 피어구스는 그녀를 만난 직후에 그 사실을 알았고, 이 순간에는 그 점이 고마웠다.

두 여자가 말다툼하는 동안 누구도 그의 존재를 알아채지 못했기에, 피어구스는 사랑하는 여자의 의자 옆으로 슬금슬금 다가갔다.

"내가 놓친 얘기가 뭐야?"

그가 웅얼거렸다. 그의 입술이 앤닐의 뺨을 스쳤다.

"확실히 모르겠어. 내가 들어오니까, 당신 어머니가 나를 보셨고 거기서 벌컥 터졌지. 둘이서만 얘기하는데, 난 무슨 말인지 잘 모르겠어. 하지만 탈라이스가 꽤 화난 것 같기는 해."

앤닐이 대답했다.

피어구스는 킬킬거렸다. 동생의 짝인 탈라이스가 불같은 어머니에게 맞선다는 게 마음에 들었다.

"탈라이스가 잘 처리하고 있어서 다행이네. 나라면 저렇게 잘하지 못할 것 같은데."

"어머니가 내게 뭘 원하시는지 직접 말씀하시라고 해, 피어구스. 난 상관없으니까."

사실이었다. 앤닐에게는 아무 상관 없었다. 예전의 그녀가 아니었다.

그가 기억하는 앤닐하고는 달랐지만, 그웬바엘은 한때 이렇게 말했었다.

'자기 그림자가 좀 건방지게 굴면 그것도 밟아 버릴 여자야.'

하지만 그의 짝, 그의 반려는 지쳐 버렸다. 겨우 스물아홉 번째 겨울을 지냈을 뿐인데 이렇게 지치다니. 아무리 쌍둥이를 배서 몸이 무겁다고 해도 이렇게 지칠 리는 없었다. 눈 밑의 그늘, 입가의 주름. 앤닐이 나이를 먹어서 그런 건 아니었다. 이 정도로는…….

피어구스는 알 수가 없었다. 뭐가 잘못되었는지 몰랐다. 그 때문에 겁이 났다.

"침대에 가서 눕는 게 어때?"

그는 옆에 서서 이쪽의 작은 연극을 구경하는 하인 중 한 명에게 손짓했다.

"나도 잠시 후 일어날 테니, 함께 낮잠을 자자고."

"당신 어머니는 여기 이유가 있어서 오셨잖아. 난 그 이유를 알아야 하고."

앤닐은 탁자 위에 얹은 두 손을 내려다보고 있었다. 강하고 유능한 손, 오랜 세월에 걸쳐 얻은 상처도 많았지만 그만큼 남에게 상처를 남기기도 한 손이었다.

"하지만 난 정말로 상관 안 해, 피어구스."

"그럼 안 되지. 내가 처리할 거야. 모르퓌드도 마찬가지고."

피어구스는 앤닐의 이마에 입 맞추고 뒤로 물러나서 그녀가 의자에서 일어나는 것을 지켜보았다. 앤닐을 하인에게 맡기며,

그는 말했다.

"여왕님을 우리 방으로 모셔라. 불편 없이 잘 챙겨 드려. 그리고 이리로 돌아와라. 나올 때는 잊지 말고 방문을 꼭 닫고."

미소가 앤널의 입술 위에 감돌았다.

"참 구체적이기도 하네, 피어구스."

"내가 구체적인 걸 좋아하잖아. 이제 가."

피어구스는 탁자에 몸을 기대며 앤널이 천천히 힘겹게 계단을 올라가는 모습을 지켜보았다. 그리고 그녀가 복도 너머로 사라지자, 어머니와 탈라이스에게로 관심을 돌렸다.

"내가 못 들은 이야기가 뭐지?"

브리크가 옆으로 다가왔다.

"우리 어머니가 도착하셨다는 것."

"탈라이스가 열불이 났는데……. 어머니가 앤널을 또 창녀라고 불렀어?"

"모르겠다."

피어구스는 동생을 힐끔 보고 물었다.

"넌 얼굴 왜 그래?"

브리크의 뺨부터 턱 아래까지 베인 자국이 있고, 가슴과 검은 바지는 흙과 피로 덮여 있었다.

"딸 때문에."

피어구스는 움찔했다.

"맙소사, 어둠의 신들이여! 걔랑 대련을 한 건 아니겠지?"

"그 애 엄마에게 이야기하기 전에 브라스티아스부터 확신하게 해 줘야 했으니까."

"그래서?"

브리크가 히죽 웃었다.

"나는 확신해."

"그건 말 안 해도 알겠다."

피어구스는 동생에게 탁자 위에 있는 천을 건넸다.

"피 떨어진다."

브리크가 천을 얼굴에 갖다 대며 말했다.

"오늘 아침에 그웬바엘에게 소식 들었어."

"그래서?"

"아이스랜드에서 앤널을 노리고 오는 광신자들이 있다는군."

"아이스랜드?"

피어구스는 거기 사는 사람들 이야기를 들어 본 적이 있었지만, 그 끔찍한 영토에서 살아남을 수 있는 존재를 상상할 수가 없었다.

"그자들을 잡는 건 그렇게 어렵지 않겠군. 아우터플레인 가까이에 있는 우리 군대에 경계신호를……."

"그웬바엘 생각에는 지하로 이동하는 것 같대."

대단한데. 피어구스는 숨을 내쉬며 잠시 눈을 감았다.

"행운이 우리를 완전히 저버린 건가?"

"아니. 하지만 쉬운 건 없지. 우리에게는 말이야. 그래도 걱정하지 마. 우리가 알아서 처리할 거니까."

"할 수 있겠어?"

"그웬바엘이 제안을 하나 하더라고. 나도 좋다고 했어. 나머지 일은 에이브히어에게 맡길 거고."

"어째서 에이브히어야?"

"아버지가 걔는 안 때리시니까."

"그웬바엘의 위대한 계획에 아버지도 포함되는 거냐?"

"그것도 걱정 마. 우리가 알아서 할 거야."

피어구스는 의심스러웠지만 지금은 따질 기분이 아니었다. 아니, 이 모든 일을 겪는 동안 형제들이 그와 앤닐을 지지해 준다는 것만으로도 고마웠다. 아주 성가신 무리긴 하지만, 어쨌든 혈육이니까.

아까 보낸 하인이 다시 계단 아래에 나타나 피어구스가 명한 임무를 다 수행했음을 알렸다. 앤닐이 어떤 얘기도 들을 수 없는 곳에서 휴식을 취하고 있다는 사실을 확인한 피어구스는 몸을 쭉 펴고 동생에게 약간 물러서라고 손짓한 다음, 주먹을 머리 위로 번쩍 들었다가 탁자를 내리쳤다.

주먹이 떨어진 지점에서부터 탁자가 반으로 쩍 갈라지며 주저앉았다. 리아논과 탈라이스 둘 다 서로에게서 움찔 떨어졌다. 탈라이스는 어느새 손에 단검을 꺼내 들었고, 리아논은 입으로 주문을 외우기 직전이었다.

"여기 오셔서……."

피어구스는 목소리를 낮추었지만 통제가 거의 되지 않았다.

"제 짝을 창녀라고 부르시고, 그러고도 정중한 환영을 해 드리지 않았다고 화내시는 겁니까?"

"난 그 애를 창녀라고 부른 적 없다."

모든 이들이 빤히 쳐다보자, 리아논은 정정했다.

"면전에 대고 창녀라고 부른 적은 없다. 뭐, 오늘은."

"그럼 무슨 일이십니까?"

리아논이 허리에 손을 얹고 한 발로 바닥을 톡톡 쳤다. 드래곤 형상으로 있을 때는 발톱이 되는 부분이었다.

"어째서 이 멍청이들 누구든 나한테 좀 더 빨리 연락하지 않았는지 이해를 못 했을 뿐이지."

탈라이스가 단검을 허벅지에 묶은 칼집에 도로 집어넣으며 대꾸했다.

"미리 연락을 드리면, 오셔서 앤뉠 면전에서 창녀라고 부르시려고요?"

"내가 그 애를 창녀라고 부른 건 그 애가 다른 사람이랑 잠을 잤다고 생각했을 때였지."

피어구스는 어머니에게로 다가갔다.

"그럼 지금은요?"

"지금은 사실이 다르다는 걸 안다."

그는 약간 의심을 품을 수밖에 없었다.

"뭐라고요? 그걸로 끝입니까?"

"그래, 그걸로 끝이야."

아니, 뭔가 잘못되었다.

피어구스는 마녀들을 번갈아 쳐다보았다. 세 마녀는 각각 기술의 수준이 달랐다. 비록 탈라이스는 다른 둘보다 수백 년 뒤졌지만 재빨리 따라잡고 있었다. 피어구스는 그들이 뭔가 숨기고 있다는 것을 알았다.

"왜 저에게 말씀하시지 않는 겁니까?"

리아논이 아들의 뺨을 쓰다듬더니 부드러운 미소를 지었다. 이 순간, 그녀는 강철 꼬리로 왕국을 지배하는 무시무시한 드래곤 퀸이 아니었다. 어머니였다. 피어구스는 리아논의 눈에서 이를 보고, 손길에서 이를 느낄 수 있었다.

"아들아, 걱정할 건 아무것도 없다. 우리는 그 애의 기운을 도로 끌어 올릴 수 있는 방법을 찾으려는 거야. 그 애가 앞으로 몇 주 동안 축 늘어지지 않도록."

어머니는 거짓말을 하고 있었다. 피어구스는 뼛속 깊숙이 알았다. 하지만 더 밀어붙일 수는 없었다. 아직 진실을 들을 준비가 되어 있지 않으므로. 지금은 아니다. 어머니가 아들을 상처 주려고 거짓말을 하지는 않는다는 것을 알기 때문이었다. 그를 보호하려고 거짓말을 할 뿐.

"됐지?"

어머니가 부드럽게 물었다.

그는 고개를 끄덕였다.

"됐습니다."

탈라이스가 브리크를 올려다보다가 피가 멎지 않은 상처를 알아채고 눈을 가늘게 떴다.

"얼굴은 왜 그렇게 된 거야?"

브리크는 약간 뜸을 들이며 그녀를 바라보다가 침착하게 대답했다.

"아무것도 아니야."

하지만 탈라이스는 전혀 믿는 눈치가 아니었다.

"조금 피곤하지 않나? 발도 쑤시고?"

드래곤의 물음에, 다그마는 이를 득득 갈며 대답했다.

"난 괜찮아."

괜찮지 않았다. 괴로워 죽을 지경이었다. 발이 쑤시는 정도가 아니라 아팠다! 걸음을 내디딜 때마다 물집이 느껴질 정도였다. 근육도 항의하듯 비명을 지르기 시작했다. 이마는 머리 위에 낮게 뜬 두 개의 태양으로 타는 듯 뜨거웠고, 언제나 태양을 가리던 구름은 생각만큼 그늘을 드리우지 않았다.

다그마는 아버지의 요새 주위를 이따금 씩씩하게 걸어 다니며 체력을 유지하고 있다고 언제나 생각했다. 하지만 그거야 일꾼들이 평평하게 다지고 타일을 깔아 관리하는 땅 얘기였다. 스파이켄해머로 가는 대로는 비극적이게도 바위투성이였고 군데군데 깊이 파인 부분은 발이 걸려 넘어질 때까지 보이지도 않았다. 길도 하나로 길게 뻗은 게 아니라 언덕 위아래로 굽이굽이 돌아야 했고, 부정확한 지도가 알려 주는 것만큼 가깝지도 않았다. 세 시간이 넘도록 걸었는데 확실한 끝이 보이지를 않았다.

하지만 드래곤은 계속 편안해 보였다.

"나랑 날아가고 싶지 않아? 거기다 바로 내려 줄 수 있는데. 그럼 당신의 귀하신 작은 발이 이 더럽고 괘씸한 땅을 더 이상 밟지 않아도 될 텐데 말이야."

다그마가 거짓말을 했다는 것을 알아챈 후로, 그의 비꼬는 수위가 한 단계 높아졌다. 하지만 그녀가 놀랐던 것은, 그가 아버지의 영토로 즉시 돌아가자고 주장하지는 않는다는 점이었다. 행동을 쉽게 예측할 수 없는 이가 옆에 있다니 낯선 경험이었다. 다그마는 언제나 그 특별한 기술에 깊이 의지하고 있었다.

"그러다가 화살 비 맞으라고? 스파이켄해머는 당신네 족속을 절대 안으로 들이지 않을걸."

그녀가 말했다.

"드래곤이야 들이지 않을지 모르지. 하지만 그 안 어딘가에 드래곤이 있다는 건 내가 장담해. 우리는 어디나 있거든."

다그마는 그의 말에 산란해지기도 하고 호기심도 생겨 걸음을 멈췄다.

"내 아버지의 영토에도?"

"나도 갔었잖아."

"당신은 빼야지."

다그마는 손을 한 번 휘저어 그의 말을 묵살했다.

"아니, 아냐. 그럴 리가 없어. 그랬다면 내가 금방 알았겠지. 신들의 마법에 속아 넘어가는 사람들하고 나는 달라. 나는 알아챘을 거야."

그녀는 말을 되풀이하며 그보다 스스로를 설득하려고 애썼다.

"어떻게?"

그가 외투에 새긴 문장을 가리키며 말을 이었다.

"확실히 이 군대는 알겠지. 하지만 수 세기에 걸쳐 파괴된 모든 군대의 문장을 당신이 알아?"

"물론 번개 드래곤도 사우스랜드 드래곤만큼 사악한 거짓말쟁이들이겠지."

"그냥 인정해. 번개 드래곤들이 당신네 요새를 드나든다고 해도 절대 모를걸. 어떤 녀석들은 키를 줄이거나 보라색 머리카락을 망토로 가리고 지나쳐 가. 알아차리지 못했다고 해서 부끄러울 것도 없지. 우리는 영겁의 세월 동안 당신네 인간들을 속이며 살아왔으니까. 어째서 지금 바꾸겠어? 가령······."

"아야!"

발이 망할 구멍에 걸리는 바람에 다그마는 넘어지지 않으려고 두 팔을 앞으로 뻗으면서 고꾸라졌다. 딱딱하고 가차 없는 노스랜드의 땅을 짚자, 부드러운 손바닥이 삐죽빼죽한 바위와 그 근처에 흩어져 있던 유리, 자갈, 다른 쓰레기에 쓸려 찢어졌다. 크게 소리를 지르는 순간, 숨이 턱 막혔고 안경이 얼굴에서 날아가 버렸다.

무엇보다도 안경이 없어진 게 가장 걱정이 되었다. 다그마는 눈을 가늘게 뜨고 더듬거리며 이제까지 의존해 왔던 작고 둥근 테를 찾아다녔다. 집에 도착하면 라그나 수사에게 부탁해 새 안경을 여러 개 만들어 달라고 해야 할 것 같았다.

"낙법을 배운 적이 없나 보군."

기진맥진하고, 아프고, 앞을 똑똑히 보게 해 주는 유일한 물건을 망가뜨렸다는 두려움에, 다그마는 드래곤을 쏘아보았다. 그는 그녀 옆에 웅크리고 있어서, 오로지 윤곽만 흐릿하게 보일 뿐이었다.

"그래, 그웬바엘. 아무도 내게 낙법을 가르쳐 주지 않더군."

"도움이 필요해?"

"안경이 필요해."

그가 앞으로 손을 뻗어 뭔가 잡았다.

"안경은 이거 하나뿐이야?"

공포가 다그마를 쓸고 지났다.

"부러졌어?"

"아니, 그냥 물어본 거야. 당신이 길에만 나서면 물건들이 깨지거나 도둑맞거나 사라지는 것 같아서. 만약 안경이 이거 하나뿐이라면······."

"이 순간에는 하나뿐이지만, 지금은 새 안경을 구할 걱정 따위 할 때가 아니잖아!"

"왜 이렇게 떽떽거리나 몰라."

이를 득득 갈면서도 다그마는 안경이 산산조각 나지나 않았는지 두려웠던 나머지, 손을 뻗어 그의 손에서 안경을 잡아채려 했다. 드래곤이 앞에서 쓱 비키며 느긋이 한 손을 들었다.

"안경 줘."

"안 돼. 그러다 피 묻힐걸. 손에서 피 나잖아."

그가 주위를 둘러보았다. 길 위의 다른 사람들은 둘이 마치 앞길에 놓인 죽은 동물 시체인 양 빙 돌아서 가고 있었다.

"자, 이 길에서 벗어나자."

그가 손을 뻗자, 다그마도 손을 잡아 주길 기대하며 한 손을 들었다. 하지만 그는 손을 잡지 않았다. 그저 그 손을 옆으로 쓱 밀어 버리고 허리를 잡았다.

"나를 들고 갈 필요는 없는데."

"필요가 있고도 남아, 이 가엽고 연약하고 서투른 아가씨야."

그웬바엘이 그녀를 주변 숲 깊숙이 데려가 거대한 노목 앞에 등을 기대고 서게 했다.

"나를 올려다봐."

다그마가 그 말을 따르자, 그는 조심스레 안경을 씌워 주고 귀 뒤에 완벽히 걸리는지 살폈다.

"됐어?"

다그마는 눈을 깜박였다. 주위의 세계가 다시 또렷해졌다.

"당신은 이 기분 모를 거야."

"사실은 나도 알아. 아흔여덟 살 때, 형이 나를 화산에 쑤셔 넣은 적이 있거든."

그는 자기 가족에 대해서 가장 이상하고 사나운 이야기를 해 주었다. 그게 대체 무슨 상관이람?"

"얘기가 그게 다야?"

"더 들어 봐. 짐작할 수 있겠지만, 용암은 우리 종족에겐 별로 해롭지 않아. 하지만……."

그가 몸을 약간 앞으로 내밀며 목소리를 낮췄다.

"번개 드래곤과 모래 드래곤을 고문하기엔 훌륭하지."

"명심해 두겠어."

"그래야지. 그런 정보가 언제 필요할지 모르니까, 어쨌든."

그웬바엘이 느릿하고도 조심스럽게 그녀의 손과 손목을 옆으로, 위아래로 움직여 보고 면밀히 살피면서 말을 이었다.

"용암은 살짝 따끔하긴 한데, 딱히 거슬리는 건 아냐. 하지만 눈을 재빨리 감지 못했거든. 그랬더니 뭐가 철썩 들어온 거야. 몇 주 동안 시야가 흐리더라고. 결국 어머니의 궁전으로 날아가서 외쳤지. '누가 장님 좀 도와줘요! 이제 내가 장님이 되어서 날 사랑하지 않는 거예요?' 그러니까 어머니가 치료사에게 데려가 주시더군."

다그마는 웃음이 터져 나오지 못하도록 입술을 삐죽였다. 그에게 계속 화를 내고 싶었다.

"눈을 고쳐서 안심했겠네."

"그랬지. 하지만 형들 앞에 가서 얼굴을 더듬으며 이랬던 것도 재미있긴 했어. '브리크 형이야? 난…… 정말 잘 모르겠는데?'"

그가 껄껄 웃더니 말을 이었다.

"브리크 형이 그렇게나 제대로 된 악당이 아니었다면 꽤나 양심의 가책을 느꼈을 텐데. 대신에 내 머리를 옆에 있던 뭔가에 갖다 박더라고."

그는 그녀의 손가락과 관절을 하나하나 다 살폈다.

"좋아. 부러진 데 하나 없이 멀쩡해 보인다."

그리고 그녀의 몸 아래로 내려가 치맛자락을 들췄다. 그가 장화 한 짝을 벗기더니 미소 지었다.

"모직 양말?"

"따뜻하니까."

"왕족도 양말을 신어?"

"난 왕족이 아니야. 노스랜드에는 왕족이 없어. 그보다, 허영심과 겨울 동안 발가락을 보호해 준다는 실용성 사이에서 저울질하면 어느 쪽이 이길 것 같아?"

"그럴듯하네."

그가 양말을 내리자 두 발이 움츠러들었다.

"당신이야말로 치료사가 필요하군, 레이디 다그마."

발을 뒤덮은 물집으로부터 고개를 돌리며, 다그마는 동의할 수밖에 없었다.

"안됐지만…… 그래야 할 것 같아."

리아논은 계단을 서둘러 내려가 모퉁이를 돌아서 이륙할 수 있는 다른 공터로 향했다. 호위병들에게 자기를 맞으러 나오라고 심언을 보내면서 그녀는 딸과 단둘이 있을 짬을 냈다.

"지금까지 나한테 연락을 안 했다니 믿을 수가 없구나."

"어머니는 앤벌을 믿지 않는다는 뜻을 확실히 하셨잖아요. 연락드린들 무슨 소용이 있겠어요?"

리아논은 딸 쪽으로 몸을 돌리며 집게손가락으로 자식의 얼굴을 가리켰다.

"난 직접 보고 확실히 알려고 했던 것뿐이다. 그동안 내내 이랬던 거니?"

"아뇨. 지난 달 무렵부터."

모르퓌드가 두 손을 들었다.

"탈라이스와 온갖 수를 다 써 봤어요. 하지만 앤널이……."

"진이 다 빠진 것 같더라는 거지. 안에서 밖으로."

"정확하세요."

모르퓌드는 이마를 문질렀다.

"어쩌면 데벤알트 산으로 데려가야 할지 모르겠어요. 거기서 라면……."

"안 돼."

"왜죠?"

"거기선 안전하지 않을 테니까."

"언제부터요?"

"장로들이 앤널의 쌍둥이에 관심을 두기로 결정한 후부터. 딱 잘라 쌍둥이를 거부할 줄 알았는데, 그러지 않더구나. 그 때문에 좀 더 내가 불안해진 거지."

"어째서요? 그들이 뭘 할 수 있는데요?"

"이런 상황은 무척 새로운 경우야. 그래서 장로들이 제멋대로 할 수 있는 거지. 이에 대한 법이 없으니까. 게다가 우리가 전쟁 중이 아니라면, 장로들과 지배권을 나눠야 하니."

"장로들 전부를 말씀하시는 게 아니겠죠, 어머니. 에안뤼그 장로겠죠."

에안뤼그 장로. 리아논에게 혈통에 집착하는 에안뤼그처럼 성가시고 등에 칼을 꽂을 수 있는 적수는 오랜만이었다. 그는 리아논의 자식들이 베르세락의 하층 계급 가문과 연결되면서 더럽혀졌다고 생각했다. 그 말인즉, 이제 그의 머리는 인간에 의해 더럽혀진 드래곤 혈통 생각으로 핑핑 돌 지경이라는 뜻이었다.

"그자는 내게 맡겨라, 모르퓌드."

리아논은 딸이 인간들 사이에서 입으라고 만들어 준 드레스를 벗어 던지고 타고난 형태로 변신했다. 그리고 날개를 흔들어 털며 털을 뒤로 넘겼다. 그녀는 어떻게 자기 아이들이 인간의 몸에 갇혀서 나날을 보내는지 이해할 수 없었다. 몇 시간 정도는 되겠지. 하지만 며칠이라니?

"앤닐은 너와 여기 함께 있으면 안전할 거야. 너랑 탈라이스는 힘닿는 데까지 계속하렴. 난 내 쪽에서 뭘 할 수 있는지 알아볼 테니까."

왕실 호위병들이 귀향할 태세를 갖추고 그녀 뒤에 서 있었다.

"케이타에게는 아무 소식 없었나요?"

딸이 갑자기 물었다.

리아논의 막내딸이자 가장 큰 골칫거리인 독사 케이타, 그 절망과 죽음의 레드 드래곤이 어머니와는 거의 연락이 없다는 것을 모르퓌드도 잘 알고 있었다.

하지만 그녀는 어머니가 자식들이 어디에 있는지 어느 때든 확실히 파악하고 있다는 것도 알았다. 그들이 어머니를 필요로 하면, 부르든 부르지 않든 나타난다는 것도. 케이타라고 별다를 바 없었지만, 그 애는 한 번도 어머니나 그 도움을 필요로 한 적이 없어 보였다.

케이타는 그저 독립적인 성격인 것만이 아니었다. 싸움 걸기를 좋아하고, 어머니 리아논을 쓸모라곤 하나도 없는 자신의 삶을 비참하게 하는 데 열중하는 참견쟁이 드래곤 할망구로밖에 보지 않았다. 그 아이의 분노는 상대를 잘못 찾은 듯했지만, 리아논은 종종 그 사실을 꿰뚫어 보는 것은 자기뿐이라고 생각했다. 케이타의 형제자매와 베르세락에게 케이타는 그저 잘 놀고 태평해서 재미있는 곳이면 어디든 가는 아이일 뿐이었다.

하지만 리아논은 속사정을 알았다. 정확히 케이타가 누구임을 알았고, 그 애에게 걸맞은 대접을 했다.

그녀는 모르퓌드의 말을 곧이곧대로 받아들여 대답했다.

"그 애가 나보고 꺼지라고 한 후로는 없더라. 없었지."

"아, 어머니……."

리아논은 꼬리를 한 번 휙 흔들어 막내딸에 대한 대화를 끝내 버렸다.

"그웬바엘은?"

그녀가 물었다. 성가신 아들이긴 하지만, 케이타처럼 반항적이진 않았다.

"노스랜드에 있어요. 좀 더…… 정보를 얻어 내려고."

모르퓌드가 마지못해 설명했다.

"사우스랜드의 못 말리는 난봉꾼을 노스랜드에 혼자 보낸다는 그 멋진 생각은 누가 한 거지?"

"앤닐이에요."

"그때에야 너도 앤닐이 뭔가 이상하다는 것을 확실히 알았겠구나."

"어머니!"

"뭐? 그 아이를 창녀라고 부른 것도 아닌데!"

치료사는 진물이 나는 물집을 바늘로 찌르고 고름을 깨끗이 닦아 낸 후 연고를 발라 주었다. 찢어진 손바닥은 피를 깨끗이 씻어 내고 위에 다른 고약을 얹었고, 발과 손바닥에 난 상처도 깨끗한 리넨으로 잘 감싸 주었다. 억지로 입에 밀어 넣은 조제약이 고통을 덜어 주고 그날 밤에 일어날지 모르는 발열이나 감염을 막아 줄 터였다.

치료비 때문에 한참 입씨름하며 흥정한 후에 —노스랜더들이 얼마나 흥정을 좋아하는지 잠시 잊고 있었다— 그웬바엘은 마침내 다그마를 날뛰는 말 여관의 깔끔한 침대에 누일 수 있었다. 손과 발에 붕대를 감긴 했어도, 그녀는 '하찮은 잡일'을 처리하러 떠날 준비가 충분히 되어 있었다. 그웬바엘은 다그마가 약 올라 한다는 이유만으로 그렇게 부르기를 좋아했다. 그래도 그녀는 불평하지 못할 터였다. 그녀 자신의 치료를 위해 좀 더 전통적인 길을 택해야 하는 이 시점에는.

그웬바엘이 단지 약초만으로 상처를 치료할 수 있다고 우기는 사람을 본 것은 참 오랜만이었다. 그의 누이와 탈라이스는 항상 주문을 걸어 치유 과정의 속도에 힘을 더했지만 다그마는 그런 건 아무 소용 없다고 강경하게 우겼다.

'난 신들을 섬기지 않으니까. 마녀나 여사제, 누구든 그들이 부리는 마법은 내게 듣지 않아. 나를 가르쳤던 선생님 중 한 분은

신들이 나를 도우려면 직접 마법을 부려야 할 거라고 했지.'

다그마가 설명했다.

신들이 그녀의 부어오른 발목과 터지기 직전인 물집을 직접 도와주려 할까 그웬바엘과 치료사 둘 다 의심스러워했기에, 다그마는 결국 신물이 넘어올 것 같은 약을 마시고 남은 밤을 여기 머물러야만 했다.

"그 발로 밖에 나가 돌아다니면 아침에는 도로 여기 와야 할 겁니다."

치료사가 경고했다. 다그마가 또 대꾸하려 하자, 그웬바엘은 결국 그녀를 여관의 침대에 던져 놓고 기운을 차릴 만한 것을 가지러 나갔다. 그는 어느 집 마당에서 찾은 강아지를 안고 돌아오며 다그마가 좋아하리라 생각했다.

"남의 강아지를 훔쳤다고?"

그녀가 힐책하자, 그웬바엘은 태연하게 대꾸했다.

"드래곤은 훔치는 법이 없어. 그저 원하는 것을 가져오지. 그 꼬마 여자애가 당신보다 강아지가 더 필요할 것 같진 않던데."

다그마는 손과 발에 붕대를 감고 있었지만 이전보다 훨씬 오만하게 문을 가리켰다.

"돌려주고 와."

"하지만……."

"당장!"

그웬바엘은 그녀가 자기를 쫓아 보내는 방식이 마음에 들지 않아 툴툴거리며 나갔다가 몇 가지 물건을 더 주워 왔다. 그런데

다시 와 보니, 다그마는 기다리지 않고 깃털 펜과 잉크로 두루마리에 뭔가를 쓰고 있었다. 그는 화가 나서 그녀의 손에서 깃털 펜을 빼앗았다.

"아직 안 끝났는데."

"끝났어."

두루마리와 잉크도 빼앗아 침대 발치 옆에 빈 서랍장 위에 올려놓았다.

"치료사가 쉬라고 했잖아."

"아니, 돌아다니지 말라고 했지. 쓰지 말라는 말은 안 했어."

"말싸움할 생각 하지 마. 당신 때문에 아주 기분이 나쁘니까."

"누가 당신보고 어린애 애완동물을 훔쳐 오라고 했어?"

"내가 당신 얼굴을 베개로 막아 버리는 상황이 일어나기 전에 내 관점으로 좀 보지그래."

"그건 살인이라고 하는 거 아니야?"

"세계의 어떤 곳에선 그렇게 말하겠지."

그웬바엘은 그녀의 침대맡에 앉았다.

"그 망할 강아지를 갖다 줬는데도 전혀 기뻐하지 않았지만, 다른 선물을 가져왔지."

그가 들고 왔던 자루를 꺼냈다.

"차라리 먹는 게 좋은데."

"음식은 몇 분 있다가 올라올 거야, 이 배은망덕한 아가씨야. 그때까지는 새로 가져온 거나 봐."

그웬바엘이 사 온 책을 그녀의 무릎 위에 올려놓았으므로 다그마는 굳이 두 손으로 집으려 하지 않았다.

"비교적 새 책이라던데, 당신이 아직 안 읽은 거면 좋겠군."

다그마는 찬찬히 책을 살폈다. 《야니: 동네 술집 아가씨의 삶과 사랑》. 그녀가 숨을 내쉬었다.

"아니, 아주 솔직히 말해서 이 책은 안 읽었어."

"잘됐군."

그웬바엘은 다시 자루에 손을 넣어 물건들을 몇 개 꺼냈다.

"장화는 나도 있어."

"이 장화가 더 좋아. 특히 많이 걸어야 할 때는. 다시 물집이 잡히길 바라는 건 아니겠지?"

"그럼 양말은?"

"모직만큼 따뜻하지만 피부에 닿을 땐 덜 꺼끌꺼끌할 거야. 부유한 용병들은 이 전투에서 저 전투로 옮겨 다닐 때 항상 그걸 쓰더군."

그녀가 손가락 끝으로 장화의 가죽을 문질러 보더니 말했다.

"고마워. 자상하기도 하네."

"천만의 말씀. 나 역시 다시 한 번 종기를 터뜨리고 싶진 않으니까."

"물집이야. 종기가 아니라고."

그녀가 쏘아붙였다.

"물집이든 종기든, 그게 중요해?"

그웬바엘은 그녀의 발을 힐긋 내려다보며 물었다.

"발목은 어때?"

"나아졌어. 부기도 상당히 가라앉았고."

"내 말 들으면 어떻게 되는지 봤지? 좋은 일만 생긴다고."

그는 미소를 지었다.

"자, 이제 내게 제대로 감사 표시를 하시지?"

"고맙다고 했잖아. 어떤 문화에선 그 정도면 제대로 감사한 거라고 할 텐데."

"난 그보다는 더 잘하지 않을까 했는데."

그녀가 탐색하듯 그를 찬찬히 보다가 고개를 끄덕였다.

"좋아."

그리고 침대에서 약간 내려가더니 드레스를 허벅지까지 끌어올리고 매트리스 위에 도로 편안히 누웠다.

"식사가 오기 전에 빨리 끝내 주면 좋겠어."

그웰바엘은 눈 밑이 살짝 꿈틀하는 걸 느꼈다. 가끔 눈꺼풀 위에 비슷한 경련이 일기도 하였지만, 오직 아버지를 상대할 때뿐이었다. 레이디 다그마를 대할 때만 일어나는 새로운 반응이 생긴 모양이었다.

"그런 뜻이 아니었는데."

"내가 무릎 꿇고 해 주길 바라는 건 아니겠지. 치료사가 지금 내 상태로는……."

"아니야! 그런 뜻도 아니었어!"

세상에! 대체 어떻게 되어 먹은 여자길래!

"남자들이 제대로 감사하라고 할 때는 항상 그런 뜻이던데."

"당신이 사는 세계는 정말 어이가 없군. 그 점은 확실해."

그웬바엘은 몸을 숙여 그녀의 허리를 잡아 들어 올렸다. 부풀린 베개 위에 다시 그녀의 등이 닿았다.

"그럼, 당신이 원하는 게 뭔지 난 확실히 모르겠네."

"키스."

그는 그녀의 드레스를 다시 무릎까지 내려 주었다.

"키스 한 번이면 돼."

"겨우 그거라고?"

"감사로서 내가 당신에게 원하는 건 그것뿐이니까."

그웬바엘은 이 차가운 생선 같은 여자와 키스 한 번 하는 게 자기가 원하는 것이라고 확신했다. 그러면 더 이상 이 여자 생각을 그만두고 중요한 일에 집중할 수 있을 거라고.

"당신이 기대하는 게 정확히 뭔데?"

"뭐?"

"내 말은, 당신이 쾌락을 얻기 위해서 내가 보여 줘야 되는 특정한 반응 같은 게 있지 않느냐는 거야. 닿기만 해도 기절하거나 신음해야 하나? 아니면 몸을 살짝 떤다든가?"

"그냥 키스를 받을 때 항상 하듯이 하면 안 돼?"

"당신은 내가 보일 만한 반응보다 좀 더 극적인 반응에 익숙할 줄 알았지."

"아하!"

그웬바엘은 한 손가락으로 그녀를 가리켰다.

"당신 처녀로군."

"아하!"

그녀도 손가락질을 돌려주었다.

"나 처녀 아닌데."

다그마가 갑자기 눈을 빠르게 깜박이더니 한 손으로 안경을 벗고 다른 손 엄지와 검지로 눈을 문질렀다.

"사실, 결혼을 세 번이나 했지."

"당신이? 어떻게 된 건데?"

그녀가 다시 안경을 썼다.

"첫 남편은 결혼식 후 첫 식사에서 아버지를 모욕했어. 물론 그 전날 술을 마시고 내게 여자가 되는 경험을 주기는 했지. 어쨌든, 정오가 되었을 때 아버지의 군마 네 마리에 끌려 능지처참을 당하면서 술 취한 관중의 유흥거리로 끝장났어. 두 번째 남편은 영리하게도 식이 바로 끝난 후 마구간에서 나를 취했는데, 피로연에서 올케 중 한 명을 모욕했어. 그리고 속을 채운 돼지 요리가 나오는 동안 그 자리에서 머리를 잃었어. 세 번째 남편은 좀 불쌍했지. 그 사람은 식도 다 끝내지 못했어. 양처럼 몸을 바들바들 떨면서 간신히 결혼 서약까지는 했는데, 실례한다고 사라지더니 다시는 보지 못했지. 그 사람을 탓할 생각도 없어. 아버지가 그 결혼은 무효로 해야 한다고 우겨서 그렇게 했고."

그녀는 손바닥이 보이도록 두 손을 무릎에 편히 내려놓았다.

"자, 괜히 물어봤다 싶어?"

다그마는 그 얘기를 하는 게 정말 즐거웠다. 물론 한마디 한마디가 다 사실이었다. 듣는 사람이 누구냐에 따라 어떤 부분을 더

하고 어떤 부분을 뺄지만 고를 뿐이었다.

가령, 아버지가 그녀의 첫 남편을 공격한 것은 결혼식을 치른 딸의 얼굴을 보고 난 후였다. 다그마는 방 안에서 머무르며 남편이랑 고작 하룻밤 지내고 난 후에 생긴 일을 감추려고 했다. 그녀도 원치 않았던 것은 아니었다. 다만 남편이 원한 반응을 보이지 못했을 따름이다.

하지만 당시의 하인, 다그마의 어머니도 모셨던 나이 든 여인이 다그마가 예의범절이 이르는 대로 결혼식 첫 번째 식사에 참석해야 한다고 우겼다. 그날 아버지가 그녀를 본 순간의 표정을 다그마는 영원히 잊을 수 없었다. 오빠들이 그때까지도 술에 취해 있었던 남편을 손봐 주려고 식탁에서 벌떡 일어나던 광경도. 그들은 정오가 되어서야 말들을 움직였다. 아버지 말에 따르면 '말들이 움직이기 시작했을 때 그 새끼가 맑고 온전한 정신이기를 바란다.'라는 이유였다.

아니, 그 부분의 사연은 절대로 다른 사람에게 털어놓을 수 없었다. 그때는 다그마에게 전 세계나 다름없을 정도로 큰 의미가 있었으니까.

"물어봐서 다행이다 싶어."

드래곤이 마침내 말했다.

"앤벌이 당신 아버지에게 군대를 보내길 잘했다고 생각하게 되었으니까."

"그래?"

"그래. 남자가 자기 여자 식구를 대하는 태도는 그가 진정으로 어떤 남자인지를 보여 주는 법이야. 내 아버지는 어떤 나쁜 새끼가 내 여동생과 잤다고 친구들에게 떠벌리고 다닌다는 소리를 듣자 그놈을 반으로 갈라 버리셨지. 뭐, 실제로 잔 건 맞지만. 그래도 그렇게 자랑하고 다녀서야 쓰나. 아버지는 그놈을 정수리부터 똑바로 잘라 두 개로 나누는 데 바로 그놈 자신의 배틀액스를 쓰셨어. 케이타는 이제 주로 인간 남자들하고 자. 드래곤 남자들이 그 애를 피하니까."

"충격적이네."

"약한 거지. 겁이 너무 많아서 자기가 원하는 걸 위해 싸울 수 없다면."

그웬바엘이 미소를 띠었다.

"그럼 이제…… 키스해도 될까?"

"그렇게 능지처참이며 절단 같은 얘기를 하고 났는데도 아직 키스하고 싶은 마음이 남아 있다면, 부디 맘대로 하시지."

그가 침대로 올라와 두 손으로 그녀의 허리를 잡았다.

"이제 해 볼까, 자기."

새된 부인 목소리를 흉내 내는 그의 모습에 다그마는 웃어 버렸다.

"나를 위해 입술을 내밀어 봐."

다그마는 그렇게 했다. 눈을 감고 물고기처럼 입술을 오므렸다. 쿡쿡 웃는 소리가 들리더니 입에 그의 숨결이 느껴지고, 몇 초 후 입술이 닿았다. 그의 입술이 그녀의 입술을 눌렀다. 단단하고 따뜻하게.

이상하게 상냥하고 참을 수 없을 만큼 달콤했다. 그대로 눈을 감은 채, 다그마는 입술의 힘을 풀었다. 그웬바엘이 머리를 옆으로 기울이자 그녀의 입을 덮은 그의 입도 기울어졌다.

그는 서두르거나 밀고 들어오지 않았다. 억지로 혀를 입안에 집어넣지도 않았고, 그녀를 침대로 밀어 눕히지도 않았다. 대신, 그의 혀끝이 부드럽게 입술을 핥았다. 처음에는 윗입술을, 다음은 아랫입술을, 그리고 입술 사이로 천천히 움직이며 감칠나게 했다.

다그마는 미남자 그웬바엘이 자기 이전에 수많은 여자들에게 키스를 해 보았다는 사실을 똑똑히 알고 있었다. 그는 다른 여자들에게 쓴 방식으로 그녀의 입속으로 쉽게 파고들 수 있었다. 하지만 다그마는 이 남자의 게임을 참아 줄 인내심이 없었기 때문에 그냥 입을 벌렸다. 일단 안으로 들어오면 그녀를 놓아줄지도 몰랐다. 그러면 그녀는 다음 날 아침 아버지에게 보낼 전갈을 쓰는 일로 돌아갈 수 있을 수 있을 터였다.

그웬바엘의 혀가 입속 깊숙이 가라앉자 다그마는 두 손을 그의 어깨에 대고 밀어 버릴 준비를 했다. 숨 막혀 죽고 싶진 않았다. 이미 약간 지루하기도 했으니, 얼른 좀 전에 하던 일로 돌아가서…… 어…….

잠깐. 좀 전에 뭘 하고 있었더라?

그 순간 아무것도 기억나지 않았다. 그웬바엘의 어깨에 올린 손가락에 힘이 들어가 사슬 갑옷이 손끝을 아프게 파고드는 것도 신경 쓰이지 않았다.

드래곤이 신음했고, 그 소리가 다그마의 몸속에 물결쳤다. 그의 혀가 다그마의 혀와 얽혔고, 다그마의 몸이 그에 반응했다. 젖꼭지가 단단해졌고, 허벅지가 긴장했으며, 아래 그곳의 벽이 자꾸 움찔움찔하며 그 안에 뭔가 들어와 채워 주기를 바랐다.

드래곤의 부드러운 도발이 더 긴박한 요구로 바뀌지 않았더라면 다그마는 자신의 약한 모습에 혐오감을 느꼈을지도 몰랐다. 그의 손이 그녀의 목덜미를 감아 움직이지 못하게 붙들고, 그의 손가락이 목의 근육을 꽉 쥐었다 놓았다. 그의 몸이 좀 더 가까이 다가오고 다른 손이 그녀의 엉덩이를 잡았다.

다그마는 좀 더 갖고 싶었다. 그녀는 한쪽 어깨를 잡았던 손을 내려 그의 무릎께에 놓았다. 단단한 성기가 손에 느껴지자 그녀는 살짝 신음했다. 사슬 갑옷을 입고 있는데도 크고 강력한 그것을 느낄 수 있었다. 여자가 하룻밤 내내 가지고 즐길 수만 있다면 무엇이든 내놓겠다고 할 만한 물건이었다.

그녀가 한 손으로 그를 쓰다듬자, 드래곤이 몸을 떨었다. 그의 반응이 마음에 들었기에 다시 한 번 반복했다. 그가 신음을 내며 그녀에게 계속 키스했다. 그녀의 손은 여전히 그를 쓰다듬고 있었다. 다시, 또다시. 그 손이 리듬을 타자 그는 한껏 즐기는 듯 보였다.

하지만 다음 순간, 드래곤이 별안간 굳어지더니 그녀에게서 떨어져 나갔다. 그는 작은 방 저편으로 건너가 유일하게 있는 의자에 털썩 주저앉았다. 그리고 겁먹은 듯 그녀를 빤히 쳐다보았다. 눈은 휘둥그레졌고 숨은 가쁘게 헐떡였으며 몸은 아주 미세하게 떨리고 있었다.

자기를 천천히 관찰하는 눈길에 다그마는 왠지 불편해져 시선을 돌렸다. 손을 오므리려는데 몸이 움찔했다. 내려다보니 오른손에 감았던 붕대가 풀려 나가고 없었다. 그녀는 침대 위에 떨어진 리넨 조각을 주우려 손을 뻗었다. 그때, 누군가 문을 씩씩하게 두드리며 저녁 식사를 가져왔다고 알렸다.

그웬바엘이 문으로 가 하녀 아이를 안으로 들였다. 하녀 아이는 푸른 눈으로 두 사람을 힐끔힐끔 쳐다보며 음식을 내려놓았다. 얼른 음식을 차려 주고 이 방에서 나가고 싶은 모양이었다.

"먹어."

그는 다그마에게 명령하듯 말했다.

"손에 바를 연고를 좀 더 가져다주지."

다그마가 그럴 필요 없다고 말하기도 전에 그웬바엘은 이미 방에서 나가고 없었다.

"어디로 가는 거예요?"

블루 드래곤 에이브히어, 드래곤 퀸 리아논과 '위대한 자' 베르세락의 막내아들은 뒤에서 들리는 목소리에 절로 목을 움츠렸다.

저 목소리. 저 망할 목소리!

"아버지를 뵈러."

"나도 가도 돼요?"

"넌 훈련해야 하지 않아?"

"하고 있었죠. 하지만 지휘관이 오늘은 이제 쉬어도 된다고 했어요."

　아마도 같은 분대 안에서는 그 누구도 더 이상 그녀와 대결하려 하지 않기 때문일 것이었다. 일 년도 안 되는 기간 동안, 이 버릇없는 아이는 여자 하나로 구성된 해체반이 되었다.

　"그럼 가서 다른 할 일 찾아봐."

　"차라리 할아버지를 뵈러 갈래요."

　에이브히어는 움찔 놀랐다.

　"그렇게 부르지 마."

　"왜요? 제 할아버지 맞잖아요."

　정확히 그게 문제였다. 탈라이스의 딸 이세벨은 피가 섞이지 않았지만 그의 부모와 형제들에게 브리크의 딸로 받아들여졌다. 그 과정에서 그들은 이 아이를 그저 버릇없는 계집애로 만들어 버렸다. ……그리고 그의 조카딸로.

　짜증스럽고 버릇없는 데다 쉴 새 없이 재잘거리는 조카딸.

　"네 어머니는 네가 날아가는 걸 좋아하시지 않을 텐데."

　"엄마는 내가 뭘 하든 좋아하지 않아요."

　에이브히어는 그 목소리에 스민 좌절을 감지했다. 그도 잘 이해하는 좌절이었다. 아흔한 번의 겨울을 나는 동안 그는 전투에 거의 참가하지 못했다. 대부분은 주로 인간 군대—아주 쉽게 죽어 가는 존재들—가 개입된 갑작스러운 소규모 전투였고, 드래곤은 거의 참가하지 않았다.

　이지처럼 그도 더 강력한 전투에서 싸울 준비가 되어 있었다. 명성을 얻을 준비가 되어 있었다. 그는 블루 드래곤 에이브히어로 사는 것을 즐기긴 했지만, 좀 더 유력한 무언가가 될 준비가 되어 있었다. 어쩌면 '자비로운 자' 에이브히어가 될 수 있을지도. 아니면 '강자' 에이브히어라든가.

에이브히어에게는 장대한 미래 계획이 있었고, 거기에는 자기가 전사가 될 수 있다고 생각하는 계집아이는 포함되어 있지 않았다. 그는 분대장이 그녀를 전투에 내보낼 거라고 생각하지 않았다. 이지는 이제 고작 열일곱 살이 되었을 뿐이었다. 더욱 중요하게는 부대의 남자들이 ―그리고 몇몇 여자들이― 그 애를 어떻게 보는지 에이브히어는 잘 알고 있었다. 지켜볼 가족도 없이 혼자 내보냈다간 큰 위험에 빠질 아이였다. 그 애를 보살필 가족. 꼭 끌어안고 그 애 머리카락 냄새를 맡고 목에 난 맛난 상처를 핥을…….

"망할!"

"뭐예요?"

이세벨이 그의 앞에 버티고 서자, 더는 그녀를 모르는 체할 수 없었다. 그가 아무리 그러고 싶다 해도.

심하게 멍이 든 눈과 무너졌다가 서서히 낫고 있는 코를 하고도 이렇게 예쁜 사람이 또 있을까.

에이브히어는 그저 이 애가 자기 조카딸이라는 것만 기억하면 되었다. 정확히 그랬다. 조카딸!

무르익은, 가슴이 여문, 엉덩이가 완벽한 조카딸!

"뭐가 잘못됐어요, 에이브히어?"

"아무것도 아니야. 난 가야겠어."

"아, 그러지 말고."

이세벨이 그의 팔을 잡았다.

"나도 데려가 줘요. 얌전히 있고 당신 머리를 땋지도 않겠다고 약속할게요."

"안 돼."

에이브히어는 팔을 빼내려 했지만 그녀가 꽉 잡고 놓지 않았다. 혼자 있을 때면 이따금, 몇 달 전 그 애가 자기 꼬리를 잡았던 감촉이 아직도 떠올랐다. 한밤에도 그를 잠에서 깨게 하는 그런 기억이었다. 땀을 흘리며.

"제에에에에발요!"

"안 돼!"

그는 팔을 휙 잡아당겼다.

"가서 친구들이랑 놀아."

옅은 갈색 눈이 망할 긴 속눈썹 사이로 그를 올려다보았다. 도톰한 입술 끝이 살짝 들렸다.

"하지만…… 난 에이브히어랑 노는 게 더 좋은데."

에이브히어는 으르렁대며 그 애를 지나쳤다. 변신해서 마음 편하게 날아갈 수 있도록 공터로 가서 발을 굴렀다.

"이상한 뜻으로 말한 건 아니었어요."

이세벨이 뒤에서 고함쳤다. 그도 그 말을 믿었을지 몰랐다. 그 애가 그렇게 말한 후 깔깔 웃지만 않았더라면.

다그마는 아직 잠에서 완전히 깨지 않은 채로 기지개를 쭉 폈다. 지난 몇 시간 동안 자다 깨다를 반복했다. 잠에서 깰 때마다 여전히 혼자였고 몸은 아직도 그의 키스에 반응하고 있었다. 그녀는 만약 그가 돌아온다면 이전에 많은 여자들이 그랬듯이 자기도 그를 침대 안으로 끌어들이고 말리라는 것을 잘 알았다. 하지만 아직도 드래곤은 돌아오지 않았다.

아니, 그는 아마도 다른 여자를 찾아갔으리라. 엉덩이가 더 풍만하고 얼굴이 더 예쁜 여자를. 하지만 그게 둘을 위한 최선일 것이다.

다그마는 오른손을 움직이며 손바닥으로 그의 바지를 쓰다듬었을 때 경험했던 타는 듯한 아픔을 기다렸다. 하지만 아픔은 없었다. 손을 잘 움직일 수도 없었다. 그녀는 눈을 깜박이며 더 잘볼 수 있도록 손을 얼굴에 가까이 댔다. 제대로 붕대가 감겨 있었고, 그 아래 새로 연고를 발랐다는 느낌이 왔다.

다그마는 실눈을 뜨고 주위를 돌아보다 그웬바엘이 방에 하나뿐인 의자에 앉아 창밖을 내다보고 있는 모습을 보았다.

"그웬바엘?"

"그래, 나야. 당신은 안전해."

"당신은…… 모든 게…… 난 그저……."

"그냥 자, 다그마. 두 개의 태양이 다 뜨면 내가 깨워 줄 테니까. 그때까지……."

그웬바엘의 흐릿한 윤곽이 고개를 돌려 그녀를 보았다.

"계속 자."

그의 목소리에 무언가 있었다. 이전에 듣지 못했던 진지함. 그

때문에 다그마는 고개를 끄덕이고 모로 누워 그에게서 등을 돌릴 수밖에 없었다.

"좋은 밤, 다그마."

"좋은 밤."

그녀는 속삭였다.

그는 다른 사람이랑 있었던 걸까? 그녀의 본능은 아니라고 말했지만 희망을 진실로 바꾸고자 애쓰느라 틀린 것일 수도 있었다. 그렇다고 해도 그를 비난할 수 있을까?

도대체 무슨 소리를 하는 거야! 당연히 할 수 있지!

망할! 망할 여자! 때마침 발까지 다쳐서 성가시기는!

술집에 있었던 여자 몇몇이 이 밤 그에게 따뜻한 침대를 기꺼이 내주겠다는 신호를 똑똑히 보내기는 했다. 그가 원한다면. 하지만 무언가 알 수 없는 이유로 그웬바엘은 모두 거절하고 거짓말쟁이 여자에게로 돌아왔다. 그녀는 단순히 자기가 편리할 때 거짓말을 했다고 해서 거짓말쟁이가 아니었다. 그렇지도 않으면서 그런 척하고 있기 때문에 거짓말쟁이였다.

차갑다고? 그녀는 차갑지 않았다. 세상이 어떻게 믿기를 바라든 간에. 다그마 라인홀트는 자제할 뿐이었다. 조용한 화산이 폭발하기를 기다리며.

그런데 어째서 그 사실이 이렇게 신경 쓰일까? 누가 물어본다면 뭐라고 할까? 그녀에 대한 그웬바엘 자신의 반응이 거슬렸기 때문이다. 그 키스와, 붕대를 감은 작은 손이 사슬 갑옷 바지 위를 쓰다듬던 동작 사이에서 그는 이전에 한 번도 느껴 본 적 없는 절정을 느낄 뻔했다.

지금도 그녀의 손길을 느낄 수가 있었다. 그녀와 닿는다는 생각만으로도 머릿속에서 시끄럽게 윙윙거리는 소리가 멈추지 않았다. 손뿐이었는데도 그랬어, 세상에! 그녀의 부드러운 부분이 닿으면 어떻게 될지 상상해 봐.

이제 생각을 그만해야 했다. 더 이상 생각하면 끝장이었다. 둘 다 그렇게 되리라. 그웬바엘은 방 건너편에서 자고 있는 다그마의 모습을 이글거리는 눈으로 쳐다보았다.

신들이여, 맙소사! 대체 내가 무슨 꼴을 자청한 거야?

그웬바엘은 지금 의상실에 있다는 게 터무니없다고 생각했다. 한 시간 정도밖에 잠을 못 자긴 했지만, 이게 말도 안 된다는 것만은 똑똑히 알 수 있었다. 그 다그마가 아닌가! 그녀의 아버지가 배틀액스를 머리에 박지 않는 한, 그녀가 자발적으로 의상실에 간다는 건 상상도 할 수 없었다.

그럼에도 불구하고 어쨌든, 그들은 이런 이른 아침에 의상실을 어슬렁거리고 있었다.

그웬바엘은 아름다운 장식이 달린 환한 분홍색 드레스를 다그마가 볼 수 있게 들어 올렸다. 그녀의 겁에 질린 표정은 돈 주고도 살 수 없을 만했다.

"농담이겠지."

물론 농담이었다. 장식이 치렁치렁한 드레스는 불편하기만 할 뿐 아무짝에도 쓸모없었다. 그는 다그마의 그런 자신감이 매혹적이라고 생각했다.

"아까 보낸 전갈이 뭐였지?"

그는 드레스를 내려놓고 다른 옷들을 계속 돌아보며 물었다.

"아버지에게 보낸 거야."

"그게 현명한 행동이었을까?"

"아버지는 소식을 빨리 듣지 못하시면 나를 찾으러 사람을 보내실 테니까. 내가 아직 게스투르 삼촌의 성에 다다르지 못했다는 것을 알려 드리는 게 최선이지. 그 외 다른 길은 당신 머리가 라인홀트 요새 성문에 대롱대롱 걸리는 거고."

그웬바엘은 몸을 돌려 그녀를 마주 보았다.

"대체 여기는 왜 온 거야?"

그녀는 그에게 대답하는 대신, 뒤에서 나온 가게 점원 아가씨를 보고 미소를 띠었다.

"안녕, 사미크."

"레이디 다그마!"

놀랍게도, 가게 점원은 오래전에 헤어진 사촌이라도 되는 양 다그마를 껴안았다.

"좋아 보이네."

다그마가 말했다.

"고맙습니다."

"행복해?"

"정말 행복해요, 아가씨."

그녀는 다그마의 손을 잡았다.

"어떻게 감사드려야 할지 모르겠어요. 이제 자그마한 집도 생겼고 낮에 조프를 돌봐 주는 분도 있어요."

"좋은 소식이네."

다그마가 그녀에게 한 걸음 다가갔다.

"잠깐 얘기할 수 있을까, 우리끼리만?"

"그럼요. 잠깐만 기다려 주세요."

점원이 서둘러 나가자, 다그마가 그를 돌아보며 씩 웃었다.

"가게 점원에게?"

그웰바엘은 그녀에게 다가가 낮게 속삭였다.

"점원에게 정보를 받는단 말이야?"

다그마가 미소를 띠었다.

"사회 중요 인사들의 아내들과 여자 가족들이 매일 여기로 모여들어. 몇 시간씩 있으면서 새 드레스를 맞추지. 그녀들은 남자들 생각보다 더 많은 것을 알아, 그웰바엘. 또 하인들은 모르는 게 없고."

다그마는 차를 한 모금씩 마시며 사미크의 이야기를 유심히 들었다.

사미크는 라인홀트 영지에서 자라났다. 그녀의 부모와 부모의 부모, 또 그 부모의 부모 모두 같은 작은 동네에서 태어나 자랐다. 사미크도 같은 인생을 보낼 운명이었고, 그녀를 미리 점찍어 놓은 미래의 남편도 있었다. 다그마는 그녀에게 의상실에서 수

습 직원으로 일해 보지 않겠느냐는 제안을 했지만, 아무런 대가도 바라지 않았다. 선물을 주면서 어떤 약속도 강요하지 않은 것이다. 대신에 그들은 그저 편지를 주고받았다. 사미크는 다그마가 즐기는 가십을 들려주었고, 다그마는 사미크가 두고 온 가족과 친구들 소식을 전해 주었다.

이야기는 원만히 진행되었지만, 다그마는 이제 특별한 질문을 할 필요가 있었다. 다른 사람이 읽을지도 모르는 편지로 하기에는 마음이 편치 않은 질문이었다.

"레이디 다그마 말씀이 맞았어요."

사미크가 자기 차에 우유를 넣었다.

"요쿨 님의 군대가 점점 커지고 있답니다. 적어도 서쪽의 전쟁 군주 셋과 휴전을 이루었다고 해요."

"휴전? 동맹이 아니고?"

"아니랍니다. 그들에게 군대를 지원받지는 않는다고 하니까요. 그저 싸우지도 않는다는 것뿐이죠."

"그럼 어디서 군대를 지원받는 거지?"

"고용한다고 들었어요. 배로 싣고 온대요."

처음으로, 다그마는 자기 예감이 맞았는데도 기쁘지 않았다.

"그렇구나."

"트릭비 님이라고……."

어린 사미크가 그웬바엘을 흘끔 쳐다보더니, 숨을 내쉬며 다시 다그마에게 집중했다.

"이 땅을 다스리는 분이신데, 그분 누이 말로는 이 상황을 달가워하지 않으신답니다."

"라인홀트와 동맹을 맺을 마음이 있을까?"

"어쩌면요. 그분과 말씀을 나누기는 어려워요. 제가 본 바에 따르면 성격이 유한 분은 아니셨어요."

"그들 중에는 누가 있지?"

다그마는 단 비스킷을 하나 집으려 손을 뻗었지만, 작은 탁자 위 텅 빈 공간을 더듬었을 뿐이다. 그녀는 황당해하며 드래곤을 쳐다보았다.

"한 접시를 다 먹었어?"

"먹고 싶었거든."

"당신이 애야?"

사미크가 일어섰다.

"더 드릴게요."

그녀는 따뜻이 미소 지었지만 다그마는 괜히 더 화가 났다. 사미크가 깡통을 내밀자, 자기는 몇 개는 먹어도 될 자격이 있다고 느꼈을 뿐이다.

"다른 얘기도 있긴 한데……."

사미크가 다시 자리에 앉았다.

"하지만 소문일 뿐이라서요. 거기 어떤 진실이 있는지는 모르겠네요."

"모든 소문에는 약간의 진실이라도 들어 있기 마련이야, 사미크. 내게 얘기해 주는 편이 좋겠다."

사미크가 불안한 표정으로 몸을 내밀었다.

"그들 말로는…… 음…… 드래곤들과도 휴전을 했대요."

다그마는 코웃음을 쳤다. 사미크를 믿지 않아서가 아니라 자기 옆의 드래곤이 너무 화들짝 놀라는 바람에 먹고 있던 비스킷이 손가락에서 튕겨 나 그의 이마를 탁 때렸기 때문이다.

"알아요, 알아요."

사미크가 계속했다.

"허무맹랑하게 들리죠. 그러니까, 그들은 짐승이잖아요?"

"그래그래, 그렇지."

다그마는 즉각 동의했다.

"어떻게 그 사람들이 드래곤과 의사소통을 할 수 있겠어요? 책을 읽지도 쓰지도 못할 텐데. 그리고 우리가 하는 말은 개들이 이해하는 방식으로밖에 이해하지 못한다면서요."

"사실이야. 나라면 드래곤을 하나 훈련시켜서 명령에 따르게 만들 수 있을 것 같아. 비록 내 카누트보다도 똑똑하지 않다지만 말이야. 뇌가 아주 느리다고 하더라. 그러니까 요쿨 삼촌 같은 사람도 쉽게 그들을 고분고분하게 만들 수 있을 거야."

"안타깝게도, 아가씨 말씀이 맞는 것 같아요."

그때, 가게 문이 열리며 부드럽게 딸랑이는 소리가 들려왔다. 사미크가 벌떡 일어났다.

"금방 돌아올게요. 누군지만 보고요."

"그래."

다그마는 손가락으로 탁자를 톡톡 두드렸다. 생각보다 심각했다. 훨씬 더 심각했다. 사미크 덕분에 좋은 출발점이 생기긴 했지만, 이제 그녀를 도와줄 라그나 수사의 진짜 지식이 필요했다.

"뇌가 느려?"

"뭐……."

다그마는 건성으로 대답했다.

"우리 둘 다 진실을 알잖아, 안 그래?"

그웬바엘이 어찌나 세게 의자에서 일어났는지 그녀가 할 수 있는 일이란 놀라 빽 소리를 지르면서 의자에서 끌어내는 그에게 저항하는 것뿐이었다.

"우리를 개처럼 훈련시킨다고, 응?"

다그마는 그의 손을 쳤지만 시간 낭비 같았다. 그의 손가락이 겨드랑이 아래쪽을 움켜쥐자, 그녀는 키득키득 웃어 대며 발버둥 치기 시작했다. 꼴이 좋지 않았다.

"잠깐, 지금 내 아가씨의 약점을 찾은 건가?"

그웬바엘이 약을 올렸다. 그의 손이 사방팔방으로 움직였다.

"아니, 아니야!"

"맞는 것 같은데."

그의 손가락이 옆구리 위아래로 움직이자 다그마는 아이처럼 빽 소리를 질렀다. 그녀는 심지어 아이 때도 그렇게 소리 지른 적이 없었다. 사실은 웃거나 키득거리는 일도 별로 없었다. 이따금 큭큭 웃긴 했지만 그것도 아주 기분 좋은 날에나 그랬을 뿐이다. 그런데 지금은 그웬바엘이 손가락의 힘을 빼지 않은 채로 그녀를 고양이 새끼처럼 빙 돌리며 재미있어하는데도 다그마는 웃음을 참을 수가 없었다.

갑자기 그가 뚝 멈추더니 명령했다.

"사과해."

"절대 안 해."

그는 그녀를 이리저리 돌리며 다시 시작했다. 둘 다 웃고 있었다. 다그마는 필사적으로 그의 손을 떼어 내려다가 문간에 서 있는 사미크를 보았다. 그웬바엘도 그녀를 보았다는 사실을 알았다. 다그마의 발이 갑자기 바닥에 쿵 닿았다.

"저는 이따가 다시 와도 되는데요. 아가씨."

사미크는 웃음을 숨기려는 노력조차 하지 않았다.

"아니, 아니야. 바보 같은 짓 마."

"솔직히……."

그웬바엘이 끼어들었다.

"그럼 오 분만 더…… 아야!"

드래곤 퀸의 반려이자 전 근위대 최고의 드래곤워리어이며 드래곤 퀸 군대의 최고 지휘자이고 드래곤 퀸의 고귀한 자식들의 엉덩이를 수시로 걷어차 주는 자, '위대한 자' 베르세락은 피로 덮인 전장 가까이에 내려앉았다. 막내아들 에이브이어가 곁을 지키며 몇 시간 동안 떠들고 있었다.

베르세락은 자기 자식들을 모두 사랑했다. 정말로 그랬다. 하지만 자식들 하나하나가 그의 기분이 가장 좋은 날에조차 신경을 긁는 개성이 있었다. 심지어 오늘은 그렇게 기분 좋은 날도 아니었다. 좋은 것과는 거리가 멀었다.

그가 자신의 여왕이자 연인인 여자를 위해 잡일을 처리하는 것은 새로운 일도 아니었고, 보통은 그렇게 꺼리지도 않았다. 하지만 이 특정한 임무는 다른 어떤 일보다 더 괴로웠다. 무척이나 위험한 행동임을 알고 있었으니까. 하지만 리아논이 그의 말을 들으려 할까? 물론 그럴 리 없었다. 대신에 그녀는 바보 같은 자식새끼들의 지령을 따랐다. 그의 바보 같은 자식새끼들.

그렇다고 해도 카드왈라드르를 끌어들이자는 계획은 어리석었다. 베르세락은 언제나 그의 친족을 최후의 수단 정도로 여겼다. 만약 도시 하나를 초토화하고 싶어 하는 자가 있다면 ─일을 벌이고 나서야 '아, 이렇게까지 할 작정은 아니었는데……'라고 말할 자가 있다면─ 카드왈라드르 일족일 것이다.

애초에 리아논은 그가 모든 친족을 소집하기를 바랐지만, 그런 일은 생각만으로도 끔찍했다. 그들이 와 주리라는 건 의심할 필요도 없는 사실이었기 때문이다. 그는 대신에 더 이성적인 형제자매를 확보하겠다고 약속했다. 그렇게 해서 그들은 여러 달 동안 그들의 자식들과 카드왈라드르 혈통의 친척 몇몇과 함께 웨스트랜드에서 전투를 벌이고 있었다. 그것만으로도 인간 여왕과 아들이 뿌린 씨를 지키는 데는 충분했다.

"알다가도 모르겠네요."

막내아들이 투덜댔다.

"저를 진짜 전투에 보내 주시지 않는데 제가 어떻게 위대한 전사가 되겠어요?"

"언젠가는 가게 되겠지. 지금은 그만 징징대라."

"징징대는 게 아니에요. 정당한 질문이지. 절 붙들어 놓고 계시잖아요."

"그렇게 생각하느냐?"

"사실이 그렇잖아요. 피어구스, 브리크, 그웬바엘, 형들은 모두 아흔 살이 되기 한참 전에 전투에 투입되었죠. 그런데 저는 이렇게 잔심부름이나 하고 알에서 갓 깨어난 아기 취급이나 받고 있으니."

에이브히어는 정말로 이해하지 못했다. 그를 훨씬 더 비뚤어진 형들과 비교할 수는 없었다. 그들과 달리 에이브히어는 신경을 썼다. 대부분의 드래곤에게 있는 이기적이지만 이해할 만한 태도로 자신의 일뿐 아니라 다른 사람들의 일에도 관심을 쏟았다. 인간들이 안전한지, 그들이 행복한지 신경을 썼다. 드래곤들이 행복한지! 드래곤이 언제 행복한 적이 있었던가? 적어도 이 우스꽝스러운 인간 단어의 의미로? 그리고 어째서 드래곤이 행복하든 아니든 그가 신경을 써야 한단 말인가?'

"다른 형제들에게는 기회를 주셔 놓고 제게는 안 주시는 게 불공정하다고 여겨졌을 뿐이에요. 대체 형들은 뭐가 그리 특별한 거죠?"

베르세락은 아들에게 몸을 돌리는 순간, 그 뒤의 공기가 움직이고 진동하는 감각을 느꼈다. 본능과 몇 년간 아버지에게 '훈련'이라고 하는 것을 받아 온 경험에 따라 그는 아들을 확 밀쳤고, 다음 순간 드래곤의 브로드소드—인간의 전투 창만큼 길고, 중세부터 살아온 나무둥치만큼 넓은 검이다—가 에이브히어가 서 있던 자리에 떨어졌다.

아들의 은색 눈이 휘둥그레졌고, 베르세락의 시선은 거대한 검날의 끄트머리가 에이브히어의 앞발 자국과 맞닿은 자리에 꽂혔다.

"봐라, 아들아. 이게 바로 너랑 네 형들의 차이다."

베르세락은 막내아들이 자기 말을 너무 가혹하게 받아들일까 걱정하면서도 호통을 쳤다.

"네 형들이라면 칼이 날아오는 걸 알아챘을 테니까."

아들이 아버지의 말에 실린 진실성에 움찔할 때, 검이 땅에서 뽑혔다.

'학살자' 글레안나가 그를 보고 씩 웃었다.

"쯧, 쯧, 쯧. 동생아, 자식들 훈련을 제대로 못 시킨 모양이구나. 아버지가 무척 실망하시겠다, 블랙 드래곤 베르세락."

"그 생각을 하면 몇 날 며칠 잠도 제대로 못 자겠는데."

베르세락도 되쏘았다.

"아아아, 우리 꼬마 동생은 알을 막 깨고 나왔을 때만큼 여전히 귀엽다니까."

글레안나는 칼을 도로 등에 매단 칼집에 넣고 베르세락의 품으로 뛰어들었다.

"나쁜 자식. 하나도 안 변했네."

"누나도 그래."

베르세락은 짧지만 세게 사랑하는 누나를 안았다가 뒤로 떨어져서 눈앞에 펼쳐진 피투성이 들판을 가리켰다.

"이거 다 누나가 한 짓인가?"

"다 내가 했다고 하긴 그렇지."

글레안나가 뒤로 돌아서 활짝 웃으며 물었다.

"꼬맹이 에이브히어?"

"옛날 일이죠. 이젠 다 컸는걸요."

그녀는 에이브히어와 포옹을 나누었다.

"정말 그러네."

글레안나가 한 팔로 에이브히어의 어깨를 감싸고 꼬리로 머리를 다정하게 쓰다듬으며 물었다.

"그래, 동생, 어인 일로 이 서쪽까지 행차하셨나? 그리고 몰래 숨어 다니지 마. 내가 얼마나 싫어하는지 알잖아."

"말하자면 길어. 피곤하기도 하고. 혹시 빈 동굴 하나……."

"막사 있어. 우리는 인간 전사들 사이에 끼어 살아."

베르세락은 어깨 위로 머리를 푹 수그리고 한숨지었다.

"다시…… 인간으로 사는 거야?"

"그게 얼마나 재미있는지 잘 알면서. 게다가 식량도, 따뜻한 잠자리도, 널 도와줄 가족도 있잖아. 드래곤 하나 사는 데 이 정도면 됐지, 뭘 더 바라니?"

"피투성이 동굴."

"으르렁, 으르렁, 왈왈."

그녀는 강한 팔을 여전히 에이브히어에게 두른 채, 최근 격전을 치른 전장을 가리켜 보였다.

"갑시다, 분노의 제왕이여."

베르세락은 소리 없이 투덜거리며 누나를 따라 진지로 내려갔다. 일단 몇 걸음 떨어진 거리까지 가자, 아버지와 아들은 인간으로 변신해서 가지고 온 옷을 입었다. 브로드소드와 칼집을 드래곤 무기를 줄줄이 세워 놓은 옆에 내려놓은 글레안나도 인간으로 변신하더니 빨랫줄에서 옷을 하나 집어 입었다.

진지로 들어갔을 때, 베르세락은 형 아돌가가 여섯 아들 중 하나와 씨름을 하는 모습을 금방 알아보았다. 아돌가의 일곱 딸 중 하나가 아버지를 끌어 내리려 하고 있었지만, 베르세락이 보기에는 아주 형편없었다. 대부분의 카드왈라드르 일족답게 그의 혈육들도 언제 자식을 그만 낳아야 할지 자제할 줄 몰랐다. 아돌가는 자식이 열셋, 글레안나는 여덟, 누이 마엘로나는 끔찍하게도 열여덟이나 되었다. 베르세락 본인도 열다섯 남매 중 하나여서, 리아논의 어머니는 그들을 '샬린의 돼지 새끼들'이라고 부르곤 했다. 베르세락이 몹시도 사랑하고 그리워하는 어머니 샬린은 그런 모욕을 상을 받듯이 미소로 받아들였다. 그녀는 베르세락의 아버지, 아일레안을 얻었으니까.

겨우 자식 여섯의 아버지라고 베르세락은 종종 형제자매들에게 동정을 샀다. 하지만 그건 그와 리아논 사이의 의식적 선택이었다. 이 여섯 명의 고귀한 아이들이 얼마나 골칫거리인지 친척들이 안다면, 다른 이유로 불쌍하게 여기리라.

"어이, 아돌가!"

글레안나는 모닥불 앞에 멈춰서 노릇노릇 구워진 닭 한 마리를 집었다.

"누가 왔나 봐라!"

그러고는 닭을 통째로 에이브히어에게 던졌다.

"아, 고맙습니다. 배고파 죽을 뻔했어요."

"그런 것 같더라. 꾸르륵거리는 소리가 여기까지 들리더라고. 산이라도 옮기는 것 같던데."

아돌가가 아들을 흙바닥에 넘어뜨리고 베르세락 쪽으로 걸어왔다.

"어이, 동생!"

그는 동생의 손을 맞잡으며 씩 웃었다. 베르세락도 쏘아보지는 않았다. 그나마 가장 미소에 가깝다고 생각하는 표정이었다.

아돌가가 자기 어깨 너머에 대고 물었다.

"다 됐느냐?"

"아!"

어린 드래곤 소녀가 아버지를 놓아주고 땅으로 뚝 떨어졌다. 소녀의 인간 형체는 그렇게 크지 않았고, 그 때문에 고민 좀 하겠다고 베르세락은 짐작했다.

"이게 끝이 아니라고요!"

여자애가 발을 쿵쿵 구르며 가 버리자, 아돌가는 껄껄 웃었다.

"제 엄마랑 똑같아, 쟤는."

아돌가가 다시 동생을 보며 물었다.

"그래, 무슨 일로 여기까지 왔지? 여왕의 반려씩이나 되는 몸이 말이야."

"내 바보 같은 아들놈과 그 애의 인간 짝 때문이지."

아돌가는 가슴 위로 팔짱을 꼈다.

"그런 결점이 있는 자식이 둘이지 않나?"

베르세락은 이를 드러냈지만, 곧 형제들의 웃음소리가 진지에 울려 퍼졌다.

"이제 어디로 가는 거지?"

그웬바엘은 막 나선 골목길을 둘러보았다.

"대도서관으로."

다그마가 의상실 뒷문을 닫으며 대답했다.

"찾아야 할 사람이 있어."

"누군데?"

"친구."

"이름은 없어?"

"없을 리가 있어?"

"말해 줄 생각도 있어?"

"왜 알려고 하는데?"

"왜 알면 안 되는데?"

다그마가 말씨름을 그만두자는 뜻으로 두 손을 들었다.

"맙소사, 종일 이러고 있어도 모자라겠어."

맞는 말이었다. 그녀가 그 조그맣고 약한 눈에서 피를 흘릴 때까지 그웬바엘은 계속 질문을 할 수도 있었다.

"하지만 시간 낭비지. 나는 대도서관에 가 봐야 하고, 당신은 소중한 여왕님에게 돌아가야 하니까."

"맞는 말씀. 하지만 내게 알려 줘야 할 정보가 있을 텐데."

"여기서 내 일이 다 끝나고 당신이 나를 게스투르 삼촌에게 데려다 준 순간 받게 될 거야."

그녀는 치맛자락을 약간 들어 올리더니 앞서 걸어가 버렸다. 오만한 태도가 마치 망토처럼 그녀를 감쌌다.

"잘난 척하기는."

그웬바엘은 그녀가 듣지 못하리라 생각하며 웅얼거렸다.

하지만 다그마가 눈이 나쁜 만큼 밝은 귀로 보충하고 있다는 사실을 즉각 깨닫게 되었다. 그녀가 빙글 돌아서더니 가운뎃손가락과 집게손가락을 들어 그를 탁 튕겨 주고는 다시 등을 돌렸으니까. 그녀는 한 걸음도 흐트러지지도 않고 그웬바엘이 알아차리기도 전에 골목을 빠져나갔다.

"게다가 참 쌀쌀맞기도 하고!"

그는 그녀를 부르며 따라갔다.

12

스파이켄해머의 대도서관은 다그마가 상상한 이상이었다. 대리석 기둥과 바닥, 게다가 바닥부터 천장까지 줄줄이 이어지는 정교한 수제 책장. 거의 모든 책장이 노스랜드, 사우스랜드 그리고 웨스트랜드에서 쓰인 저작물로 가득 차 있었다. 이스트랜드는 거대하고 거친 바다가 갈라놓고 있어 상대적으로 책이 적었다.

"당신 괜찮아?"

"정말 대단하지 않아?"

다그마는 한숨지었다.

그웬바엘이 어깨를 으쓱했다.

"그냥 책일 뿐이잖아."

"그냥 책이 아니야, 이 바보. 지식이라고."

"매일 쓸 수 있는 지식도 아닌데 뭘 그래. 그런 지식은 말로도 알 수 있다고. 술집이나 시장에서 잡담만 나눠도 배울 수 있지."

"일부러 심술부리는 거야?"

"내가 심술을 부리다니 몰랐는걸. 토론을 하는 줄 알았는데."

"딱히 그런 건 아니지."

다그마는 그에게서 한 걸음 떨어지며 손가락으로 거대한 대리석 탁자를 훑었다. 탁자 위에는 누구든 마음껏 훑어볼 수 있도록 거대한 책들이 펼쳐져 있었다.

"내가 남자로 태어나기만 했다면…… 이건 꿈같은 인생이 되었을 텐데. 매일 낮, 매일 밤, 책만 읽으면서."

그가 고개를 흔들었다.

"거짓말쟁이."

너무 대뜸 그런 말을 듣자 자존심이 상한 다그마는 그웬바엘을 똑바로 마주 보았다.

"뭐라고 했지?"

"당신이 여기 행복하게 갇혀 있으리라는 말을 나보고 믿으라고? 이렇게 조용하고 지루한 도서관에서 수도사들과 함께 고통의 서약을 나누면서? 레이디 다그마, 당신을 위한 삶은 그런 게아니라는 걸 우리 둘 다 알잖아."

"그래? 그럼 뭔데?"

그가 한 발짝 내디뎌 그녀의 몸에서 한 뼘도 안 되는 가까운자리에 섰다.

"음모, 계획, 협상 그리고 아주 줄기찬 거짓말까지."

다그마가 반박하려 입을 열려는 것을 그는 손을 들어 막으며 말을 이었다.

"당신 올케가 하는 식의 거짓말 얘기가 아니야. 그 여자는 진실이 그 헤픈 엉덩이에 쿵 떨어진다고 해도 모를 테니까."

다그마는 웃음을 터뜨렸지만 도서관을 지키는 수도사가 매섭게 경고하는 눈빛을 보내자 뚝 멈췄다.

"자기 목적을 달성하기 위해 진실과 사실을 성공적으로 조작하는 능력을 말하는 거지. 나의 논리적인 레이디 다그마, 그거야말로 재능이야."

"이런 아름다운 모욕은 처음이라고 말할 수밖에 없겠네."

그가 환히 웃었다.

"그거야말로 내 재능이지."

둘은 수도사들의 사나운 눈초리를 무시하고 함께 웃다가, 나이가 훨씬 많은 수도사가 달려와 손바닥으로 대리석 탁자를 쿵 내려치자 화들짝 놀랐다.

"어쩌면……."

그웬바엘이 명랑하게 설명했다.

"그렇게 뻣뻣하게 굴지 않을지도 모르겠네요, 형제님. 당신이 한번 진하게 여자랑 ……."

다그마는 그가 문장을 끝맺기 전에 그의 발등을 꽉 밟으며 고개를 수그렸다.

"정말 죄송합니다, 형제님. 정숙을 지키겠습니다."

수도사가 코웃음을 치며 총총 가 버리자, 다그마는 발을 붙잡고 문지르는 그웬바엘을 돌아보았다. 그렇게 덩치 큰 남자가 취하기엔 기묘한 자세였지만, 어쨌든 어울렸다.

"내가 필요한 걸 찾아낼 때까지만이라도 쫓겨나지 않도록 행동할 수 없어?"

"필요한 거?"

그가 발을 바닥에 내려놓았다.

"말을 해 줬어야지."

"뭘 말해 줘?"

그의 대답은 그녀의 손을 잡아 책장 사이로 깊이 끌고 가는 것이었다.

"어디 가는 거야? 지금은 책이 필요하지 않은데."

다그마는 따져 물었다.

"나도 그래."

그웬바엘이 으르렁거리며 몸을 돌려 그녀를 구석으로 몰았다. 그녀는 손을 번쩍 들어 그의 어깨를 밀었다.

"뭘 하려는 거지?"

"당신에게 필요한 걸 주려고."

그웬바엘은 그녀의 두 손을 잡아 등 뒤로 꼼짝 못하게 붙이고, 그녀가 발뒤꿈치를 들고 설 수밖에 없도록 위로 끌어 올렸다. 그녀의 가슴이 올라가 그의 가슴에 짓눌렸다.

"간밤의 그 망할 키스가 꿈이 아니었는지 한번 보자고."

"하지만 여기는 도서관이야!"

다그마가 가까스로 숨을 들이마신 순간 그의 입이 그녀의 입을 덮었고, 갑자기 그녀는 지금 어디 있는지 조금도 상관하지 않게 되었다. 달콤한 그의 입술이 그녀의 입술을 억지로 벌리고, 그의 혀가 안으로 미끄러져 들어오는 지금은.

그의 혀가 부드럽게 애무하고 애를 태우자, 다그마는 깊이 한숨지었다. 이렇게 달콤하고도 참을성 있는 키스는 받아 본 적이 없었다. 적어도 이처럼 강렬한 욕구를 느끼게 한 키스는.

그가 입을 떼자, 그녀는 자기 혀가 거의 따라갈 뻔했다는 것을 깨달았다.

"아니, 꿈이 아니었어."

맙소사……. 그가 숨을 헐떡이고 있어. 나 때문에!

그웬바엘이 그녀의 입, 턱, 목을 따라가며 가벼운 키스를 퍼부었다. 다그마는 신음하며 그를 향해 몸을 기울였다.

"당신을 여기서 가져야겠어, 레이디 다그마."

그가 속삭였다. 귀에 닿는 숨결이 비단 같았다.

"당신의 소중한 책들과 지루한 수도사들 사이에서. 당신이 절정에 오르는 소리를 그들이 듣게 해 주지."

그가 도발했다.

"그러면 저들도 내 입장이 되고 싶을걸."

다그마는 입술을 깨물고 그가 자기를 지금 당장 바닥에 눕히도록 가만히 따르는 상상을 해 보았다. 아니면, 책장에 기대서. 그가 안으로 쿵쿵 들어올 때면 연금술책과 과학책이 흔들리겠지. 그 멋지고 거대한 것이 몸 안으로…….

"지금 뭐하는 짓인가?"

지팡이가 그웬바엘의 등을 때리자 다그마는 펄쩍 뛰어올랐다.

"아야!"

드래곤이 으르렁거렸다.

"여자를 당장 놔주지 못해, 불한당 녀석!"

그웬바엘은 그녀를 내려다보았다.

'불한당?'

그가 입 모양만으로 물었고, 다그마는 시선을 돌려 버렸다.

지팡이가 다시 내려오자 그웬바엘이 그녀를 놔주고 등을 돌려 수도사를 마주 보았다. 그리고 언제 배웠는지 짐작할 수도 없는 멋진 노스랜드 억양으로 딱딱거렸다.

"대체 나를 왜 때리는 겁니까? 먼저 꼬인 건 이 여자인데. 이 여자를 봐요."

그들이 보기 전에 다그마는 얼른 안경을 고쳐 쓰고 회색 드레스의 매무새를 다듬은 후, 천천히 시선을 들어 수도사의 얼굴을 올려다보았다. 그녀가 '강아지 표정'이라고 이름 붙인 것이었다.

"아, 형제님!"

다그마는 소리를 지르며 한 손으로 입을 막고 몸을 바들바들 떨었다.

늙은 수도사가 다시 지팡이를 들어 그웬바엘을 겨냥했다.

"너!"

"알았습니다! 내가 나가죠, 나간다고요!"

몇몇 수도사가 그를 통로 끝까지 따라갔다. 그웬바엘은 그녀를 흘끗 돌아보더니 빠르게 윙크를 날리고 문 쪽으로 손짓을 한 후에 사라져 버렸다.

늙은 수도사가 한 팔로 다그마의 들썩이는 어깨를 감쌌다.

"불쌍하고 가여운 것."

"형제님, 저 사람이 너무, 너무나…… 강제로 밀어붙였어요!"

"알아요, 아가씨. 그러니까 저런 짐승을 조심해야죠."

"그러겠습니다, 형제님."

다그마는 용감히 대답하고, 수도사의 도움을 받아 중앙 책상으로 갔다. 그녀는 거기서 자기 의문에 대한 대답을 얻을 수 있지 않을까 희망을 품고 있었다.

"그런 무서운 일은 다시 겪고 싶지 않아요."

그웬바엘은 수도사들이 도서관의 거대한 문으로 내쫓아 계단으로 밀어내는데도 순순히 따랐다.

"거만한 개자식들!"

면전에서 쾅 닫히는 문에 대고 그는 소리쳤다. 그러고는 씩 웃었다.

"사실 개자식은 나지."

그리고 몸을 돌린 순간, 모든 이의 관심이 자기에게 쏠려 있다는 걸 깨달았다.

"뭐요?"

그웬바엘이 무서운 얼굴로 제대로 쏘아보면서 따지자 사람들은 곧 흩어졌다. 그는 다시 씩 웃으며 계단을 내려갔다.

멀지 않은 곳에서 괜찮아 보이는 여인숙을 발견하자, 그웬바엘은 길을 떠나기 전에 다그마를 데려가서 뭐라도 챙겨 먹일까 생각했다. 물론 그가 진정으로 원한 건 방을 잡고 들어가서 남은 낮 시간 내내 혹은 밤새 그녀를 잡아 두는 거였지만.

그의 무릎을 후들거리게 만드는 그 여자는 뭐가 특별한 걸까?

이전에 그웬바엘을 그렇게 만든 여자는 딱 한 명뿐이었고, 그 여자가 처음이었다. 카트리오나라고 하는 연상의 바다 드래곤으로, 그에게 여자를 기쁘게 하는 방법에 관한 기초 지식을 모두 다 알려 준 여자였다.

하지만 그때 그웬바엘은 아기였다. 서른 살도 채 안 되었을 때. 그리고 자기가 수많은 제자 중 하나였을 뿐임을 나중에야 알았다. 그 여자는 그웬바엘이 능숙해지고 자기에게 집착하자 어느 날 갑자기 자기가 왔던 바다로 사라져 버렸다.

동네 사창가에서 술과 여자에 푹 빠져서 정신을 못 차리는 그웬바엘을 찾아서 데리고 나온 것은 다정한 할아버지 아일레안이었다. 언젠가 그웬바엘도 오직 그에게만 의미 있는 상대를 만나게 될 거라고 말해 준 것도 할아버지였다.

신들이여, 맙소사! 대체 뭐가 잘못된 거야?

아직 저 작은 야만인 여자와 동침도 하지 않았는데, 술에 전 멍청이에게 사랑을 설명해 주던 할아버지의 애틋한 기억을 떠올리다니. 내가 이 춥고 가차 없는 땅에서 제정신을 잃어버리고 만 게 분명해…….

다그마는 그를 위한 여자도 아니었고 그렇게 될 리도 없었다. 하룻밤 상대 이상은 아니었고, 별로 힘들이지 않고도 그렇게 할 수 있으리라는 자신이 있었다. 그웬바엘은 그녀도 자기만큼이나 욕구를 느낀다는 걸 알았고 둘 다 쾌락을 부정할 까닭이 없었다.

오늘 밤 그녀를 가지고, 내일은 그녀의 소중한 가족에게 돌려보내자. 그리고 난 귀중한 정보를 손에 들고 가족에게로 돌아가는 거지. 우아, 계획 한번 완벽한걸.

그웬바엘은 숨을 깊이 들이쉬며 —다른 사람들이 알아채기 전에 일어선 흥분을 가라앉히려 애쓰며— 하늘을 올려다보았다. 언제나처럼 낮게 깔린 구름이 두 태양의 아름다움을 영속적으로 가리고 있었지만, 그는 정말로는 더 진한 구름을 보길 기대했다. 폭풍우 같은 냄새가 났으니까…….

시시한 모략꾼들에 대해 이런저런 망상을 하기보다는 주변에 더 면밀히 관심을 기울였어야 했다는 걸 뒤늦게 깨달으며 그웬바엘이 몸을 돌린 바로 그 순간, 거대한 철퇴가 내려와 그의 머리를 쿵 때렸다.

이르얀은 열네 번째 겨울 이후로 대도서관에서 일했다. 그의 아버지는 꽤 일찍이 이르얀이 형들만큼 기술이나 힘이 없다는 것을 깨닫고 지식 수도회—노스랜드에서는 유일하게 도서관에 헌신하는 수도회였다—에 아들을 줄 수 있게 되자마자 치워 버렸다. 그렇다고 이르얀이 수도회에 들어오기 싫었다는 건 아니다. 실제로 아버지에게 꽤 감사하는 편이었다.

보통, 여기 대도서관에서 그는 가족들의 손에 매일 당하던 유의 폭력으로부터 안전했다. 예전의 그는 항상 쉽고 약한 표적이었다. 같은 수도회의 형제들, 다른 사서들은 모두 조용하고 교양이 높은 남자들로 주로 사람들이 책을 찾는 것을 돕거나 혼자 새로운 지식을 습득하면서 시간을 보냈다.

하지만 그들의 고요한 삶에도 폭력이 끼어들었다.

불쌍한 여자가 끔찍한 군인에게 끌려가 책장 속에 갇히고 말았던 것이다. 자기가 원하는 게 있으면 뭐든 강제로 취할 수 있다고 믿는 유형의 남자. 그리고 사실 자주 그들은 실제로 취하곤 했다. 하지만 이 짐승은 이르얀의 수도회를 과소평가했다. 그런 유의 일이 성스러운 책들 사이에서 일어나도록 허락할 줄 알고!

다만 이미 일어난 일은 어쩔 도리가 없었다. 대신 그는 젊은 여자의 황망한 마음을 달래 주라는 명을 받았다.

불쌍한 아가씨, 그런 짐승에게 습격당하고 꽤 충격을 받은 듯했다. 체구가 작고 수수한 외모의 그녀는 이르얀이나 그의 수도회처럼 대부분의 시간을 안전한 책에 휩싸여 보내길 좋아한다고 했다. 여자는 그의 도서관 동료들 여럿이 그렇듯 작고 둥근 안경을 썼고 진정한 학자답게 장식 없는 의상을 입었다. 이르얀은 그 짐승이 작은 사슴이나 엘크를 노리듯 이 여자를 노렸으리라고 확신했다.

"이제 아주 안전합니다, 아가씨."

그는 뜨거운 차가 담긴 잔을 그녀의 손에 쥐여 주었다.

"원한다면 시 경비단을 불……."

"아니, 그러지 마세요. 불필요한 일이에요. 저는 괜찮아요."

이르얀은 그녀를 비난하지 않았다. 시 경비단이라고 여자를 희롱한 군인보다 나을 것도 없었다. 다만 수도회가 경비단에 영향을 좀 끼칠 수 있다는 것 말고는. 여자가 싫다면 굳이 밀어붙일 생각은 없었다.

"그럼 원하시는 대로 여기 머무르세요, 아가씨."

"형제님, 사실 전 여기 온 이유가 있답니다."

그녀는 손도 대지 않은 차를 탁자 위에 놓고 그를 보았다.

"도움이 필요합니다. 가능하시다면요."

"힘 닿는 데까지 도와 드리겠습니다."

"저는 수도회를 찾고 있어요."

이르얀은 자신 있는 미소를 지었다. 노스랜드와 사우스랜드의 여러 수도회는 그의 전문 분야 중 하나였다.

"수도회라면 제가 모두 알고 있습니다. 어떤 수도회를 찾으시는지요?"

"철퇴 수도회요."

"아아아! 네, 대단한 수도회지요. 그들에 관한 책과 서류는 특별실에 보관하고 있습니다. 허가를 얻어 드릴 수 있을 겁……."

"아, 아니에요. 형제님, 저는 그 수도회와 직접 접촉해야 합니다. 그들의 수도원이 스파이켄해머 근처에 있다고 들었는데, 거기까지 가는 길을 알고 싶어요."

이르얀은 깜짝 놀라 의자에 기댔다.

"뭐가 잘못되었나요?"

여자가 물었다.

"아가씨…… 철퇴 수도회는 더 이상 존재하지 않습니다."

그녀는 생각에 잠긴 듯 얼굴을 잠시 찌푸렸다.

"무슨 말씀이시죠?"

"그곳은 해체되었습니다."

여자가 손을 재빨리 가슴에 댔고, 안경 뒤 눈은 공포로 커졌다. 그 소식에 완전히 좌절한 것 같았다.

"안 돼요, 그럴 리가!"

"죄송합니다만, 아가씨, 그게 사실입니다. 우리가 가진 책과 서류만이 유일하게 남아 있는 유산이지요."

"그럼 라그나 형제님은요?"

이르얀은 고개를 저었다.

"라그나 형제라는 이름은 들어 본 적 없습니다."

"들어 보셨을 텐데요. 그분은 그 수도회의 지도자인걸요."

"수도회가 무너진 당시의 지도자는 윌리베르 형제였습니다."

여자가 너무 풀 죽어 보인 나머지 이르얀은 장갑 낀 그녀의 손 위에 자기 손을 얹었다.

"어쩌면 이름을 잘못 알고 계신 것 아닙니까? 전쟁 신을 모시는 수도회는 많이 있습니다만……."

여자의 눈이 갑작스레 그의 눈을 빤히 쳐다보았고 이르얀은 수도회에 들어오기 위해 아버지의 집을 떠난 이래로 느껴 본 적 없던 공포를 느꼈다.

"그들의 옷가지를 가지고 계시나요? 입었을 법한 뭐라도?"

"아뇨. 모든 것이 파괴되었다고 추정하고 있습니다."

"언제요?"

그녀가 이를 악무는 소리로 물었다.

"네, 아가씨?"

"언제 수도회가 파괴되었느냐고요."

이르얀은 떨리는 신경을 진정시키기 위해서 숨을 깊이 들이마셨다.

"제가 읽은 바에 따르면 팔십육칠 년 전, 겨울 동안에……."

그가 채 말을 마치기도 전에 여자는 작은 주먹으로 탁자를 내리치더니 펄쩍 일어섰다. 여자가 앉은 의자가 마룻바닥으로 쓰러졌다. 수도사들 여럿이 독서실로 달려와서 이 연약한 여자가 왔다 갔다 하는 모습을 보았다.

"아가씨, 제가 분명히 말씀드리는데……."

"거짓말쟁이!"

이르얀은 모욕을 받은 기분이었지만, 여자가 '그 개 같은 거짓말쟁이!'라고 말하자 자기를 두고 한 말이 아님을 알았다.

"아가씨, 제발!"

여자는 출구를 향해 질주했다. 수도사들이 그녀를 가로막자, '비켜요!'라고 소리 지르면서. 수도사들은 그 말 그대로 개미처럼 흩어졌다. 이르얀도 여자를 따라갔지만, 그녀는 쏜살같이 중앙 문을 빠져나가며 문을 쾅 닫았다.

이르얀이 몸을 부르르 떨고 숨을 헐떡이며 독서실로 돌아오자, 동료 수도사들이 황급히 몰려와 그에게 뜨거운 차를 가져다주며 마음을 가라앉히도록 했다.

절제. 무척 현명한 결정이었다.

다그마는 대도서관을 쿵쿵 빠져나왔다. 하지만 세 번째 계단에 멈춰 서서 주위를 둘러보았다.

대체 이 멍청이는 어디로 간 거야?

물론 그녀는 화가 났다. 인생에서 이처럼 화가 난 적은 없었다. 화가 날 수 있는 범위 이상으로 화가 났다.

그자는 거짓말을 했다. 하루 이틀도 아니고 이십 년 가까이나 새빨간 거짓말을!

다그마는 이처럼 배신감을 느낀 적도 없었다. 상처가 너무 컸다. 라그나는 그녀에게 이제껏 누구도 주지 않은 상처를 입혔다.

갑작스레 순전한 걱정과 공포가 일어나 몸을 쓸고 지나갔고, 그녀는 계단을 뛰어 내려가 거대한 건물 옆으로 들어갔다. 두 손으로 돌벽을 짚고 몸을 앞으로 숙여 사미크가 준 비스킷과 차를 다 게워 냈다.

공포 발작이 이처럼 심하게 일어나는 경우는 드물었다. 보통 심호흡을 하거나 다른 것에 온전히 집중하면 제어할 수 있었다. 하지만 지금은 이것 말고 다른 일에 집중할 수가 없었다.

그 오랜 세월 동안 난 대체 누구를 상대하고 있었던 거야?

아버지의 말이 귓가에 어른거렸다.

'넌 언제나 네가 옳다고 자신하지, 꼬마 아가씨.'

그녀는 자신했었다. 라그나 수사를 아버지의 요새로 들일 때마다 자기 목숨과 혈족의 목숨을 다해 라그나를 신뢰했다.

다그마는 몸을 떨며 벽에 등을 기댔다. 그래, 나는 바보였어.

이제 그 사실을 알았지만, 몸을 부르르 떨며 하룻강아지처럼 울어 봤자 아무런 소용이 없었다. 라그나는 그녀에게 뭔가 바라는 게 있었고, 다그마는 그게 뭔지 알아내야 했다.

그녀는 가방에서 천을 꺼내 입을 닦고 다시 계단으로 향했다. 그리고 계단 중간쯤에 앉아 기다렸다. 드래곤은 아마 먹을거리를 구하러 갔을 것이다. 그는 언제나 배가 고픈 듯 보였다. 그가 돌아오면 출발할 수 있으리라. 게다가 몇 분 혼자 있으면 자제력을 되찾아 앞으로 어떻게 해야 할지 생각할 수도 있을 것이다.

다그마는 이제 절대로 누구도 자기를 만만히 보도록 가만있지는 않을 작정이었다.

13

다그마는 두 태양이 질 때까지 대도서관 계단 위에 앉아 있었다. 그웬바엘은 끝내 돌아오지 않았다.

똑같은 사람이 두 번 지나쳤다는 것을 알았을 때, 다그마는 이제 더 이상 거기 앉아 있어 봤자 아무 소용이 없다는 것을 깨닫고 전날 밤 묵었던 여인숙으로 돌아가기로 했다.

그녀는 뭔가 끔찍한 일이 그웬바엘에게 일어났을지도 모른다는 걱정과 남자들에게 배신당하고 버림받은 자기 자신에 대한 안타까움 사이에서 갈팡질팡했다. 결국 자신에 대한 안타까움에 마음이 더 기울었고 거기에 집중하기로 했다.

물론 그가 그녀를 버렸으니까. 언제든지 원하는 여자를 가지거나 돈으로 살 수 있는 그와 같은 남자에게 키스는 아무런 의미도 없을 것이다. 다그마는 그웬바엘이 다른 여자의 침대에 있을

거라고 확신했다. 그녀에게 충실하겠다고 한 약속은 그 창녀와
하고 또 하고 또 하면서 잊히고 말았으리라.

다그마는 잠깐 발걸음을 멈췄다. 원치도 않는 광경이 눈앞에
떠올랐다. 특히 그 '창녀'가 갑작스레 그녀로 변하는 상상은……

"정신 차려, 이 바보야."

그녀는 곤경에 빠져 있었다. 그웬바엘이 돌아오지 않는다면,
집으로든 게스투르 삼촌에게든 대체 어떻게 간단 말인가? 그리
고 앤빌 여왕과 동맹을 맺는다는 약속은? 모든 것이 더 나빠져만
갔다.

특히 뒤를 흘끔 훔쳐보니, 누군가 들키지 않도록 그늘 속에 숨
어 있을 때는.

그래, 확실히 나빠져 가고 있어.

걸음을 재촉하여 다그마는 날뛰는 말 여인숙으로 뛰어 들어
갔다. 안에 들어서자 안도의 한숨이 나왔다. 여인숙은 무척 바빠
보였고, 남자든 여자든 여러 사람이 주위에 있는 환한 곳에 있으
니 훨씬 안전한 기분이 들었다.

"아가씨, 돌아오셨네요."

다그마는 주인을 보고 웃었다.

"네, 자리를 하나 얻을 수 있을까요?"

"아가씨를 위해서는 언제든지 내 드리죠."

다그마는 새삼 그날 아침 주인에게 후하게 팁을 준 게 잘한 행
동이었다는 생각을 했다. 주인이 몇몇 남자들을 옆으로 밀어내
고 그 자리를 다그마에게 주었다. 뒷자리라서 다그마는 문을 보

고 앉아 그웬바엘이 자기를 찾으러 들어오는 모습을 볼 수 있기를 바랐다. 주인은 주변 남자들이 그녀에게 꼬이지 않도록 신경 써 주었지만, 여전히 몇몇은 탁자에 들러 말을 걸려고 했다.

남자들이란 참 이상하지. 다그마는 남자들이 자기 외모에 홀리지 않는다는 걸 알고 있었다. 하지만 그녀가 더 차갑고 더 못되게 굴수록 남자들이 더 많이 꼬여 들었다. 기꺼이 자기를 내줄 동네 여자들이 사방에 널렸는데도, 남자들은 '차가운 년'을 원했다. 퇴짜 맞은 어떤 남자가 그녀를 보고 중얼거린 말이었다.

다그마는 그웬바엘이 들어오기를 간절히 바라며 문만 빤히 쳐다보았다. 다시 작은 탁자 반대편의 의자가 마룻바닥을 긁으며 뒤로 밀리는 소리가 났을 때도 그녀는 짜증 섞인 한숨부터 내뱉었다.

"가 버려요."

"우린 얘기를 좀 해야 할 것 같은데."

다그마는 새로 벼린 칼이 심장을 뚫고 들어오는 심정을 느끼며 몸을 돌렸다. 그리고 홍채 주위에 은색 점이 박힌 푸른 눈을 가만히 들여다보았다. 손톱을 세워 그의 얼굴에 덤벼들 때까지는, 자기가 그렇게 격렬히 반응하고 있다는 의식도 없었다.

라그나는 그녀의 두 손을 잡아 탁자 위에 쿵 내려놓으며 명령했다.

"앉아."

"아가씨?"

주인이 허겁지겁 뛰어왔다.

"괜찮으십니까?"

라그나가 한쪽 눈썹을 치켰고, 다그마는 간신히 주인에게 미소를 지어 보였다.

"괜찮아요, 고마워요."

주인은 그녀에게 고개를 까닥하더니 라그나를 한차례 쏘아보고는 물러났다.

다시 둘만 있게 되자, 다그마는 두 손을 확 잡아 빼고 으르렁거렸다.

"거짓말쟁이 개자식."

라그나는 수도사 복장이 아니었지만, 모자가 달린 새까만 망토를 이마 위까지 눌러쓰고 있었다. 자주색 머리를 감출 목적일 것이라고, 다그마는 짐작했다.

"지난 이십 년 동안 네게 거짓말을 한 게 나한텐 쉬운 일이었을 것 같나? 언제나 나를 친절하게 대했던 네게?"

"그럼 왜 그런 거지? 나한테 뭘 원해서?"

"내가 얻어 낸 것."

다그마는 그를 면밀히 관찰했다. 맙소사, 그는 아름다웠다. 그 멋진 눈에, 날카로운 광대뼈, 도톰한 입술, 약간 기름한 코까지 합쳐지니 어떤 여자라도 멈춰 서서 쳐다볼 —그리고 꿈꿀— 만했다.

"당신네 종족은 어디에든 있다고 그에게 경고를 받았어."

그녀는 말했다.

"하지만 난 노스랜더는 그러기엔 무척 명예를 중요시한다고 믿었지. 얼마나 멍청했던 거야, 내가."

"말해도 안전하겠다 싶었으면, 네게 사실을 말했을 거야. 드래곤에 대한 이야기를 듣는 것과 내 건너편에 앉아서 와인을 마시는 자가 드래곤임을 아는 건 엄청나게 다르니까."

"나한테는 크게 중요하지 않았으리라는 걸 알았을 텐데."

"아니. 하지만 이젠 그랬으리라는 걸 알겠군."

그의 미소엔 애정이 담겨 있었다.

"그런 예상은 못 했거든, 다그마."

"당신 이름은 뭐지? 드래곤으로서 말이야."

"'교활한 자' 라그나, 올게어 일족."

"딱 어울리네."

그녀는 그의 잘생긴 얼굴을 들여다보았다.

"그럼 지금은 어째서 여기 있는 거지?"

"대도서관에 내 연락책이 있어. 네가 그런 식으로 알아내지 않았더라면 좋았을걸."

그가 느긋하게 의자에 기대며 물었다.

"왜 나를 찾고 있었나?"

"요쿨이 번개 드래곤과 휴전했다는 소문이 사실인지 알고 싶어서."

라그나는 쿡쿡 웃었다.

"어디서 그런 소문을 들었지?"

"사실인가?"

"아니. 하지만 조사를 해 보기엔 딱 좋은 소문이군, 안 그래?"

"모든 번개 드래곤의 동태를 파악하고 있어?"

"그럴 필요도 없지. 오직 당신 아버지의 영토가 내 아버지의 영토 위에 있다는 것만 알면 되니까. 그리고 '건달' 올게어는 인간과는 어떤 휴전도 맺지 않아. 그는 당신들을…… 음, 당신들이 부엌에서 기르는 개처럼 취급하니까. 재미있게 해 주고 바닥에 생채기도 내는 애완동물이지만, 달리 진정한 쓸모는 없는 것."

다그마는 한쪽 팔꿈치를 탁자 위에 괴고 턱을 손바닥으로 받쳤다.

"내가 할 수 있을 거라고 생각만 했으면, 당신을 앉은 자리에서 죽여 버렸을 거야."

그는 놀랍도록 따뜻한 미소를 보냈다.

"난 언제나 널 예뻐했지, 다그마. 무척이나 예뻐했어. 네가 상처 입지 못하도록 보호해 줄 수만 있었다면 그렇게 했을 거야."

"하지만 좀 더 바라는 게 있는 거지? 그래서 지금 여기 와 있는 거야."

"언제나 눈치도 빠르고."

"가르침을 받은 대로지."

"화염 드래곤, 골드 드래곤을 원해."

다그마는 그웬바엘의 이름이 잠깐 언급된 것만으로도 기분이 불편해지고 위가 조여드는 느낌이었다.

"나를 버리고 밤을 보내러 가 버린 것 같은데. 내 생각엔."

"그러지 않았다는 것 알잖아. 하지만 멍청하니까 너를 여기로 데려왔겠지. 내 아버지 첩자들의 눈을 속일 수 있을 거라고, 번개 드래곤과 드래곤 퀸이 휴전을 맺었으니 무사할 거라고 생각할 만큼 멍청했어."

다그마는 침착하려고 애쓰며 숨을 내뱉었다.

"당신이 그를 잡았군."

"아니, 난 그가 필요 없어. 하지만 내 아버지의 번개 드래곤들은 기억력이 좋고, 당신네 혈족만큼 우리 여자들을 보호하지. 그는 이 밤도 못 넘길 가능성이 높아. ……내가 돕지 않는다면."

"대가를 달라는 뜻이야?"

"그를 되찾기 위해 네가 그 대가를 기꺼이 지불할지는 의심스럽군."

그는 다그마의 손을 잡더니 찬찬히 살폈다.

"그자가 너도 유혹했나, 레이디 다그마? 수없이 많은 다른 여자들을 유혹한 것처럼? 네가 언제나 공공연하게 자랑했던 그 차가운 심장도 화염 드래곤에겐 녹아 버린 건가?"

다그마는 그에게 먹이를 주진 않을 작정이었다. 앞으로 몇 년 동안 써먹을 미끼를. 하지만 그웬바엘의 안전 때문에 겁이 난다는 것만은 부인할 수 없었다. 다그마도 자기 혈족들이 건드리지 않아야 할 여자를 건드린 자나 혈족의 명예를 더럽힌 자에게 하는 짓을 익히 알고 있었다.

그녀는 자기가 지금 이 거짓말쟁이 번개 드래곤 앞에 앉아 있는 동안, 그웬바엘이 적의 손에 끔찍한 고문을 당하고 있으리라는 것을 알았다. 히스테리를 부려 봤자 소용없다는 것도 알았다. 침착하고 냉정하게 그리고 이전처럼 무자비하게 굴어야 둘 다 이

곤경에서 벗어날 수 있으리라.

"지금 이 순간은 우리는 사업 파트너야. 그게 다고. 당신도 나를 잘 알잖아. 내가 뭔가 바라면, 그걸 얻어 내려고 뭐든 다 한다는 걸."

그녀는 의자 뒤에 기대고 손을 맞잡아 조신하게 무릎 위에 올려놓았다.

"우리 둘 다 그자를 살려 둘 필요가 있어. 난 그자가 미친 여왕 계집에게서 얻어다 주겠다고 약속한 걸 받아 내고 싶어. 그럼 당신이 원하는 건 뭐지? 그 사우스랜더를 내게 데려다 주면 내가 당신에게 뭘 해 줘야 해? 물론 살려서 데려오는 경우에."

"간단해."

라그나의 옅은 미소가 활짝 밝아졌다.

"내가 전쟁을 시작하게 도와줘."

그웬바엘은 이를 득득 갈면서 고통의 비명을 억눌렀다. 단검 날이 비늘 아래를 파고들었다 들리면서 비늘을 살에서 떼어 냈다. 하지만 완전히 떼어지지는 않았다. 아니, 그건 고문치고 약과였다. 대신 작고 뾰쪽빼쪽한 금속판을 비늘과 살 사이에 끼우고, 비늘을 도로 제자리에 눌러 맞췄다. 다음 순간, 살이 다시 비늘과 붙으며 뾰족한 금속이 안으로 파고들 것이었다. 시간이 지나면 상처의 고통은 더 심해지리라.

아주 구식이었지만, 할아버지의 시대에는 아주 유행했던 고문 방법이었다.

번개 드래곤이 처음 그를 도시 땅굴로 끌고 들어왔을 때, 그웬바엘은 그들이 정보를 원한다고 생각했다. 절대 줄 리가 없는 정보지만, 그래도 노력은 해 볼 거라고. 하지만 몇 시간 동안 그들은 한마디도 하지 않았다. 질문을 하지도 않고, 뭔가 요구하지도 않았다. 그가 드래곤 형태로 변신할 때까지 때리기만 했다.

마침내 그가 드래곤으로 형태를 바꾸자 이번에는 두꺼운 강철 파이프에 사슬로 묶어 두고 때리기 시작했다. 때리고 또 때렸다. 그가 기절하면 물이나 허브를 써서 의식을 차리게 한 다음 다시 시작했다. 구타를 잠깐 멈춘 동안에는 한 놈이 그의 비늘을 몇 개 떼어 내고 금속 조각을 그 밑에 심었다. 이제 몸의 상당 부분이 금속으로 덮여 있으리라.

손목과 발목을 사슬로 묶어 놓았기 때문에 그웬바엘이 느끼는 감각이라고는 오직 고통뿐이었다. 극심해서 참을 수 없을 정도의 고통. 그리고 그 고통은 더욱 심해질 것이다. 그 정도는 그도 알았다.

일족들을 불러야 한다는 생각이 스쳐 지나기도 했지만, 그러지 않기로 결심했다. 그들이 구하러 올 때까진 며칠이 걸릴 것이며, 그 순간 번개 드래곤들과 또 다른 전쟁이 시작된다. 그웬바엘은 그런 책임을 지고 싶지 않았다.

비늘을 도로 제자리에 붙여 놓은 다음 다시 구타가 시작되었다. 주먹이 아주 센 녀석이 그의 얼굴을 때리면서 즐거워하는 것 같았다. 열 대째 맞은 후에, 그웬바엘은 사슬에 묶인 채로 축 늘어졌다.

그때 처음으로 그녀의 목소리를 들었다.

— 그웬바엘.

그녀가 노래했다.

— 그웬바엘. 귀엽고 사랑스러운 그웬바엘.

"다시 기절했어. 물을 뿌려."

"다 떨어졌는데."

"그럼 좀 더 가져와, 이 바보야."

앞발이 그의 턱을 잡아 들어 올렸다.

"걱정 마, 화염 드래곤. 우리가 알아서 돌봐 줄 테니."

— 이제 싸울 때야, 그웬바엘.

여자의 목소리가 무척이나 다정하게 속삭였다.

— 살아야 할 때야. 넌 내게 와야 해. 가능한 한 빨리.

그웬바엘은 고개를 끄덕였다.

"그러지."

"어, 깼나? 잘됐군. 그럼 이제부터……."

그웬바엘은 입을 떡 벌려 번개 드래곤의 코와 주둥이를 물었다. 그대로 이를 꽉 다물고 비명을 즐기며 불꽃을 내뿜었다. 번개 드래곤의 자주색 비늘이 어느 정도 보호를 해 주었지만, 놈은 그웬바엘의 일족처럼 화염 속에서 숨을 쉴 수가 없었다. 그웬바엘은 화염을 계속 세게 내뿜어 놈을 불길로 삼켜 버린 후, 몸을 떨며 발버둥 치도록 놔두었다.

그웬바엘은 또 다른 비명을 듣고 번개 드래곤 일족이 놈을 구하러 왔다는 걸 알았다. 하지만 결국 그들은 동족을 구하지 못했고, 입에 물린 자는 힘없이 축 늘어졌다. 그웬바엘은 놈을 놔주고 자기를 고문했던 드래곤의 반쯤 그슬린 얼굴을 내려다보았다.

"세상에, 저걸 봐."

그웬바엘은 고개를 들었다. 번개 드래곤이 피 묻은 검을 들고 그를 쳐다보고 있었다.

"그리고 이것 좀 봐."

그중 하나가 앞발로 뭔가를 닦아 다른 둘에게 보여 주었다.

"쟤들 아직도 저러고 있었던 거야? 라그나가 알면 노발대발할 텐데."

"그건 나중에 걱정하자고. 일단 저자를 내리자."

"걸을 수 있나?"

그중 하나가 묻자 그웬바엘은 고개를 끄덕였다.

"인간으로 변신할 수 있어?"

그는 다시 고개를 끄덕였다. 다른 수가 없다면 어떻게든 해 봐야 했다.

"좋아. 그럼 가지."

14

다그마는 그웬바엘이 다른 번개 드래곤 셋의 도움을 받아 땅굴을 빠져나오는 모습을 보았다.

"내 동생과 사촌이야."

라그나가 웅얼거렸다.

그녀는 그웬바엘의 옆으로 달려가 얼굴을 들었다.

"치료사가 필요해."

그웬바엘이 고개를 저으며 붙들고 있던 세 드래곤에게서 떨어지는 바람에 다그마는 깜짝 놀랐다. 어디서 그런 힘이 났는지 알수가 없었다.

"안 돼."

그가 말했다.

"다그마 말이 맞아, 화염 드래곤. 그들이 당신에게 어떻게 했는지 알겠군."

라그나는 얼굴을 찡그리며 덧붙였다.

"내가 도와주지."

"도와줘? 번개 드래곤이? 너희 개자식들에게서 받을 수 있는
도움은 이미 다 받은 것 같은데."

그웬바엘이 다그마의 손을 잡으며 소리쳤다.

"바보같이 굴지 마."

라그나가 매섭게 말했다.

"내가 도와주지."

"아니, 날 도와줄 이는 스스로 찾을 거야."

"노스랜드에서? 내 일족이 당신을 더는 찾아 나서지 않을 거라
생각하나? 아니면 우리의 드래곤위치들이 당신 종족을 도울 것
같아?"

그웬바엘은 고집스럽게 라그나가 하는 말을 무시하고 다그마
를 끌고 가려 했다.

다그마는 그들을 지켜보는 번개 드래곤을 돌아보았다. 라그나
가 가볍게 고개를 끄덕였다. 그녀는 그웬바엘이 이끄는 대로 순
순히 고요해진 거리로 나섰다.

"우리 어디로 가?"

다그마는 마침내 물어볼 수 있었다.

"안전한 곳으로. 나를 부르면서 안전할 거라고 했어."

"누가?"

그웬바엘이 갑자기 신음을 내뱉더니 발을 멈추고 허리를 굽

혔다. 두 손으로는 허벅지를 짚었다. 그때야 다그마는 그의 인간 몸에 가득한 핏자국과 멍을 볼 수 있었다. 고문자들이 그의 드래곤 육체에 만들어 놓은 상처였다. 하지만 멍과 벌어진 상처뿐이 아니었다. 다른 것도 있었다. 피부 아래? 다그마는 알 수 없었고 확신할 수도 없었다. 하지만 그가 고통스러워하고 있다는 것만은 분명했다. 티 내지 않으려고 무던히도 애쓰는 진짜 고통을 짐작할 수가 있었다.

"어디가 아파?"

그녀는 두 손을 부드럽게 그의 팔에 올려놓았지만, 그는 마치 불에 덴 듯 뒤로 펄쩍 물러섰다.

"그웬바엘, 왜 그래?"

"아무것도 아냐. 가야 해. 그녀가 부르고 있어."

"치료사에게 갈 때까지는 안 돼."

"인간 치료사는 날 도울 수 없어."

그가 그녀를 어두운 모퉁이로 끌고 돌아갔다.

"내가 변신하면 등에 타."

"여기서는 할 수 없어. 보는 눈이 너무 많아."

"사람들은 보려 할 때만 보는 거야. 우리가 빨리 움직이면 할 수 있어."

"하지만 그웬바엘……."

"나한테 말대꾸할 생각 마."

그웬바엘이 차분한 목소리로 그녀의 말을 잘랐다.

"제발. 내가 하자는 대로 하자."

다그마에게는 선택의 여지가 없었다.

"알았어."

그가 멀리 걸어갔고, 그녀는 불꽃이 그의 몸을 감싸는 광경을 보았다. 불꽃이 가라앉자 그는 다시 드래곤으로 변해 있었다.

"자."

다그마는 그의 옆으로 달려가 갈기를 잡았다. 그의 꼬리가 그녀를 뒤에서부터 들어 올려 등 위에 앉혔다.

날개가 활짝 펼쳐지고 둘은 공중으로 떠올랐다.

몇 사람들이 고개를 쳐들고 여자가 도시 위를 날아가는 듯한 광경에 얼굴을 찡그렸지만, 그들이 눈을 깜박이고 다시 보았을 때는 이미 구름 속으로 사라지고 없었다.

리아논은 왕궁의 저장고 뒤에 묻혀 있던 고대의 책을 찾아내서 휙휙 넘겼다. 이건 학자, 마녀, 마법사 들의 영역이긴 했다. 리아논은 그녀가 알고 지내는 많은 드래곤들과는 달리, 공부를 위한 공부에는 별로 흥미가 없었다. 오직 마녀로서 필요했기 때문에 공부했다. 아주 솔직히 말하자면, 이런 유의 조사가 무척이나 지루했다. 그래도 시간이 별로 없었고, 그녀도 그런 사실을 잘 알았다.

앤윌의 몸은 단순히 곧 낳을 자손을 품기 위해서만 만들어진 것이 아니었다. 리아논처럼 어디서든 마법의 넝쿨을 볼 수 있는 자들에게 앤윌을 감싼 힘은 드래곤위치의 눈을 멀게 할 정도로 강력했다.

리아논 같은 이는 이런 유의 출산으로 인간 육체의 기운을 다 빼앗기기는 해도, 마법이 주입된 타고난 방어막 덕분에 건강을 유지할 수 있었다. 하지만 앤닐은 진정한 인간 전사였다. 그녀 안에는 마법이 전혀 없었다. 잠들어 있는 다른 세계의 기술도 없었다. 앤닐의 재능은 분노였다. 그 분노의 힘은 하룻밤에 마을 하나를 쓸어 버리는 갑작스러운 폭풍우와도 같았다. 결국, 가장 하층 계급인 농민 병사에서부터 리아논 왕좌의 후계자에 이르기까지 주변의 존재들을 끌어당긴 건 앤닐의 순수한 영혼과 강한 의지였다.

하지만 그런 사실을 알아 봤자 리아논이 이 인간 여왕을 도울 길을 찾는 데는 도움이 되지 않았다. 그녀는 이 땅을 속속들이 뒤져 자기가 아는 가장 훌륭하고도 가장 논란이 있는 드래곤 마법사들을 데려왔다. 지금도 그들은 저장고와 도서관의 다른 구역에서 앤닐을 도울 방법을 찾기 위해 애쓰고 있었다.

리아논은 마지막 장을 넘기고 책을 쾅 덮었다. 켄타우루스 어쩌고 헛소리를 담은 또 하나의 쓸모없는 책이로군. 그녀는 덮은 책을 왼쪽의 책 더미 위에 던져 버리고, 꼬리로 오른쪽 더미에 있는 다른 책을 한 권 집었다.

"오늘 밤에는 늦게까지 깨어 계시는군요, 여왕님."

그웬바엘이 희망이 없을 정도로 지루할 때 항상 그러듯이 리아논도 한숨을 푹 내쉬며 극적으로 벌렁 드러눕고 싶었지만, 그저 살짝 미소만 띠며 대답했다.

"네네, 에안뤼그 장로님. 할 일이 많군요."

"그렇겠지요. 아이들이 태어나기 전이니."

에안뤼그가 꼬리를 스르르 끌며 방 건너편의 책장으로 갔다. 그는 한 번도 그 꼬리를 제대로 제어하는 것 같지 않았다. 적어도 리아논 일족 대부분이 하는 방식으로는 하지 못했다. 그녀는 자기도 모르게 그 꼬리나 비천한 뱀들이 땅을 기어 다니면서 뭐든 앞길에 있으면 주워 먹는 모습이나 똑같다는 생각을 했다.

"아이들이 태어나면 어떻게 할지 확실히 의논해야겠군요."

리아논은 그 말의 어조가 못마땅해서 고개를 들었다.

"아이들을 어떻게 하다니요?"

에안뤼그가 책장에서 무언가 집어 들더니 몸을 돌려 그녀를 보았다. 꼬리도 그를 따라 휙 돌았다. 리아논은 그 꼬리가 돌면서 방울 소리가 나지 않아 새삼 놀랐다.

"일단 왕손이 태어나면 어디로 데려갈지 장로들과 여왕님께서 의논을 해야 하지 않겠습니까."

"데려가다니, 어디가 되었든 왜 데려가야 하죠?"

"진정 인간에게 왕손을 기르도록 맡겨 놓으실 심사셨습니까?"

"인간과 내 아들이 기르겠죠. 아이들은 인간인 동시에 드래곤일 테니 오직⋯⋯."

"아드님이라니요, 여왕님. 누구의 자손이든 잘 기를 유형이라고 하긴 어렵지 않습니까? 특히 본인의 자손이라면⋯⋯."

리아논이 하루에 적어도 한 번, 어떤 때는 두 번씩 날카롭게 갈아 두는 꼬리의 금속 끄트머리가 돌바닥을 쓱 긁었다.

"장로님 말씀의 의미를 잘 모르겠군요."

에안뤼그가 그녀 쪽으로 걸어왔다. 그는 나이 지긋한 골드 드래곤으로, 금빛 털은 이제 거의 하얗게 변했고 비늘도 더 이상 맑게 빛나지 않아 탁하고 낡은 느낌을 주었다. 하지만 리아논은 이 드래곤에 대해서 더 많이 알수록, 나이가 그 무엇과도 상관있다는 믿음이 점점 약해져 갔다. 베르세락의 아버지는 세상을 떴을 때 거의 구백 살에 가까웠지만, 처음 보았을 때만큼이나 아름다웠다. 분명히 나이가 들긴 했지만, 화력이나 세상 만물을 향한 사랑은 사라지지 않았다. 더구나 학식 높은 에안뤼그는 애초에 잃을 것도 없었다. 그는 책 속에 파묻혀 인생을 살았고 혈통의 엄격한 구분을 믿었다.

그에게 리아논의 어머니인 아디엔나 여왕은 완벽했다. 고작 같은 계급의 상대와 짝을 지었다는 이유였다. 하지만 리아논은 카드왈라드르 일족의 천한 드래곤 베르세락이 차지하면서 완벽할 수 있는 잠재력을 잃었다. 전사 일족은 교미와 먹이, 전투로밖에는 쓸모없는 핏줄이었다.

어린 시절부터 리아논은 카드왈라드르 일족을 왕족의 전투견으로 취급하는 소리를 들으며 자랐다. 그것이 바로 아디엔나 여왕이 그들을 대하는 태도였다. 준비된 책략도 없고 휴전도 필요하지 않은 저 먼 땅에서 전쟁을 해야 한다면? 카드왈라드르를 보내라! 요새에서 마지막으로 굶어 죽은 시체가 끌려 나올 때까지, 지금부터 십 년은 버텨야 하는 포위 작전이라면? 카드왈라드르를 보내라!

더 중요한 점은 카드왈라드르 일족이 개의치 않는다는 것이었다. 그들은 먹고, 몸을 섞고, 싸울 수만 있다면 어딜 보내든 뭘 시키든 상관하지 않았다.

하지만 에안뤼그가 잊고 있는 것, 자기만 중요한 줄 아는 왕족들이 항상 잊고 있는 것이 있었다. 카드왈라드르 일족은 절대로 건드리지 말 것. 그들의 혈통은 왕족이 아닐지 모르지만, 그들은 전투견이 자기 새끼를 보호하듯 자식들을 보호하니까.

그리고 앤닐과 피어구스의 자손은 카드왈라드르 혈통이었다.

리아논이 그 누구보다도 싫어하는 장로가 이제 옆에 서서 그녀를 내려다보며 히죽 웃고 있었다.

"정확히 제 말뜻을 아실 텐데요, 여왕님. 아드님은 이 인간 여자를 고집함으로써 동족을 배신했고, 신들은 그들에게 이, 이…… 이상한 증세를 보내서 저주를 내렸죠. 불운하게도 이제 우리가 할 수 있는 일은 없습니다. 상황이 악화되기 전에 통제하는 것뿐. 장로회가 이 자손을 양육하기 위한 최선의 방법을 결정할 것입니다."

에안뤼그가 더 가까이 몸을 숙이자, 리아논은 그를 갈가리 찢어 버리거나 망할 비늘을 하나하나 떼어 버리고 싶은 충동과 싸워야 했다.

"여왕님이 그 어리석은 아드님을 노스랜드에 보내지 않았더라면 좋았을 텐데요. 그웬바엘 님 말입니다. 그분이 자잘한 전쟁을 일으켜 줘서 장로회를 통제하실 수 있을 줄 아셨던가요. 그러한 행보는 아주 현명하지 못한 처사였다고 강력히 말씀드릴 수밖에 없군요."

리아논이 그의 잘난 척하는 얼굴을 한 대 때려 웃음을 지워 버리기 직전, 그녀의 것보다 더 크고 치명적인 꼬리가 그들 사이로 쿵 내려앉았다. 에안뤼그가 헉 놀라는 바람에 쥐고 있던 책이 땅에 툭 떨어졌다. 리아논이 웃음을 누르지 못할 때, 베르세락의 머리가 천천히 에안뤼그의 뒤쪽에서 나타났다.

"베르세락 님."

세상에! 장로의 목소리가 갑자기 약해진 걸 들으니 얼마나 고소한지.

"에안뤼그 장로님, 제가 뭐 도와 드릴 일이라도?"

"아, 아닙니다. 여왕님과 잠시 잡담을 나누었을 뿐입니다."

"잡담은 이만 됐습니다, 얌전 빼는 양반. 꺼지시죠."

에안뤼그가 리아논에게 고개를 끄덕했다.

"여왕님, 그럼."

"예, 장로님."

그들은 에안뤼그가 저장고를 빠져나가는 모습을 바라보았다.

그가 가 버렸다는 걸 확인하자, 베르세락이 리아논을 돌아보았다.

"어째서 내가 그를 상대하게 하지 않았어?"

리아논은 자기 꼬리로 그의 꼬리를 감아 가까이 끌어당겼다.

"당신이 그를 죽이면 내가 감당할 수 없으니까. 내 궁전에서 전쟁을 일으킬 수만 있다면 자기 죽음도 환영할 자야. 그런 일이 일어나도록 놔둘 수는 없지. 당신은 어째서 여기 있는 거야? 웨스트랜드에 가 있어야 하잖아."

"갔었지. 아돌가와 글레안나가 같이 와 줄 군대를 고르고 있어. 내일이나 모레쯤 에이브히어와 함께 출발할 거야. 하지만 난 오늘 밤 당신과 집에 있고 싶어서."

"에이브히어만 그들 곁에 남겨 두고 왔다고?"

"글레안나가 돌봐 줄 거야. 걔도 이제 애지중지 봐 줄 엄마가 항상 옆에 있는 건 아니란 사실을 깨달을 때가 되었잖아."

"내가 언제 걔를 애지중지 봐 줬다고. 게다가 글레안나는 심술 궂어."

"알아."

그가 앞발로 리아논의 뺨을 쓸었다.

"피곤해 보이네."

"피곤해. 에안뤼그가 그나마 남아 있는 기운을 다 빼 갔어."

"우리 침실로 돌아갈 시간이야."

그는 그녀의 앞발을 잡고 출구로 이끌었다.

"'내 꼬리가 여기 맞아?' 놀이를 할까?"

리아논이 깔깔 웃었다.

"그 놀이 마음에 드는데!"

그웬바엘은 그 여자의 목소리를 다시 들었다. 머릿속에 울리는 부드럽고 달콤한 목소리. 어찌나 달콤한지 듣기만 해도 잠이 솔솔 왔다. 그 목소리가 유혹해서 그는 더 이상 자기가 어디 있는지도 알 수가 없었다.

— 그웬바엘.

그 여자가 다시 말했다.

— 내 목소리를 따라와. 내게 와, 그웬바엘.

맞는 길로 가고 있지 않다는 느낌이 똑똑히 들었지만, 시야가 흐렸고 좋은 상황이 아니었다. 숨도 제대로 쉴 수가 없었다. 설상가상으로 그는 연약한 인간을 등에 얹고 땅에서 수천 리그 위를 날고 있었다.

하지만 계속해서 그 목소리가 그를 불렀다.

— 그웬바엘, 상냥하고 다정한 그웬바엘.

그 망할 번개 드래곤들이 생각 이상으로 그의 몸을 망쳐 놓은 모양이었다. 독이 뜨거운 물처럼 몸을 타고 흐르는 느낌이었다.

다그마. 다그마를 집에 데려다 주어야 했다. 그녀가 안전한 곳으로. 하지만 그 목소리를 무시할 수가 없었다.

"그웬바엘!"

이번에는 그를 꾀어 안전하다는 오해로 이끄는 낭랑한 목소리가 아니었다. 훨씬 새되고 공포에 질린 소리였다.

"뭐지?"

그는 다그마에게 물었다.

"산이야."

"뭐?"

"산이라고! 산! 산이야!"

그웬바엘은 그녀가 되풀이하는 말이 무슨 뜻인지 비로소 알아듣고 빙 돌았다. 왼쪽 날개 끝이 등성이를 긁긴 했지만 간신히 산을 피했다.

이게 무슨 산맥이지? 무슨 산맥인지만 알면 지금 어디 있는지, 어느 방향으로 가야 다그마를 집에 데려다 줄 수 있는지도 가늠할 수 있을 텐데.

"우리 내려가야 해."

다그마가 포효하는 바람을 뚫고 소리쳤다.

"당신을 집에 데려다 줄게."

그는 약속했다.

"여기가 어딘지 알겠어?"

"내가 대체 무슨 수로 알아?"

"그건 약간 문제로군. 지금은 내가 눈이 잘 안 보이거든. 어쩌면 당신 안경을 빌려야 할지도 모르겠어."

"망할! 그럼 내려가!"

"그것도 좋은 생각이긴 해. 하지만……."

"하지만? 하지만 뭐?"

그는 대답하지 않고 그저 옆으로 돌진했다. 번개가 그의 날개를 쓸고 지나갔다.

"누가 우리 뒤에 있어!"

"나도 감지했어."

번개 드래곤들이 더 나타났다. 하지만 땅굴에서 그를 도와준 드래곤은 아니었다. 그건 그렇고 그 번개 드래곤들은 정체가 뭐지? 어째서 도와준 거지?

하지만 그런 건 나중에 걱정할 일이지, 하늘 한가운데서 번개 드래곤 무리가 죽이겠다고 달려드는 이 시점은 아니었다.

"꼭 잡아. 놓치지 말고."

그웬바엘은 다그마에게 말했다.

"놓치지 말고라니, 무슨 뜻이야?"

그는 대답하지 않고 그저 휙 돌아 높이 솟아올랐다. 다그마가
무서워서 비명을 질렀고, 그는 쫓아오는 자들에게 화염을 내쏘았
다. 번개 드래곤들이 비틀비틀 물러나자, 그는 가장 가까이에 있
는 놈을 들이받았다. 부딪치는 동작 그대로 그웬바엘은 그자의
몸을 감으며 겨드랑이 아래의 칼집을 더듬었다. 그리고 다른 손
을 뻗어 드래곤의 등 뒤에 매단 칼을 붙든 다음, 훅 뽑아 앞으로
휘둘렀다가 도로 뺐다. 완벽하게 갈아 꽤 흡족하게 날카로운 칼
이 그 주인의 목을 베었다.

다른 드래곤이 번개를 쏘자, 그웬바엘은 날개를 접었다. 몸이
아래로 떨어질 때 다그마의 건강한 비명을 들으니 기뻤다. 아직
죽지는 않았다는 소리니까. 절로 마음이 놓였다.

다시 번개 드래곤들이 더 가까이 접근했다. 그웬바엘은 날개
를 펼쳐 재빨리 날아오른 후, 또다시 화염을 확 내뿜고 그 사이
로 돌진했다. 다그마가 다치지 않을 만큼 빠르게 지났기를 바랄
뿐이었다. 그러는 한편 칼을 높이 들어 가로로 휘둘렀다. 칼날은
번개 드래곤의 몸에 박혀 빠지지 않았지만, 적어도 상처는 확실
히 입혔다. 그가 손을 놓자, 칼과 몸이 아래로 떨어졌다.

"그웬바엘!"

그는 그저 그녀의 목소리가 들린 쪽으로 움직이며, 옆으로 휙
틀어 손을 뻗었다. 그의 앞발이 창 자루를 잡았지만, 창은 쇄골

바로 아래 가슴을 뚫고 말았다. 창이 빙그르 돌면서 더 깊숙이 들어오자 그웬바엘은 고통과 분노로 포효했다. 한 손으로 창을 잡은 채, 다른 손으로 창 자루 중간을 꺾었다.

번개 드래곤이 부러진 자루를 빼내려고 했다. 그웬바엘은 그러면 자신과 다그마 둘 다 끝장나리라는 것을 잘 알았다. 그래서 그나마 남은 힘을 다 짜내, 창 자루를 필사적으로 붙들고 있는 자주색 앞발로부터 빼냈다. 일단 창 자루를 손아귀에 넣자, 그는 부러진 끝을 돌려 낮추었다가 재빨리 위로 푹 찔러 넣었다.

창 자루가 번개 드래곤의 말랑한 하복부를 관통했을 때, 그웬바엘은 소리 내지 않고 그의 적수가 전투 갑옷을 입고 있지 않던 것을 신들에게 감사했다.

번개 드래곤이 고통으로 소리를 지르며, 그웬바엘의 어깨를 움켜쥐었다. 그웬바엘은 부러진 창 자루를 필사적으로 다시 한 번 돌렸고 번개 드래곤이 그의 앞으로 쓰러질 때까지 깊숙이 찔러 넣었다.

힘이 다 빠진 그웬바엘은 그 멍청이의 몸을 밀어낼 수도 없었다. 결국 두 드래곤은 한데 뒤엉켜 땅으로 뚝 떨어졌다. 번개드래곤이 위로, 그웬바엘이 밑으로.

하지만 그때, 무슨 소리를 들었다. 시야가 흐려지고 머리가 생각이란 걸 하려고 안간힘을 쓸 때, 그웬바엘은 들었다. 여자의 비명…….

다그마!

땅까지 고작 수십 뼘만 남은 순간, 그웬바엘은 몸을 돌렸다.

번개 드래곤이 아래로 깔렸다. 그웬바엘이 꼬리를 뻗어 다그마의 허리를 감아 들어 올린 후, 몇 초 만에 그들은 모두 딱딱하고 가차 없는 땅에 부딪치고 말았다.

브라스티아스는 옆에 누운 모르퓌드가 움찔하고 일어서는 순간 잠에서 깨어났다. 손을 뻗었지만, 그녀는 벌써 침대 저편으로 내려가고 있었다.

"안 돼, 안 돼, 안 돼, 안 돼."

그녀는 읊조리고 또 읊조렸다.

"모르퓌드?"

그녀가 벌거벗은 채로 비틀비틀 문간으로 가더니 문을 확 열어젖히고 뭐라도 기다리는 양 그 자리에 섰다. 브라스티아스는 모르퓌드도 인간일 때는 종종 추위를 느끼므로 몸이 얼어붙을지도 모른다는 생각에, 침대 위의 모피를 집어 들고 그녀에게 다가가 몸을 감싸 주었다.

"무슨 일이야, 내 사랑? 뭐가 잘못되었어?"

앤뉠의 방문이 열리더니 피어구스가 복도로 걸어 나왔다. 여느 때 같았으면 브라스티아스는 모르퓌드를 위해 눈에 띄지 않게 비켰을 것이다. 하지만 드래곤의 얼굴에 떠오른 표정 때문에 그 자리에 못 박히듯 서고 말았다. 남매가 서로 바라보고 있을 때, 브리크가 계단을 쿵쿵 올라오다가 계단참에 멈춰 서서 그들을 쳐다보았다.

"뭐야?"

브리크가 따지듯 물었다.

모르퓌드는 브라스티아스에게서 떨어지며 모피를 더 단단히 둘렀다.

"나도 모르겠어."

"네가 어떻게 모를 수 있어?"

"괜한 애한테 으르렁거리지 마."

피어구스가 여동생에게 다가가 그녀를 품 안으로 끌어당겼다.

"다들 알았을 거다. 만약 그웬바엘에게……."

그는 눈을 감고 동생의 정수리에 입을 맞췄다.

"그 애는 괜찮을 거야."

"고통이 느껴졌어, 오빠. 그 애가 분명 극심한 고통을 겪고 있는 거야."

"알아. 나도 느꼈어."

피어구스가 브리크를 보고 경고의 의미로 얼굴을 찌푸리자, 브리크도 다가와 여동생의 어깨를 토닥였다.

"걱정 마. 그웬바엘이잖아. 곤경에 처했어도 빠져나올 거야."

"괜찮니?"

피어구스가 부드럽게 물었다.

"응."

모르퓌드는 물러서며 이마를 문질렀다.

"이제 어머니가 머릿속에서 소리를 지르고 계셔. 와인을 좀 마셔야겠어."

그녀는 오빠들을 지나쳐 계단을 내려갔다. 브라스티아스를 거기 남겨 두고. 잊힌 채…… 벌거벗은 채로.

피어구스가 그를 먼저 알아보았다. 브라스티아스는 그 드래곤의 얼굴에 떠오른 험악한 표정을 이전에 한 번 본 적이 있었다. 앤뉠이 처음 데벤알트 산으로 떠나면서 아무 말도 하지 않았을 때. 그때도 그 표정이 마음에 들지 않았지만, 지금은 훨씬 더 싫었다.

하지만 브리크의 찡그린 얼굴이 훨씬 더 위협적이었다. 화가 나기도 했지만 무척 어리둥절한 것 같기도 했다. 좋은 조합이 아니었다. 브라스티아스가 판단하기에, 불길을 내뿜는 존재를 놀라게 하는 건 언제나 잘못된 생각이었다.

"우리…… 여동생을?"

피어구스가 으르렁댔다.

"우리 꼬마 여동생을?"

브리크가 을러댔다.

"이백쉰두 살짜리 여동생이죠."

브리크는 그의 말을 무시하고 계속했다.

"우리 순진한 꼬마 동생을?"

순진하다고? 아, 그 점은 반박하지 않는 편이 좋을 듯했다. 브라스티아스는 어깨를 으쓱했다.

"저는 모르퓌드를 사랑합니다."

브리크도 어깨를 으쓱했다.

"그럼 널 그냥 죽여 버려야겠군."

탈라이스가 계단을 올라오다 브리크와 똑같은 자리에 멈춰 섰다. 그녀는 그들 셋을 훑어보다 물었다.

"무슨 일이에요?"

"이 자식이 우리 여동생을 더럽혔어."

두 형제가 똑같이 대답했다.

"물론 그랬겠죠. 그리고 제가 알기로 그 여동생은 그 시간 일분일초를 기꺼이 즐겼고요. 그러니까 이 사람 가만 놔둬요."

브리크가 자신의 짝을 쏘아보았다.

"당신은 알고 있었어?"

오직 기회가 한 번밖에 없다는 것을 간파한 브라스티아스는 재빨리 끼어들었다.

"브리크가 이지를 전투에 투입할 준비가 되었다는 말을 했던가요?"

순간, 두 형제가 굳어졌다. 피어구스는 눈을 크게 떴지만, 브리크는 눈을 꽉 감았다.

탈라이스는 멍하니 그들을 보면서 입을 떡 벌린 채 브라스티아스의 말을 이해하려 했다.

"그자들이…… 당신이…… 음……."

그녀가 고개를 저으며 되물었다.

"죄송해요, 뭐라고 하셨죠?"

"개자식."

브리크가 속삭였다.

"저를 구석으로 모셨잖습니까."

"브리크?"

탈라이스의 부름에, 그는 숨을 내쉬고 그녀를 마주했다.

"아직 이런 얘기를 들을 준비가 안 된 건 알아, 탈라이스. 하지만…… 어, 그냥 가 버리지 마!"

브리크가 탈라이스를 뒤쫓아 사라진 후, 피어구스가 말했다.

"솜씨 좋은데, 인간."

그는 앤널과 함께 쓰는 방 쪽으로 돌아섰다.

"일단 탈라이스가 브리크에게 주먹을 날려 혼쭐을 내 주고, 우리가 그웬바엘의 생사를 알게 된 후에…… 그때 다시 짚고 넘어가지."

브라스티아스는 그가 그러리라는 걸 단 한순간도 의심하지 않았다.

다그마의 생명을 구한 건 그의 기이하고도 주제넘은 꼬리였다. 땅에 부딪칠 때 그녀를 높이 들어서 멀리 피하게 해 준 것이다. 심지어 두 드래곤이 한데 뭉쳐 밝은 자주색과 금빛 비늘의 커다란 공이 된 이 순간에도 그웬바엘의 꼬리는 여전히 그녀의 허리를 꼭 붙들고 있었다.

다그마는 발버둥 치며 빠져나오려 했다. 그리고 마침내 꼬리를 벗어나 수십 뼘 아래로 떨어지며 굵은 나무뿌리에 엉덩방아를 찧었다. 아파서 움찔했지만 그녀는 간신히 그웬바엘 쪽으로 기어갈 수 있었다. 가까이 가니 그의 얼굴이 보여서 눈 위에 흩어진 머리카락을 쓸었다.

"그웬바엘?"

그는 움직이지 않았고 숨을 쉬는지도 확신할 수 없었다. 다그마는 면도날처럼 날카로운 발톱을 조심하며 두 손으로 그의 앞발을 잡았다.

"그웬바엘, 대답 좀 해."

얼마나 오래 그렇게 그웬바엘을 잡고 있었는지 알 수가 없었다. 다그마는 뭔가 해야 한다는 걸 알았지만, 어떻게 해야 할지 몰랐다. 그런 일은 그녀에게 처음이었다. 그를 움직일 수도 없고 한순간이라도 놔두고 떠날 수도 없었다. 여기가 어디인지도 알 수 없었다. 다만 어딘가에 더 많은 드래곤들이 숨어 있을지도 모른다는 것은 알았다. 마음 한편에서, 집을 떠나지 않고 아버지의 보호하에 안전하게 살면서 주변의 진실 따위는 행복하게 무시해 버렸어야 했다는 후회가 떠올랐다.

"여기 있었군."

다그마는 화들짝 놀라 그웬바엘의 앞발을 놓고 품에 지니고 다니는 단도를 잡았다. 목숨을 다해 그웬바엘을 지킬 각오를 하고 위협에 맞서려 빙글 돈 순간, 손에서 단도가 스르르 떨어지더니 땅을 따라 미끄러져 침입자의 발밑에 멈추었다.

"흠…… 대단한 전사는 아니로군, 그럼?"

마녀 로브를 입은 여자가 칼을 줍더니 터벅터벅 걸어왔다.

"제대로 쓰는 법을 모르면 이런 거 꺼내지 마."

그녀가 다그마에게 칼을 건넸다.

"자기 칼에 죽는 것만큼 최악은 없으니까."

다그마는 멍청하게 여자를 바라보았다.

"당신은 누구죠?"

"에쉴드."

"에쉴드 뭐?"

여자는 다그마의 질문에 대답하지 않고 그웬바엘 위로 몸을 숙였다.

"불쌍한 아이 같으니. 여기까지 오지 못할까 봐 걱정했더니 그 정도 힘은 있었네."

그리고 다그마를 힐끔 보았다.

"당신을 보호할 만큼 정열도 있고."

"다시 묻겠어요. 당신은 누구죠?"

"친구. 그를 도와주러 왔지. 하지만 당신까지 둘 다 안전한 곳으로 옮겨야겠네."

여자가 다그마에게 뒤쪽으로 가라고 손짓하며 두 손을 그웬바엘의 몸 위에 올렸다.

"뭐하는 거죠?"

다시 아무런 대답도 없이 그녀는 주문을 읊기 시작했다.

불꽃이 그웬바엘의 몸 위에서 치솟았다가 사라지고 그는 인간으로 바뀌어 있었다.

"이편이 훨씬 다루기 쉬우니까."

"어떻게……?"

여자가 그웬바엘의 한 팔과 다리를 잡고 그의 몸을 자기 어깨로 받쳤다.

"이리 와 봐."

인간의 형태로 변했어도 그웬바엘은 여전히 엄청나게 무거웠다. 그녀와 덩치가 비슷한 인간 마녀라도 들지 못했을 것이다.

"당신 드래곤이군요."

"그래."

다그마는 헛웃음을 지을 수밖에 없었다.

"당신네 종족은 정말 어디에나 있네요. 직접 대면하기 전에는 절대로 못 맞히겠어요."

"하지만 요령을 깨치고 있잖아."

여자가 웃으면서 말했다.

"딱 보니 그런걸."

15

다그마는 에쉴드를 따라 숲 깊숙이에 자리한 작은 집으로 갔다. 솔직히, 매력적이고 귀여운 곳이었다. 굴뚝에서 연기가 모락모락 솟고 향초를 심은 앞뜰에는 문으로 향하는 돌길이 나 있었다. 둘레에 선 커다란 나무들, 나뭇가지와 이파리가 가림막이 되어 집을 덮어 주었다.

에쉴드가 앞문을 열어 둔 채 안으로 들어갔고, 다그마는 그 뒤를 따랐다.

집 안은 외관만큼이나 편안하고 매력적이었지만 방이 하나밖에 없었다. 다그마는 자기가 이 집에서 홀로 행복하게 사는 모습을 그려 보았다. 솔직히 즐거울 것 같았다. 예전부터 그녀는 마흔 번째 겨울이 올 때쯤이면 아버지의 요새 가까이에 이런 자그마한 집을 하나 구했으면 좋겠다고 생각했다. 올케들도 흔쾌히 자기 남편들에게 압력을 넣어 밀어 줄 터였다.

에쉴드는 그웬바엘을 벽에 붙은 긴 침대로 데려가 조심스레 눕혔다. 그리고 부드러운 미소를 띠며 그의 얼굴에 떨어진 머리카락을 쓸었다.

"참 멋지게 자랐네."

다그마는 눈을 가늘게 떴다. 대체 저게 뭐하는 수작이야? 어째서 저 여자는 그런 식으로 그웬바엘을 만져도 된다고 생각하는 거지?

"당신이 누구인지 말해 줄 건가요, 아닌가요?"

"이미 말했는데, 에쉴드라고."

다그마가 뭐라 따지기도 전에, 여자는 그웬바엘을 가리켰다.

"이거 보여?"

다그마는 침대 옆에 웅크리고서 안경을 머리 위로 올렸다. 그렇게 하니, 그의 피부 몇 군데가 오므라든 자국을 자세히 관찰할 수 있었다. 사실 몇 군데 정도가 아니었다. 전신에 퍼져 있었다.

"이게 뭐죠?"

"잔인한 고문의 흔적."

에쉴드가 로브를 벗었다. 안에는 단순한 푸른 드레스만 입고 있었다. 붉은 머리와 완벽하게 어울리는 옷이었다.

"당신은 번개 드래곤이 아니군요."

"그래, 아니야."

그녀는 다그마 옆 바닥에 무릎을 꿇었다. 그녀의 손가락이 솟아오른 상처 자국 위를 가볍게 떠돌았다.

"드래곤을 해치는 해묵은 방식이지. 드래곤 형태로 있을 때 비늘을 억지로 살에서 떼고 그 안에 작고 삐쭉빼쭉한 철 조각을 넣는 거야. 그 과정만으로도 상당히 고통스러워. 비늘을 살에서 떼는 건 쉽지 않으니까. 보통 이음매 사이에 칼을 찔러 넣어야 해."

"전혀…… 몰랐어요. 내 말은……."

다그마는 웅크리고 있기 피곤해서 무릎을 꿇고 주먹으로 눈을 비볐다. 정말 드래곤 비늘의 이음매에 대해서 더 알려 달라고 부탁하려 했던 걸까?

"무슨 말 하려고 했는지 잊어버렸네요."

"이음매를 알아보려면 아주 자세히 봐야 하니까. 어쨌든, 떼어냈던 비늘을 제자리에 끼워 넣으면 다시 붙으면서 그 안에 뾰족한 금속 조각이 고정되지. 그 고통은 극심할 거야."

에쉴드는 태연하게, 거의 명랑하다 싶은 어조로 말했다.

"더 심각한 건 그 아래 살이 위의 살과 다시 붙으면서 고통이 심해진다는 거야."

둥글게 뭉친 다그마의 주먹이 무릎 위로 떨어졌다.

"그 모든 게 복수를 위해서란 말인가요?"

"그자들은 이 애가 괴로워하길 바랐으니까."

에쉴드가 한 팔을 침대 위에 괴었다.

"정보를 얻어 내려고 했는지 의심스러워. 이 애도 왕족이긴 하지만, 카드왈라드르 일족의 후손이니까. 그들 입은 절대로 열 수 없지."

다그마는 등을 쭉 폈다.

"그웬바엘이…… 왕족이라고요?"

"드래곤 퀸의 아들이지."

에쉴드가 그녀를 빤히 쳐다보았다.

"얘가 말 안 했나 봐?"

"케레지크의 하수구에서 깨어났을 때 얘기는 기꺼이 해 줘 놓고…… 하지만 왕족의 혈통이라고는…… 그런 말은 한 번도 하지 않았어요."

게다가 참 나, 전혀 왕족처럼 행동하지 않았으니까.

여자 드래곤이 쿡쿡 웃었다.

"그래야 내 그웬바엘이지."

다그마의 마음속에 다시 그 느낌이 왔다. 에쉴드가 그웬바엘과 어떤 관계가 있음을 주장할 때마다 위가 조여드는 듯한 이상한 느낌.

"당신은 누구죠?"

이번에도 에쉴드는 대답을 해 주는 대신 혀를 차느라 여념이 없었다.

"뭐가 잘못되었는지 알았네."

그녀가 말했다.

"그놈들이 금속 끝에 독을 발라 놨어."

"뭘 어쨌다고요?"

다그마는 즉시 그웬바엘의 이마에 손을 댔다. 차가웠다. 불로 만들어졌다고 해도 아무 소용이 없었다.

"어떻게 좀 해 봐요."

"할 거야. 일단 조각을 빼내야지. 하나씩, 하나씩. 그래서 인간으로 만든 거야. 그편이 더 쉬우니까. 다시 비늘을 들어 올릴 필요가 없게."

에쉴드가 가만히 앉아만 있자 화가 난 다그마는 딱딱거렸다.

"좀 목적을 갖고 움직일 순 없어요?"

"왜? 얘가 어딜 가는 것도 아닌데."

"독은요?"

"그건 너무 늦었어. 벌써 피를 타고 흘러."

다그마는 떨리는 손을 들어 두 눈을 가렸다. 에쉴드의 차분하고 무자비한 말투 때문에 이성을 잃을 것 같았다. 논리까지도.

"자, 자, 아가씨. 울 필욘 없어. 확실하게…… 악!"

다그마는 에쉴드가 미처 말을 맺기도 전에 목덜미를 잡아서 침대 틀에 머리를 박아 버렸다. 생애 처음으로 오빠들처럼 산다는 게 어떤 기분인지를 알았다. 무척 짜릿한 기분이었다.

에쉴드가 이마를 감쌌다.

"아야! 미쳤어?"

다그마는 벌떡 일어섰다.

"이제 내 말 잘 들어요, 에쉴드. 무슨 짓이든 해서 그웬바엘을 낫게 해요. 필요하면 무슨 약이든 섞고, 당신이 섬기는 쓸모없는 신들이라도 부르고, 그 쓸모없는 신들이 요구하는 동물을 제물로 바치든 어떻게든 해요. 난 상관없으니까. 하지만 그웬바엘을 낫게 해야 해요. 아니면 내 맹세컨대, 결코……."

"뭐?"

에쉴드가 다그마를 내려다보며 우뚝 섰다.

"뭘 할 건데, 이성 좋아하는 아가씨? 아오이벨을 추종하나 본데, 그런 여자가 나를 어떻게 할 수 있을 거라고 생각해?"

"오늘 밤이 이 숲에서 보내는 마지막이 되도록 만들어 주죠. 모든 남자에게, 인간이든 드래곤이든 뭐가 되었든, 당신이 여기 산다고 알릴 거예요. 당신을 사냥하는 건 끝내주는 유흥거리가 될걸요."

"그럼 아마도 난 너를 선 자리에서 재로 만들어 버리겠지."

"그런다고 나를 막을 수 있을 것 같아요?"

다그마가 히죽 웃었다.

"정말로?"

잠시 서로 째려보다가 에쉴드가 먼저 고개를 저으며 이마를 찌푸렸다.

"아니, 그럴 것 같진 않군."

그녀가 뒤로 물러서며 물었다.

"넌 누구지?"

다그마는 그녀가 감히 물어볼 배짱이 있다는 게 흥미로웠다.

"다그마 라인홀트, 라인홀트 가문의 외동딸이죠."

"네가 '야수'야?"

"어떤 사람들은 그렇게 말하더군요."

"인정해야겠네. 처음에는 금방 알아보지 못했어. 하지만 그 눈을 보니……."

에쉴드는 이마를 문지르며 움찔하더니 작은 탁자로 갔다. 그 위에는 마른 약초, 반쯤 탄 의식용 초, 각기 다른 모양의 단검 몇 자루와 완드 하나가 놓여 있었다.

"네가 그 애를 그처럼 열렬히 보호해 주다니 감사해야겠군. 그 애는 그런 대접을 받을 자격이 있으니까."

똑같은 질문을 다시 하지 않기로 한 다그마는 대신 다른 질문을 던져 보았다.

"그웬바엘과는 무슨 관계죠?"

"네가 생각하는 그런 관계는 아냐."

에쉴드가 어깨 너머로 그녀를 보며 미소를 던졌다.

"내 조카거든."

"조카?"

"그래."

에쉴드는 커다란 그릇과 깨끗한 천, 날카로운 단검을 침대로 가지고 왔다.

"내 언니가 리아논 여왕이야. 언니가 정권을 잡았을 때 난 도망쳤지. 이제 그 궁정에선 나를 '반역자' 에쉴드라고 불러."

"진짜 그랬나요?"

"몇 세기 동안은 아니었지."

그녀는 그웬바엘을 내려다보다가 말했다.

"자, 이 애를 침대에 묶을 수 있게 도와줘. 재갈도 물리고."

그웬바엘이 정신이 들었을 때 침대에 묶여 있었던 건 처음이 아니었다. 침대에 묶였을 뿐 아니라 재갈까지 물려 있었던 것도 처음은 아니었다.

하지만 보통 묶이고 재갈이 물려 있었을 때는 근사한 쾌락을 경험하는 중이었다. 고통이 아니고. 적어도 이런 유의 고통은 아니었다. 고통이 너무도 생생하고 잔혹해서 그웬바엘은 원래 형태로 돌아가려고 몇 번이나 노력했다. 하지만 할 수 없었다. 목 둘레의 목줄과 관련이 있다는 느낌이 들었다. 그것이 엄청난 힘을 발휘해서 그의 힘을 꺾어 버렸다.

누군가 그를 이 침대에 엎드리게 해서 묶어 놓고, 그의 몸에서 뭔가 빼내려 하고 있었다. 뭔가 중대한 것? 그웬바엘은 알 수 없었다. 그저 몹시 아프고 이 고통을 멈췄으면 좋겠다는 것뿐. 그래야만 했다. 이런 고통을 느끼면서는 어떤 생각도 할 수 없었다. 여기가 어딘지, 어떻게 왔는지 생각나지 않았다. 땀이 눈 안으로 쏟아지며 타올라서 아무것도 볼 수 없었다. 그래도 괜찮을 거라고 계속 달래 주는 부드러운 목소리가 들려왔다. 걱정할 것 없다고, 조금만 더 참으라고. 하지만 그는 그녀가 거짓말을 한다고 생각했다. 이 고통이 영원히 지속될 거라고 생각했다. 그저 어째서 자기를 죽이지 않는지 이해할 수 없었을 뿐이다. 그 누구도 이런 고통을 견딜 순 없었다. 하물며 그는 말할 것도 없었다. 칼날이 살을 다시 파고드는 감각에 그웬바엘은 비명을 질렀다. 하지만 다시 재갈에 막혀 소리가 죽어 버렸다.

맙소사! 어째서 그냥 죽여 버리지 않는 걸까?

다그마는 그웬바엘의 막혀 버린 비명을 다시 듣자, 앉아 있는 돌 위로 두 다리를 끌어 올리고 두 팔로 감쌌다. 그녀는 안에 있으려고 했지만, 에쉴드를 끊임없이 협박하다가 끝내는 쫓겨나고 말았다.

내가 지나쳤어. 다그마는 부끄러웠지만 기꺼이 인정했다.

어째서 누군가가 고통 받는 소리에 자기 마음이 이처럼 심란한지 다그마는 알 수 없었다. 올케들의 출산도 겪어 봤고 그중 몇 번은 정말 힘겨웠지만, 다그마는 언제나 냉정하고 책임 있게 행동해서 산파들이 항상 의지할 정도였다. 집안 남자들이 심하게 다쳤을 때는 치료사를 보조하기도 했다.

한번은 사촌 한 명이 말에게 다리를 밟힌 적이 있었다. 그때도 유일하게 남아 치료사가 다리를 절단하는 것을 도왔다. 사촌은 수술 내내 깨어 있었고 다리를 자르지 말아 달라고 애걸했으나 다그마는 치료사가 다른 선택이 없음을 알았다. 사촌이 마침내 기절했을 때 —한 번이 아니었다— 안심하기는 했지만, 그때도 이런 기분이 들진 않았다.

에쉴드가 그웬바엘의 쇠잔한 몸에서 뾰족한 금속 조각을 빼낼 때마다 칼날이 파고들었다 빠져나오는 그 감각이 다그마의 몸에도 그대로 느껴졌다. 에쉴드가 그웬바엘을 절개하기 전에 목으로 흘려 넣은 독한 약맛까지 느껴질 정도였다. 다그마는 그 약이 고통을 달래 주는 것이길 바랐지만, 그웬바엘의 몸이 피부 사이로 독을 빼내는 작용을 돕는 약일 뿐이었다.

그웬바엘이 다시 비명을 질렀다. 다그마는 눈을 꼭 감고 이마를 무릎에 댔다. 그녀는 깊이 숨을 마시며 진정하려고 마음을 다

잡았다.

그때, 주변의 숲에서 들리는 작은 소리가 다그마의 주의를 끌었다. 고개를 들어 보니 거대한 늑대가 그녀를 향해 부드럽게 다가오고 있었다. 다그마는 미소를 지었다.

갯과라면, 어떤 종류든 간에 다그마에게는 반가웠다. 카누트가 없으니 네발 달린 친구에게서 위안을 받을 수 있다면 크게 물릴 위험도 기꺼이 감수할 마음이 들었다.

"안녕."

늑대는 망설이지도 않고 그녀에게 다가왔고, 다그마는 손가락을 구부려 그의 머리를 주먹으로 쓰다듬었다.

"목욕해야겠구나."

그녀는 살살 얼렀다.

"용감하네."

한 여자가 숲에서 나와 다그마에게로 다가왔다.

"그 애를 보는 사람들은 보통 겁부터 내는데."

"나는 개들을 잘 다루니까요."

"앉아도 될까?"

다그마가 앉은 돌 옆의 빈자리를 가리키며 그녀가 물었다.

"그럼요."

"고마워."

여자는 등에 메고 있던 커다란 짐 보따리를 내려놓고 쿵 주저앉으며 숨을 내쉬었다.

"죽이게 피곤하네."

여전사였다. 전성기가 지난······ 한참 지난 여전사. 그녀는 마흔 번째 겨울 가까이 이른 듯 보였고 온통 흉터투성이였다. 얼굴, 손, 목에도 흉터가 있었다. 다그마는 더 있으리라 짐작했지만, 옷에 가려 보이진 않았다. 여전사는 제대로 된 갑옷을 갖출 수 없을 만큼 가난한 모양이었다. 긴 속옷에 누빔 셔츠, 리넨 바지를 입었을 뿐이고 상당히 낡은 가죽 장화를 신었다. 긴 갈색 머리카락이 전사들 방식으로 땋은 머리 몇 타래와 함께 곱실거렸다. 하지만 다그마를 가장 매혹시킨 점은 여자의 피부색이었다. 여자는 데저트랜더였다. 보통 그렇게 먼 남쪽에서 태어난 사람이 노스랜드까지 오는 경우는 드물었다. 특히 여자 혼자라면.

"나는 에이르라고 해."

여자가 장화 한쪽을 벗으니 몇 군데 물집이 생겨 피가 흐르는 거대한 발이 드러났다. 그녀는 발가락을 꼼지락대며 아파서 끙 신음했다.

"난 다그마예요. 양말은 없나요?"

"너무 해져서 신을 이유도 없더라고."

다그마는 자기 가방을 열었다.

"자, 이거 신어요."

에이르가 모직 양말을 받아 들었다.

"괜찮겠어?"

"그럼요. 내······ 내 친구가 새 양말을 줬거든요. 그러니까 남는 건 당신이 가져도 돼요. 하지만 처음 신기 전에 빨기는 해야 할 거예요."

에이르는 어깨를 으쓱하더니 그냥 양말을 신었다. 다그마는 위생 관념이 없는 그 행동에 움찔했다.

"나중에 빨 수 있어."

그녀가 약속했으므로 다그마는 더 이상 문제 삼지 않았다.

그웬바엘이 다시 비명을 질렀다. 다그마는 저도 모르게 이를 악물었다. 발치에 자리를 잡은 늑대가 엄청나게 거대한 머리를 그녀의 다리에 갖다 댔다. 다그마는 그런 위안을 즐겼다.

"저 소리는…… 당신 친구?"

"그래요."

"소리 들어 보니 꽤나 고생하나 본데."

"그래요."

"나라면 걱정하지 않을 거야. 여기 마녀가 치유 솜씨도 훌륭하다고 들었거든."

에이르가 낡은 장화를 새 양말 위로 신고서 한숨지었다.

"훨씬 좋네. 고마워."

"별말씀을."

다그마는 그웬바엘의 고통과 자신의 두려움에서 관심을 돌려 집중할 대상을 찾으려 필사적이었기 때문에 물었다.

"어쩌다 여기에 있어요?"

"내가 평소 하는 일을 하고 있었지. 참전할 만한 좋은 전장을 찾아다니고 있었어. 신 나게 싸울 수 있는 곳. 잠깐 전쟁에 끼어드는 것보다 몸을 바쁘게 움직이는 데 더 좋은 건 없으니까."

용병이로군. 다그마가 아는 한 가장 불안정한 직업이었다.

"일이 마음에 들어요?"

"떠돌아다니는 게 마음에 들어. 한군데 오래 있지 않고. 정말로 좋은 전쟁터라면 잠깐 바쁘게 한바탕 뛰어 주고, 그다음엔 다른 곳으로 이동하지."

에이르가 새끼손가락이 없는 손으로 다그마의 어깨를 슬쩍 찔렀다.

"뭐 아는 소식 있어?"

"북쪽 저 멀리까지는 가지 않는 게 좋을 거예요. 당신네들은 거기서 잘하고 있지 않으니까."

"당신네들?"

"그래요, 여전사님."

에이르가 웃음을 터뜨렸지만, 다그마는 말을 이었다.

"남쪽에 훨씬 일거리가 많을 거고, 서쪽에서는 큰 전쟁이 발발한다는 소문을 들었어요. 다크플레인에 가 보는 게 좋겠어요. 앤닐 여왕의 군대엔 여자가 너무 적다고 하니까."

"알았어. 그럼 당신이 가려던 곳은 어디지?"

"모르겠어요. 그냥…… 내가 지금 뭐하는 중인지도 모르겠거든요."

"알겠네."

에이르가 일어섰다. 그 키 때문에 다그마의 의심을 샀다.

"당신, 드래곤은 아니죠?"

"나?"

그녀가 다시 웃었다.

"맙소사, 아니지! 그랬으면 좋겠네. 꼬리가 있었으면 좋겠어."

몇 시간 만에 처음으로 다그마는 미소를 지었다.

"우리 모두 그렇겠죠, 음……."

"에이르."

여자는 친절하게 다시 이름을 상기시켜 주었다.

"그래요, 에이르. 저 길로 몇 리그만 가면 죽은 드래곤이 있을 거예요."

에이르는 다그마가 가리킨 방향을 쳐다보았다.

"정말?"

"슬쩍 집어 갈 만한 게 있을지도 몰라요. 주머니를 가지고 있던데, 그 안에 쓸 만한 게 있을지 모르겠어요."

다그마는 자기 가방을 들어 보였다.

"이만큼 커요. 하지만 그들이 들고 있으니까 그냥 주머니 같더 군요."

"알았어."

다그마는 다시 자기 앞쪽을 가리켰다.

"그리고 저기 어딘가, 얼마나 먼지는 모르겠는데, 죽은 드래곤이 두어 마리 더 있을 거예요. 그들한테서도 뭔가 얻어 낼 수 있을지 모르고."

에이르가 그녀를 보며 씩 웃었다. 다그마는 그 얼굴에 난 상처를 최소 열두 개까지 셌다. 그중 하나는 이마부터 턱까지 쭉 갈라 놓을 정도로 크게 베인 상처였다.

"고마워. 당신에게 하나 빚졌네. 양말 덕분에."

그녀는 말을 덧붙이더니 웃어 버렸다.

"천만에요."

다그마가 늑대의 머리를 앞뒤로 쓸어 주고 있는데 녀석이 천천히 일어섰다.

"얘도 잘 돌봐 주세요. 정말 성질이 순하네요."

"오직 기분이 내킬 때만 그렇지."

에이르가 무거운 배낭을 다시 들어 멨다.

"잘 자요, 다그마."

"당신도요, 에이르."

다그마는 늑대에게도 미소를 보냈다.

"안녕, 새 친구야."

늑대도 다그마에게 코를 비비더니 주인을 따라 타박타박 달려갔다.

그들이 숲으로 사라지는 광경을 보고 있는데 뒤에서 문이 덜컥 열렸다. 에쉴드가 젖은 천으로 손에 묻은 피를 닦으며 걸어 나왔다.

"끝났어."

이지는 어머니를 바라보았다. 이른 아침 빛이 어머니가 서 있는 침실 창문 안으로 쏟아져 들어와, 그녀가 평소에 생각했던 어머니의 모습보다도 훨씬 더 아름답게 보였다. 구불구불하고 긴 검은 머리와 부드럽고 여성적인 몸매. 거대한 발, 너무 긴 팔, 곡선이라고는 하나도 없는 이지와는 전혀 비슷하지 않았다. 이지에게는 딱히 여성답다거나⋯⋯ 부드럽다고 할 만한 데가 없었다.

그저 못생기고 나이만 먹은 이지, 그녀의 삶이 이 순간 완전히 깨지고 있었다.

"나는 가면 안 된다는 게 무슨 뜻이에요?"

"내 말이 분명하지 않았니? 너를 전쟁에 보내지 않겠다는 거다. 넌 겨우 열일곱 번째 겨울을 지냈을 뿐이야."

"열여덟 번째가 몇 달 안 남았다고요."

"그렇다면 힘들게 오래 기다리지 않아도 되겠구나."

어떻게 엄마는 이 일을 이리도 건성으로 넘길 수 있지?

이지가 이제까지 훈련해 온 목적, 이제까지 원했던 모든 것이 막 손에 잡히려던 순간이었다. 군에서는 그녀를 레기온과 같이 보내 사우스랜드 해안 가까이에 포진한 남작과 전투를 벌이도록 할 작정이었다. 이 남작은 자기 군대를 창설하고 다크플레인으로 행진해 올 준비를 한다는 소문이 돌고 있었다.

앤널은 언제나처럼 선공을 원했다. 이지가 같이 훈련했던 전 부대가 참전할 것이고, 이지에게는 자기의 가치를 앤널에게 증명할 완벽한 기회가 될 것이었다.

어떻게 엄마가 그 기회를 빼앗을 수 있어?

"이건 공평하지 않아요."

이지는 징징대는 아이같이 굴고 있는 게 싫었다. 하지만 공정하지 않았다!

탈라이스가 한숨을 짓고 창문 너머의 정원을 내다보았다.

"세상은 공평하지 않아, 이지. 어쨌든 넌 내 허락 없이는 아무 데도 갈 수 없다. 아버지를 설득해서 내 마음을 바꾸려는 짓은 하지도 마. 우린 지난 이틀간 이 문제를 두고 빙빙 돌았고, 내 마음은 정해졌으니까."

이지는 아버지가 어머니를 설득할 수 없다면 아무도 할 수 없다는 것을 알고 있었다. 눈물이 가득 고인 눈으로 그녀는 어머니의 방에서 쿵쿵 뛰어나와 성 계단을 내려갔다. 동지들, 다음 날 해안으로 떠날 예정인 동료 훈련병들이 뜰을 지나쳐 가는 이지를 보고 불렀지만, 그녀는 아무도 만나고 싶지 않아 그저 무시해 버렸다. 아버지가 부르는 소리까지도 들렸지만, 역시 무시하고 성문을 나와 강 쪽으로 향했다. 일단 강에 도착하자 아무 나무 앞에서나 멈춰 서 주먹을 날렸다. 나무껍질이 사방에 날리고 오백 살먹은 나무가 약간 흔들렸다. 그때야 이지는 눈물을 터뜨렸다.

이 모든 처사가 공정하지 않았다. 이지는 훌륭한 군인이었다. 아주 훌륭했다. 가장 뛰어난 전사가 되겠다는 각오도 있었다. 여왕의 대리 기사가 되고 싶었다. 젠장. 언젠가는 여왕의 지휘관도 되고 싶었다. 하지만 이 모든 일을 이루려면 노력과 시간을 들여야 했다. 한순간이 지체될수록 이지의 꿈은 점점 멀어질 테고 결국에는 멍청한 여자아이의 헛된 꿈으로 사라져 버릴 것이다.

"왜 울어?"

이지는 목소리를 향해 몸을 돌렸다. 그녀의 시선이 앞에 선 여자애를 무례하게 훑었다. 길게 쭉 뻗은 검은 머리가 어깨까지 흘러내리고 눈 또한 검은 여자였다. 얼굴 한쪽에는 이제 거의 나은 듯 보이는 커다란 상처가 있었다. 사슬 갑옷 셔츠와 딱 붙는 바지 차림이었지만 외투는 입지 않았다. 얼추 또래 정도로 보였지만, 이지는 눈에 보이는 것에 쉽게 속지 않을 정도의 머리는 있었다.

"너 드래곤이구나."

"그래, 난 블랙 드래곤 브란웬이야."

얼굴의 상처나 그 외의 멍과 긁힌 자국으로 보아 브란웬은 전투에 참가한 적이 있는 모양이었다. 이지는 그 여자가 싫었다.

"난 이세벨이야, 탈라이스의 딸."

세상에서 가장 까다롭고 자식을 무시하며 냉정한 엄마지!

브란웬은 이 순간 이지가 그녀를 얼마나 질투하는지 전혀 깨닫지 못하고 가까이 다가왔다. 이지가 앤닐처럼 성격이 괄괄했더라면, 지금쯤 한 대 쳤을지도 몰랐다.

아, 앤닐 같은 성격이었다면!

"그런데 왜 울었어?"

브란웬이 다시 물었다.

이지는 눈물과 함께 화를 삼켰다.

"엄마 때문에."

그리고 눈물에 질 것 같아 꿀꺽 침을 삼켰다.

"엄마는 내가 동지들과 함께 전투에 나가지 못하게 하셔."

"너 몇 살이야?"

브란웬의 질문에, 이지는 그녀를 쏘아보았다.

"넌 몇 살인데?"

"여든셋."

"아."

망할.

브란웬이 씩 웃었다.

"하지만 인간으로 치면 네 나이랑 비슷할 거야. 게다가 내 어머니도 나를 꽤 들볶으니까. 어머니는 내가 아직도 새끼인 양 다루시지. 내 어머니라도 나 혼자 전투에 참가하진 못하게 했을걸. 난 항상 어머니 옆에 있어야 해. 오빠는 아직 백 살도 안 됐지만 혼자 전투에 나가는데 말이야. 그건 공정하지 않아."

"맞아, 공정하지 않아! 하지만 엄마들은 그 사실을 모르지, 그렇지 않아?"

"그래, 전혀 몰라. 정말 골칫거리지?"

이지는 마침내 미소를 띠었다.

"정말 그래."

브란웬이 그녀를 위아래로 훑어보았다.

"이제 울음을 그쳤네, 탈라이스의 딸 이세벨. 내 경험상 말해 주는데, 어머니 앞에선 울어도 소용없어. 아버지에게나 먹히지. 그런데 뭐하러 우니?"

이제 이지는 활짝 웃어 버렸다. 브란웬은 싫어할 수 없는 존재였다.

"그 말이 맞아. 굳이 뭐하러 그래? 그리고 모두들 나를 이지라고 불러."

"좋아, 그럼. 이지."

"야!"

그들 뒤 멀리에서 목소리가 들려왔다.

"브란웬! 어디 있어, 정신 나간 계집애야?"

브란웬이 한숨지었다.

"멍청이 오빠랑 사촌이다."

그녀가 이지의 팔을 잡아당겼고, 둘은 함께 걷기 시작했다.

"아버지는 네가 전쟁터에 나간다니까 뭐라고 하셔?"

"나를 위해 싸워 주셨어. 그러셨다는 걸 내가 알지. 하지만 아빠가 엄마의 마음을 돌리지 못하면…… 아무도 못해."

편안해진 기분으로 이지는 덧붙였다.

"참, 내 아빠는 '막강한 자' 브리크야. 친아빠는 아니지만……
알겠지. 내 엄마가 그분 짝이야."

브란웬이 걸음을 멈추더니 검은 눈을 휘둥그레 뜨며 이지를
돌아보았다.

"브리크? 네가 브리크의 딸이야?"

그녀가 갑작스레 열정을 보이자 이지는 약간 놀랐다. 브리크
의 형제자매는 이지를 환영했지만 다른 드래곤들—할아버지가
항상 '멍청한 왕족'이라고 흉보는 자들—은 이지의 존재를 참아
주긴 해도 보통은 그저 인간이고 먹잇감이라고 생각할 뿐이라는
게 눈에 훤히 보였다. 이지는 약간 자신감이 붙어 말했다.

"그래, 맞아."

"어머나, 그럼 이 울보가 내 친척이네!"

브란웬이 팔을 철썩 치는 바람에 이지는 아파서 비명을 질렀
다. 그녀는 눈을 깜박이며 되물었다.

"그래?"

"그럼! 나는 카드왈라드르 일족이니까. 브리크의 사촌이지. 내
어머니가 네 할아버지의 누이거든. 그럼 우리는 오촌 관계가 되
는 건가……. 어쨌든 우린 친척이야, 알겠어? 가족이라고."

"그러네."

이지는 그녀의 열정을 무시해 버릴 수가 없었다. 브란웬은 이
지를 만나서 무척 기쁜 듯했다.

"끝내주는데! 그럼 사정이 확 다르지."

"그런가?"

브란웰이 이지에게 어깨동무를 했다.

"말해 봐, 이지. 달리고 뛰어내리기 놀이 해 본 적 있어?"

"아니."

"가족으로서 그걸 가르쳐 주는 게 내 일이겠군. 그런 게 바로 혈연의 아름다움이지."

"그러면 엄마가 화내시지 않을까?"

"상상 이상일걸. 내 장담하지."

이지는 조금도 망설이지 않았다.

"그럼 앞장서."

그웬바엘은 향과 약초, 신선한 채소 그리고 스튜처럼 맛있는 냄새를 맡았다. 그는 천천히 주위를 둘러보았다. 어디 있는지 알 수 없었지만, 뭔가 기이한 이유로 낯설지 않았다. 이곳은 집이었다. 오래전 꿈에서 보았던 집. 하지만 여기 왔었던 것 같지는 않았다. 어쩌면 아직 잠에서 깨지 않은 걸까? 이 순간에는 정말로 분간할 수 없었다. 눈을 감았지만, 향기가 다시 흘러들었다. 무엇보다도 그 여자의 향기가 있었다. 그웬바엘은 콧구멍을 벌름거리며 다시 눈을 떴다. 그의 시선이 그녀를 찾아 나섰다.

그녀는 벽난로 옆 작은 식사용 탁자에 앉아 있었다. 앞에는 금속 컵을 하나 두고 두 손에 머리를 묻은 채였다. 머릿수건과 안경은 탁자 위에 놓여 있고, 가방은 발치에 두었다. 다그마가 거기에 무사히 살아 있는 모습은 그 어떤 것보다 힘을 주었다.

그녀가 손에서 머리를 들더니 그가 있는 방향을 돌아보았다. 그웬바엘은 미소를 지어 보였지만, 그녀는 미소를 돌려주지 않았다. 대신에 머리를 떨구고 실눈으로 그를 보았다.

"내가 안 보이면 그 망할 안경을 써, 게으름뱅이 아가씨."

다그마가 등을 꼿꼿이 펴더니 째려보았다.

"아주 완벽하게 보여. 보나 안 보나 같으니까."

"날 계속 기다리게 할 거야?"

"세상 끝날 때까지 기다려 봐."

그웬바엘은 아랫입술을 내밀고 약간 떨었다.

"하지만 너무 아파."

"세상에, 당신은 부끄러움도 없어?"

"눈곱만큼도."

그는 한 팔을 내밀며 잡아 달라는 뜻으로 손을 폈다.

"자, 이리 와."

다그마가 안경을 도로 쓰고 의자에서 일어나 방 이편으로 걸어왔다. 그녀는 그의 손 위에 자기 손을 올려놓았고 그는 그녀를 가까이 끌어당겨 자기 옆에 웅크리게 했다.

"당신은 괜찮아?"

놀림조는 사라지고 없었다. 질문에 솔직한 대답을 원했기 때문이다.

"난 멀쩡해."

"잘됐네."

그웬바엘은 다그마의 손가락 마디에 입을 맞췄다.

"여긴 어디야?"

"사우스랜드와 노스랜드 영토 사이의 아우터플레인. 앗사 산맥이야."

"대체 어떻게 여기까지 온 거야?"

"당신이 여기로 데려왔잖아."

"내가? 기억 안 나."

"기억하는 게 뭔데?"

"당신에게 키스한 것."

그는 씩 웃었다.

"도서관 서가에서."

"그건, 물론…… 친절하게 잊어 주진 않겠지?"

"절대 못 잊지. 하지만 말해 봐, 레이디 다그마. 내가 어째서 다친 거지? 당신이 숨겨 놓은 정열로 나를 산 채로 가죽을 벗기려고 한 거야?"

"내가 숨겨 놓은…… 아, 됐어. 당신은 지난 몇 시간 동안 지옥에 갔다 왔어. 납치당하고 고문당하고 번개 드래곤과 치열한 전투도 벌였지."

"정말?"

그웬바엘은 고개를 떨어뜨리고 목소리도 낮췄다.

"지금 내 모습이 전투에서 본 모습보다 더 격하지 않아? 당신 생각 이상으로 나를 원하지 않아? 지금 이 순간 나를 받아들일 준비가 되지 않았어?"

"그 딱지나 다 떨어지면 모를까."

다그마가 하는 말의 뜻도 모르고, 그웬바엘은 자기 몸을 내려다보았다. 그리고 겁에 질려 벌떡 일어나 앉았다.

"이게 뭐야? 나한테 무슨 일이 생긴 거야?"

"진정해. 금방 나을 거야, 분명히."

"낫는다고? 내 꼴이 흉측하잖아!"

"살아 있잖아."

"흉측하게 살아 있지!"

그는 두 손으로 얼굴을 덮었다.

"나 보지 마! 시선을 돌려!"

다그마가 그의 손을 잡았다.

"그만해! 정신 나갔어?"

그웬바엘은 침대에 도로 털썩 누워 얼굴을 벽 쪽으로 돌렸다.

"이게 무슨 뜻인지 몰라?"

"그웬바엘⋯⋯."

"나는 외톨이로 살아가야만 해. 어딘가 성의 꼭대기에서. 낮에는 햇살을 피해서 숨어 있다가 밤에만 나와야겠지."

"제발 그만해."

"난 외톨이로 살겠지만, 그렇게 오래는 아니겠지. 당신이 나를 한결 더 원하게 될 거니까. 과거의 내 모습이었던 아름다운 전사에게 정열을 품고, 이제 흉측한 괴물이 되어 버린 나를 동정하겠지. 더 중요한 건, 당신이 내 고통을 가라앉혀 주고 싶을 거라는 거야."

그는 다그마를 다시 쳐다보았다.

"내 고통을 가라앉혀 주고 싶지 않아? 지금 당장? 그 드레스를 벗고?"

"아니, 그러고 싶지 않아."

다그마가 일어서려 하자 그웬바엘은 한 손을 잡아 다시 끌어 앉혔다.

"나를 두고 갈 수는 없어. 나는 고문당하면서 생각했어. 당신이 나를 얼마나 좋아하는지 보여 줘야 나도 나 자신을 다시 사랑하는 법을 배우지."

"당신은 언제나 끊임없이 자기 자신을 사랑하잖아."

"내가 멋지니까 그렇지."

다그마가 손을 홱 잡아 뺐지만, 그웬바엘은 간단히 그 손을 다시 잡아 자기 몸 위로 끌어당겼다.

"놔줘!"

"내게 키스해서 고통스러운 생각을 사라지게 해 줄 때까지는 안 돼."

"내가 키스해서 뭔가 사라지게 할 순 없어."

다그마가 얼어붙었다.

"그리고 손 좀 치우시지, 그웬바엘."

"하지만 지금 거기 두고 있으니까 손이 따뜻하고 편안한데."

정말 못 말린다! 내가 진짜 그를 걱정하고 있었다니! 어쩌자고 그렇게? 이렇게 제정신이 아닌 존재를 걱정해서 무슨 소용이 있다고?

"내 엉덩이에서 손 치워."

"키스해 줄 때까지는 안 돼."

"난 당신에게 키스 안 해."

"내가 흉측하기 때문이군!"

"당신은 흉측하지 않⋯⋯."

내가 대체 이자하고 왜 말싸움하고 있담? 그래 봤자 이자보다 더 제정신을 놓게 될 텐데?

"놔줘."

"키스해 줘. 그럼 놔주지."

"좋아."

다그마는 몸을 숙이고 입을 앙다문 채로 재빨리 그의 입술에 키스했다.

"자."

"그것보다는 더 잘할 수 있잖아."

"아니, 할 수 없어. 그러니까⋯⋯."

순간, 그웬바엘이 두 손으로 그녀의 엉덩이를 꽉 쥐었다. 다그마는 드레스와 속옷을 겹겹이 입고 있었음에도 숨을 헉 들이켰다. 그녀가 입을 벌리자 그는 안으로 파고들며 격렬하게 키스했다. 순식간에 그의 혀가 입안으로 들어와 끈질기게 그녀의 혀를 감았다.

그걸로 끝이었다. 그녀는 그의 몸에 닿은 채로 녹아내려 두 손으로 그의 얼굴을 감쌌다. 위가 조여들었고, 다리 사이의 모든 것이 축축하고 따뜻해졌다. 그녀는 그를 원했다. 이성을 넘어서 그를 원했다. 아무리 이상하고, 아무리 징징거리고, 아무리 짜증나는 자라고 해도. 엉덩이를 잡은 손에 힘이 더 들어가며 아플 지경이 되었지만, 그녀는 개의하지 않았다. 그가 가까이 끌어당기는 바람에 그의 다리 사이에 그녀 때문에 딱딱해진 부분이 느껴져도 신경 쓰지 않았다. 그웬바엘은 천천히 시간을 들여 그녀의 여성을 자기 다리 사이에 문질렀고, 엉덩이를 잡은 손을 움직일 뿐 아니라 번갈아 가며 한쪽씩 꽉 쥐었다. 다그마는 신음을 내뱉기 시작했다. 절정에 다다를 힘이 그녀의 몸 안에서 커져 갔다.

"뭐하는 거야?"

힘센 팔이 다그마의 한 팔을 휙 잡더니 그웬바엘에게서 떼어냈다. 어리둥절한 다그마는 참을 수 없이 흥분해서 숨을 헐떡이면서, 아무 말 못 하고 그저 에쉴드를 바라보기만 했다.

"얘는 아직 회복 중이야!"

여자 드래곤이 따끔하게 야단쳤다.

"그런 유의 일을 할 힘이 없다고."

"이 여자가 나를 덮쳤어요."

그웬바엘이 장단을 맞추는 바람에 다그마는 충격을 받아 입을 떡 벌렸다.

"난 말릴 수가 없었죠."

"허, 참!"

에쉴드는 다그마를 문가로 질질 끌고 가서 손에 양동이를 쥐여 주었다.

"우물에 가서 물이나 떠 와. 그러다 보면 냉정하게 정신을 차리겠지."

문이 면전에서 쿵 닫혔고, 다그마는 여전히 입을 벌린 채 그 자리에 서서 문만 바라볼 따름이었다.

그웬바엘은 흘겨보는 여자 드래곤을 향해 씩 웃었다.

"저 여자를 고문하는 게 재밌니?"

그녀가 물었다.

"고문의 종류에 따라 다르죠."

여자도 큭큭 웃고 말았다.

"너 배고플 것 같은데, 그웬바엘."

"그래요."

그는 고개를 들었다.

"그러고 보니 몹시 낯이 익은데, 우리…… 만난 적 있던가요?"

여자가 무릎 위에 두 손을 얹고 허리를 굽혀 몸을 가까이 들이댔다.

"내 얼굴 똑바로 보고 그 말 다시 해 봐라. 그런 말투로."

그웬바엘은 그녀의 얼굴을 자세히 들여다보다가 자기를 보고 히죽거리는 모습이 익숙하다는 걸 알아챘다.

어머니!

"정말 기분이 불편해지는데요."

"좋아, 그래야지."

여자가 모닥불로 가서 스튜를 그릇에 담았다.

"난 네 이모 에쉴드다."

"그렇다니 이 은혜 백골난망이네요."

그웬바엘은 잇새로 숨을 색색거리며 몸을 일으켜 앉아 침대의 금속 받침에 등을 기댔다. 어찌나 고통이 심한지 이전의 자기로 돌아가려면 한참 걸리겠다는 예감이 들었다.

하지만 그런 말을 해 봤자 내 물건을 진정시키기엔 어림도 없지. 이모가 돌아오지 않았더라면 여기 이 자리에서 다그마를 취했을 텐데.

그웬바엘은 대체 그녀가 자기에게 미치는 효과를 이해할 수가 없었다.

"내가 너 잘 때 죽이지 않아서 놀랐니?"

에쉴드가 그에게 대접과 숟가락을 건넸다.

"그 질문엔 좋은 대답이 없네요. 그러니 그냥 먹기나 하죠."

그녀는 의자를 침대 옆에 가까이 끌어다 놓고 다리를 꼬고 앉았다.

"걔 말로는 네가 영리하다고 하더구나."

"아름다운 다그마가요?"

에쉴드가 얼굴을 찡그렸다.

"아름…… 됐다. 케이타 말이야."

"제 동생요?"

그웬바엘은 숟가락을 대접 속에 풍덩 빠뜨렸다.

"그 애가 여기 왔었어요?"

"여러 번 왔지. 우린 사이가 아주 좋아졌단다."

그는 그녀의 말투가 별로 마음에 들지 않았지만, 그가 뭐라고 말하기도 전에 에쉴드가 선수를 쳤다.

"진정해, 그웬바엘. 네 여동생이 나를 찾아온 거야. 그리고 확실히 말해 두지만, 난 걔를 타락시킬 마음 없다."

"이모는 아직도 제 어머니의 궁정에선 수배자죠."

"나도 잘 알아. 하지만 난 네 어머니의 왕좌를 빼앗을 생각도 없어."

"어째서 케이타가 이모에게 온 거죠?"

"못 올 데라도 왔니? 케이타가 찾아오면 너희 어머니가 미쳐서 방방 뛸 거라는 걸 알아서겠지. 둘 사이는 리아논과 내 어머니 사이와 비슷한 것 같더구나. 끝도 같지 않기를 바라지만."

리아논이 왕좌를 차지하고 베르세락과 가족의 목숨을 보호하기 위해 자신의 어머니를 죽일 수밖에 없었던 역사를 생각한 그웬바엘은 그녀 말의 마지막 부분이 마뜩지 않았다.

"그렇게 된다면, 다 이모 탓이라고 할 겁니다."

"네가 그러고도 남는다는 걸 알지. 하지만 난 지금 가진 것 이상을 원하진 않는다, 그웬바엘. 언니의 왕좌나 권세를 탐하지도 않아. 그저 가만히 혼자 살고 싶을 뿐이야."

"이모가 원하는 게 그게 다라면, 제가 어머니와 이야기를 나눌 수 있도록 해 주시죠."

"안 돼."

"이모는 사우스랜드에, 같은 종족 사이에 살아야죠. 여기 야만인들 틈이 아니라."

"무척 다정한 말이구나. 어쩌면 너희 어머니도 그 말을 진지하게 생각해 볼지 모르겠다. 하지만 너희 아버지는 아닐걸. 그의 일족이 여전히 나를 찾고 있어. 내가 여기 있다는 걸 알면, 오늘이 내 제삿날이겠지. 그러니 둘 다 내 존재에 대해서는 전혀 모르는 편이 좋겠다."

그웬바엘은 대꾸하지 않았다. 에쉴드의 말이 절대적으로 옳았다. '위대한 자' 베르세락처럼 자기 헌신을 진지하게 여기는 드래곤은 많지 않았다. 그리고 그는 다른 누구보다도 리아논 여왕에게 가장 큰 헌신을 바쳤다.

"좋으실 대로 하세요. 제 생명의 은인이시잖아요. 적어도 그건 신세를 졌네요."

에쉴드가 음식을 가리켰다.

"식는다. 먹어."

스튜는 식어 버렸지만, 여전히 따뜻하고 꽤 만족스러운 맛이었다.

그웬바엘이 스튜를 먹는 동안 다그마가 돌아왔다.

"오래도 걸렸네."

그는 입에 음식을 가득 문 채로 말했다.

다그마가 물을 가득 채운 양동이를 탁자 위에 쿵 내려놓고 방을 씩씩하게 가로질러 왔다. 그러더니 아직도 회복 중인 상처 하나를 탁 쳤다.

"아얏!"

그는 비명을 지르며 한 팔을 뺐다.

"우물이 어디 있는지 난 전혀 몰랐잖아, 이 얼간이 같으니. 그 망할 것을 찾으려고 사방팔방 다녔다고. 하마터면 그 안에 빠질 뻔했어. 당신들이야 신경도 안 쓰겠지만!"

"그런 말 하지 마, 다그마. 오늘 밤, 내일…… 언젠가는 당신이 없어졌다는 것을 알아챘을 거야. 아야!"

다그마가 또 다른 상처를 때리자 그는 비명을 질렀다.

"그만 좀 해!"

올게어 일족의 '포악한 자' 비골프는 스파이켄해머 정원에서 초조하게 기다렸다. 아름다움과 침묵이 흐르는 조용한 곳이었지만, 그가 얘기를 나누기에 더 안전한 곳을 알았다면 역병처럼 피하고 싶은 장소기도 했다. 하지만 다른 곳은 몰랐다. 배신자 아들을 찾는 아버지의 첩자들이 사방에 깔려 있었다.

배신자는 비골프가 아니었다.

아버지에 관해 말하자면, 비골프는 여전히 아버지에게 충성을 바쳤다. 형은 그에게 그 환상을 유지해 달라고 당부했지만, 그렇게 하자니 신경에 거슬렸다. 비골프는 보통 무척 솔직한 드래곤이라, 어머니는 종종 꼬리로 그의 뒤통수를 치며 소리를 지르곤 했다.

'말하기 전에 생각부터 해!'

하지만 무척 실망스럽게도 '건달' 올게어는 더 이상 아들의 충성을 얻지 못했다. 늙은 드래곤은 사우스랜더들과 맺은 휴전을 깼고, 동맹을 맺은 전쟁 군주 드래곤 중 하나를 배신했다.

'노스랜드 규약'은 비골프와 같은 드래곤에게 전부나 다름없었다. 충성을 우선으로 하는 명백한 일련의 규칙과 행동 지침들. 하지만 아버지는 자기 외에 아무에게도 충성을 바치지 않는 존재이니, 어떻게 다른 이가 자기에게 충성을 다하기를 바랄 수 있겠는가?

비골프는 형의 군마가 또각또각 달려오는 말발굽 소리를 듣고 형의 모습을 보려고 돌아섰다. 형이 어떻게 그럴 수 있는지 볼 때마다 항상 놀라울 뿐이었다. 발굽이 달린 동물이라면 대부분 현명하게도 자기가 저녁거리가 되기 쉽다는 걸 알고 그들 종족을 피했다. 하지만 형은 결코 그런 문제를 겪지 않았다. 모든 동물이 그를 따랐다. 새들이 그의 어깨에 앉았고, 늑대와 사슴은 그의 발치에서 쉬었으며, 말들은 그를 어디든 데려다 주었다. 물론 그 혼자 쉽게 날아갈 수도 있었지만.

형제는 함께 자라면서도 그다지 사이가 좋진 않았다. '교활한 자'라그나는 전투 기술도 뛰어났지만 신기하게도 철학자처럼 입담이 좋았으며 마법도 썼다. 하지만 결국 비골프는 형이 가진 기술과 진정한 노스랜드 정신의 가치를 알게 되었다.

"안녕, 형!"

"비골프. 내게 전할 새 소식이 있다고?"

"그래."

형이 말에서 내리며 손바닥으로 말의 이마를 쓰다듬어 기다리라는 지시를 내렸다.

"뭔데?"

"우리 일족이 번개 드래곤의 소굴로 다시 향한 이유를 알아냈어. 아버지가 상을 타셨나 봐."

라그나의 얼굴이 한 대 얻어맞을 걸 각오하듯 일그러졌다.

"그 망할 골드 드래곤이 또 걸렸다는 말은 하지 마라."

그러다가 공포에 질린 표정을 지었다.

"아버지가 다그마를 잡은 건 아니겠지."

그 인간 여자에 대한 형의 충성도는 언제나 비골프에게는 어리둥절할 따름이었다. 그 여자는 비골프가 보기엔 외모도 참으로 수수하고 흥미롭지도 않았는데, 근 이십 년 동안 라그나는 그녀에게서 눈을 떼지 않았다. 할 수 있을 때는 보호했고, 할 수 없을 때는 위로했다.

"진정해, 형. 둘 다 아냐. 사실 아버지는 드래곤 퀸의 아들보다 훨씬 더 가치 있는 일에 빠져 있거든."

"그게 뭔데?"

"드래곤 퀸의 딸."

라그나가 한 걸음 더 다가섰다. 흥분한 기색이 역력했다.

"드래곤위치? 모르퓌드?"

"아니, 다른 쪽."

그의 얼굴에서 기운이 빠졌다.

"그 음탕한 계집?"

비골프는 형의 어깨를 밀었다.

"개자식처럼 말하지 마, 라그나! 우리 모두가 수도사의 계율을 따르는 건 아니라고."

"내가 침대 파트너에 약간 까다롭다고 해서 수도사가 되는 건 아니잖아. 대체 아버지는 어떻게 그 여자에게 마수를 뻗쳤다지?"

"그 여자가 아우터플레인에서 길을 잘못 든 모양이야."

"멍청한 드래곤 계집. 그럼 아버지는 그들의 여자를 낚아채서 휴전을 깬다 이건가."

라그나가 왔다 갔다 했다. 뭔가 해결책을 궁리할 때 하는 습관이었다.

"그래서 모두들 '명예' 결투로 다시 돌아가고 있겠군."

"물론이지. 어린 드래곤 여자를 위해 마지막 드래곤이 남을 때까지 싸우는 것. 우리 일족 남자들 중에 그걸 놓칠 자가 누가 있겠어?"

"그게 언제야?"

"몰라. 아버지는 아직 날짜를 내리지 않았는데, 아버지답지 않긴 해. 보통은 되는대로 빨리 짝을 맺고 되는대로 빨리 튀어 버리잖아. 이번엔 뭘 기다리는지 모르겠어."

"난 알겠구나. 그 여자가 일족을 부르기를 기다리는 거야. 그들이 일족의 딸을 도우러 여기로 날아오면 전쟁을 시작할 수 있잖아."

"여왕이 선제공격을 했다고 생각하면 다른 전쟁 군주들 모두 아버지 편을 들겠군. 하지만 그 빨강 머리 꼬마가 누구를 부를 것 같진 않던데. 골드 드래곤, 그 오빠 말이야. 그자도 자기 여동생을 도우러 나타나지 않았잖아."

"알지도 못했으니까. 다그마도 마찬가지고. 알았다면 내게 말했을 거야."

"형이 그렇게 오랜 세월 동안 자기한테 거짓말을 했다는 걸 알고도?"

"나한테 정보를 숨기기보다는 말해 줘서 얻는 게 더 많을 테니까. 내가 한 짓이 별로 자랑스럽지 않다는 거 나도 알아. 그러니 그런 말은 다시 꺼내지 않았으면 좋겠다, 동생아."

비골프는 대체 형이 그 여자 일에 왜 이리 연연하는지 알 수 없었지만, 라그나는 그렇게 이해하기 쉬운 드래곤은 아니었다.

라그나가 서성거리다 멈춰 섰다.

"사우스랜드 드래곤들이 오지 않았다는 건 그 여자가 부르지 않았다는 거겠지. 그 여자는 혼자 빠져나가려는 거야."

"대체 왜 그러는데?"

라그나가 환히 웃으며 동생을 보았다.

"사랑하는 동생아, 그게 바로 아름다운 모녀지간이라는 것 아니겠냐?"

"그게 무슨 뜻이야?"

"자기 어머니 몰래 여기서 빠져나가려고 하늘과 땅, 지옥까지 다 움직이고도 남을 여자란 거지."

비골프는 고개를 저었다.

"형은 이걸 이용할 생각이구나?"

라그마가 동생에게 어깨동무를 하며 거칠게 끌어안았다.

"이걸 이용하지 않으면 음모와 계획에 능한 개새끼라는 명성이 부끄럽지 않겠냐?"

그웬바엘은 낮 내내 자다 깨다 하다가 밤에는 푹 잠들었다. 음식 냄새가 잠을 깨웠고 식사와 약초를 섞은 와인 덕분에 일어나서 이모 집 주변을 거닐 수 있었다. 어머니 여왕이 죽은 후 그 왕좌를 물려받을 꿈을 꾸던 —그 목적을 완수하기 위해 다른 형제도 죽여 치워 버리려 했던— 공주치고는 대단한 몰락 같았지만, 에쉴드는 꽤 만족스러워 보였다.

그들은 잠시 이야기를 나누었다. 그웬바엘은 정치적 소식을 배제하고 일족들의 근황을 분주히 전했다. 그리고 말린 약초를 한데 묶으며 여전히 웃고 있는 이모를 남겨 두고 밖으로 나섰다. 다그마를 찾아보려는 것이었다.

그녀는 에쉴드의 집 뒤에서 찾을 수 있었다.

다그마는 드러난 나무둥치 위에 앉아 작은 시내를 바라보고 있었다. 그웬바엘은 와인병과 신선한 과일을 손에 들고 그녀를 향해 걸어갔다.

"봤어? 당신이 없어지면 내가 금방 알아챈다고."

그가 놀리듯 말했다.

다그마는 그의 목소리에 놀라 펄쩍 뛰었지만 여전히 고개를 숙이고 있었다.

"오는 소리 못 들었는데."

"그 소리 듣는 사람 별로 없지."

그는 그녀 앞으로 다가가 자세히 살폈다. 다그마는 안경을 머리 위에 올려놓고 뭔가를 찾는 듯 드레스 주머니를 뒤지고 있었다. 불안하게 코를 훌쩍였다.

직접적 대답을 들을 수 없다는 걸 안 그웬바엘은 그녀의 턱을 잡고 살짝 들어 올려 눈을 맞췄다.

눈물. 진짜였다.

다그마가 그의 손을 떨쳤다.

"난 괜찮아. 그런 식으로 보지 마."

"무슨 일이야?"

"됐어."

그웬바엘은 나무 위 그녀 옆에 앉았다.

"와인 가져왔는데."

다그마는 눈을 닦으며 그를 무시했지만 그는 병을 따서 내밀었다.

"좋은 와인이야."

그녀가 병을 받아 꿀꺽꿀꺽 마셨다. 그리고 병을 도로 건네며 웅얼거렸다.

"좀 약하잖아."

그웬바엘도 한 모금 꿀꺽 삼키다가 켁켁거리며 도로 뱉어 낼 뻔했다.

"약하긴! 참도 그러네."

낄낄대는 소리로 말한 그는 병뚜껑을 닫아 앞에 내려놓았다.

"이제 뭐든 얘기해 줬으면 좋겠는데. 나를 번개 드래곤에게서 구해 주는 대가로 뭘 주기로 했는지 말해 봐."

다그마가 흐느끼기 시작했다. 그웬바엘은 두 팔로 그녀의 어깨를 안아 주려 했지만, 그녀는 어깨로 그를 밀쳐 냈다. 차가운 공포가 사로잡는 느낌이 들었다.

"맙소사, 다그마. 그자들이 어떻게 한 거야?"

그녀는 여전히 흐느끼면서 치마의 비밀 주머니에서 두루마리를 꺼내 그에게 밀치듯 건넸다.

그웬바엘은 인장을 흘끔 보았지만, 알아볼 수 없었다. 그는 서둘러 인장을 뜯고 내용을 읽어 보았다. 모든 드래곤의 고대 언어로 쓰여 있었다. 몇몇 글자는 약간 철자가 다르고 단어 역시 다른 의미를 포함하고 있었지만, 다그마와 같은 인간은 몰라도 그의 눈으로는 읽을 수 있었다.

"어머니에게 보내는 거로군. 올게어 일족의 라그나가."

그는 눈을 깜박이며 눈썹을 치켰다.

"라그나? 이건 별로 달갑지 않은데. 당신이 말하던 다정한 라그나 수사 아니야?"

다그마가 여전히 흐느끼면서 고개를 끄덕였다.

그웬바엘은 움찔했다.

"이 때문에 불쾌한 건 알겠는데, 다그마. 이건 아주 일상적인 관행이야. 내 할머니는 사우스랜드의 여러 대학을 다녔지만, 아무도 알지 못했어."

그녀는 편지를 가리키며 계속 흐느꼈다.

"다그마, 여기 내용이라고는 그자가 내 생명과 안전에 책임이 있고, 그의 아버지를 전복시키는 계획을 도와 달라며 내 어머니와 동맹을 맺고 싶으니 이야기를 하자는 것뿐이잖아."

다그마가 계속 울기만 하자, 그는 말을 이었다.

"이건 통상 있는 정치적 헛소리야. 당신이 왜 이리 기분이 나쁜지 알 수가 없는데."

그녀가 눈물을 삼키며 그의 손에 들린 두루마리를 가리켰다.

"우리 둘 다 알아. 이건 내 아버지의 표현을 빌리자면 엘크 똥이나 다름없는 얘기라는 거. 단순히 그 황당한 편지를 드래곤 퀸의 손에 전해 주라고 당신에게 나를 데리고 사우스랜드에 가라고 한 게 그자의 속셈이 아니라는 것도 우리 둘 다 알고."

"그래서?"

"그 말인즉, 그자는 다른 속셈이 있어서 날 거기 보내려고 한다는 거지. 내가 일단 거기 도착하면, 자기에게 이로운 일을 하도록 시키려는 거야."

"그럴듯하군. ……그래서?"

"보통 때라면 난 그 기회를 덥석 잡았을 거야. 사우스랜드로 여행할 수 있는 기회니까. 앤닐 여왕을 만나서 내가 당신하고 한 것보다 더 좋은 거래를 협상할 기회가 생기니까."

"그것도 훌륭한 거래였는데."

"보통이라면, 나를 사우스랜드에 데려가 달라고 거짓말하고 당신을 꼬이고 필요하다면 별 짓을 다 했겠지."

"하지만……."

눈물이 더 흐르기 시작했다.

"하지만 그게……."

"그거라니? 뭐?"

"그게…… 그 가슴속에 있는 게…… 지금 잘못하는 거라고 말하고 있어. 하지 말라고 말린다고."

갑작스레 짜증이 확 치밀었지만 그웬바엘은 조심스레 물었다.

"당신…… 양심을 말하는 거야?"

눈물이 신경질적인 흐느낌으로 변하더니 다그마가 옆으로 돌아 그의 무릎에 머리를 묻었다.

"다그마, 누구나 양심은 있어!"

"난 없어!"

"물론 당신도 있지."

"나는 정치가야, 그웬바엘! 물론 양심이 없어. 적어도 없었지. 그런데 이젠 양심이 생기는 저주를 받았어. 이건 당신 탓이야!"

어쩐지 그는 전혀 예상치 못한 일이 벌어졌다는 것을 알았다.

어째서 이해하지 못했을까? 어째서 보지 못했을까? 양심 때문에 다그마는 힘이 빠지고 연약해졌다. 이용할 수 있는 불쌍한 여자가 이제 한 명 더 생겼다. 앞으로 그녀는 파티를 계획하고 아버지를 졸라 청혼자를 모집하고 아이를 가질 생각을 할 것이다.

이건 악몽이었다!

"그만둬."

그웬바엘이 그녀의 어깨를 잡아 억지로 일으켜 앉히려 했다.

"당장 그만둬."

"그냥 말해. 내가 한심하다고. 그런 개새끼에게 이십 년 동안이나 속으면서도 눈치채지 못하고 이제야 망할 양심이 있다고 말하다니 한심하다고. 그저 난 쓸모없는 인간이니 그대로 살라고 말해 버려."

"그런 짓은 안 해. 당신은 양심이 있어. 언제나 양심이 있었지. 그걸 받아들이는 편이 좋을 거야."

다그마는 눈물 속에서도 그를 보고 얼굴을 찡그렸다.

"거짓말쟁이! 이전에는 양심 같은 거 없었다고."

"다그마, 당신은 불을 뿜는 드래곤에게 당신 개를 먹으려고 한다고 공격을 한 사람이야."

"그 녀석을 보호해야 했으니까."

그가 히죽거리자 그녀는 재빨리 덧붙였다.

"개는 쓸모가 있으니까."

"전투견이 되기에는 너무 작아 보이던데, 대체 무슨 쓸모가 있다고?"

"개 말고 누가 바닥에 떨어진 음식 찌꺼기를 먹어 치우겠어?"

"다그마."

"그래, 알았어. 좋아. 난 양심이 있어. 자, 행복해?"

"희열이 느껴질 정도인걸."

그가 앞에 쭈그려 앉아 리넨 셔츠의 소맷자락으로 얼굴을 닦아 주었다.

"앤닐이 당신을 좋아하겠네. 앤닐도 자기가 양심이 있다고 생각하고 싶어 하지 않으니까."

"난 당신하고 같이 가지 않아. 하지만 당신에게 필요한 정보를 주지. 도움이 되는 지도도 있으니까."

"좋아. 그럼 우리가 아침에 사우스랜드로 떠날 때 같이 가지고 가면 되겠네."

그웬바엘도 그런 결정이 위험하다는 것을 알아야 할 것이다. 라그나가 그녀를 사우스랜드로 보내고 싶어 하는 데는 이유가 있었지만, 둘 다 왜인지는 몰랐다.

"바보 같은 짓 하지 마, 그웬바엘."

"바보 같은 짓 아니야."

그가 와인병을 집어 바닥에 세워 놓고 나무둥치에 등을 기댄 다음 그녀의 손을 잡아 자기 쪽으로 끌어당겼다. 땅에 앉는다는 생각 자체는 다그마에게 아무것도 아니었지만, 그런 짓을 하기에는 저녁이 되어 버린 듯했다.

그가 와인을 한 모금 마시고 병을 건넸다.

"하지만 뭐든 하기 전에 중요한 질문에 대한 대답이 필요해, 다그마. 솔직하고 직설적 대답."

"좋아."

"앤윌을 노리고 오는 건 뭐지?"

"미노타우루스."

그웬바엘이 한숨을 지었다.

"솔직하고 직설적인 대답을 원한다고 했잖아."

"그래서 해 줬잖아."

"미노타우루스? 서서 걷는 소들이 앤윌을 노린다고? 나보고 그 말을 믿으란 거야?"

"태어날 때부터 그들의 장로들이 섬기는 신의 이름으로 살인을 연마해 온 소들이지."

"라그나가 미노타우루스에 대해 말했어?"

"그랬지. 하지만 다른 사람들에게도 들은 얘기야. 난 사실이라고 믿어."

"좋아. 그럼 나도 사실이라고 믿지."

그웬바엘이 와인을 더 들이켰다.

"날이 점점 이상해지는 것 같군."

"두 번째 질문은 뭐야?"

"어째서 '야수'라는 별명을 얻게 된 거야?"

다그마는 과거의 고통이 격하게 돌아오는 것을 느낀 듯 이마를 문질렀다.

"이유가 중요해?"

"말해 봐."

다그마는 한 손을 내밀었다.

"와인 좀 줘 봐."

"내가 열세 살 때였어."

그녀가 이야기를 시작했다. 서른 번의 겨울을 겪은 지금보다 갑자기 훨씬 어려진 것처럼 보였다.

"아버지의 조카 중 하나가 찾아왔어. 나보다 훨씬 나이가 많았는데 사이가 좋진 않았지. 나는 '수녀원에나 던져 버려야 할 잘난 척하는 계집'으로 보였겠지만, 그는 '우리 조상들이 그랬던 것처럼 태어난 순간 목을 졸라 산에 던져 버려야 할 자식'이었거든. 말할 필요도 없이, 그가 이번에 왔을 땐 우린 거리를 지켰어. 하지만 걔는 똑똑하지 못한 애라 자기 부하들 앞에서 나를 조롱했다는 소문이 재빨리 퍼졌지. 그들에게 내가 제대로 '야수'로 자라고 있다고 한 거야. 나는 무시했지만, 아버지랑 오빠들도 똑같은 소문을 들었어. 난 정말 아무 말도, 불평도 하지 않았어. 그럴 필요를 못 느꼈으니까. 그리고 그가 자기 아버지의 땅으로 돌아가기 하루나 이틀 전쯤, 밤에 나는 개 우리를 떠나 요새로 들어가려는 참이었어. 그런데 어떤 하녀 아이의 소리가 들리길래 모퉁이를 돌아 무사한지 확인하러 갔지. 눈앞에 보이는 광경이 마음에 들지 않았어. 하녀 아이는 너무나 불쌍해 보였고. 그래서 난 사촌을 그 아이에게서 떼어 냈어. 사촌은 화도 나고 술에 취해 있어서 내 목을 잡고 내 얼굴을 쳐서 안경을 깨뜨려 버렸지."

"망할 자식."

다그마는 크큭 웃었지만, 곧 이야기를 이어 나갔다.

"하지만 평소처럼 난 혼자가 아니었어. 카누트의 증조할아버지를 데리고 있었지. 그 개는 훈련받은 대로 사촌의 목을 물어 땅에 쓰러뜨리고 내가 다음 명령을 내릴 때까지 꼼짝 못하게 붙들고 있었어."

그녀가 말을 멈추고 와인을 한 모금 더 꿀꺽 삼켰다.

"사촌은 개를 떼어 달라고 애원했지만, 그때는 이미 하인들이 아버지와 오빠 세 명을 모시고 와서 내 뒤에 서 있었어. 나는 아버지를 보고 말했지. '할 수 없어요.' 그랬더니 아버지가 이러셨어. '하지만 노스랜더로서, 우리 모두는 네가 할 수 있다는 것 안다.' 난 그들이 나한테 뭘 기대하는지 알았고, 그대로 했어."

다그마는 침을 삼켰다.

"난 명령을 내렸고, 내 개가 그를…… 끝장냈지. 다음 날 아버지는 사촌의 유해를 삼촌에게 보내면서 이런 쪽지를 첨부했어. '야수가 보내는 자그마한 선물입니다.'"

"그 삼촌이 요쿨이었나?"

그녀가 고개를 끄덕였다.

"그리고 그 사촌은 요쿨이 가장 아끼는 아들이었어. 그 뒤로 얼마 있지 않아서 포위 공격이 있었고, 올케 한 명이 죽었지."

"당신 탓이라고 생각하는군."

"가끔은. 내가 만약 다른 명령을 내렸더라면 지금 우리가 어떻게 되었을까 생각해 보지 않을 수 없었거든."

"그런 생각하기엔 너무 늦었어. 피할 수 있는 일이 아니야. 게다가 난 내가 과거에 했어야 하는 일에 대해선 걱정하지 않아. 오로지 앞으로 해야 하는 일에 대해서만 걱정하지."

"그래, 딱 당신에게 어울리는 말이네."

그웬바엘은 일어섰다.

"자, 준비를 해야지."

"그래도 나를 사우스랜드에 데려갈 거야? 나한텐 멍청한 짓처럼 보이는데."

다그마가 손을 내밀자 그는 그 손을 잡아 쉽사리 그녀를 일으켰다.

"그럴지도. 두고 봐야지."

하지만 그웬바엘은 그렇게 생각하지 않았다. 그의 생에서 다그마 라인홀트를 다크플레인으로 데려가기로 한 일보다 더 옳은 결정은 없었던 것만 같았다.

"가기 전에 아버지에게 다른 편지를 보내야겠어."

그녀가 양손으로 치마에 묻은 흙을 털면서 그가 이제는 좋아하게 된 사악한 미소를 살짝 지어 보였다.

"말을 지어내는 데 당신 도움을 좀 받아도 될까?"

시그마 라인홀트는 음식을 입안에 쑤셔 넣으며 며느리의 말은 완전히 무시해 버렸다. 다그마가 드래곤과 떠난 이후로, 큰며느리는 점점 더 참고 보기가 힘들어졌다.

며느리들이 딸아이를 싫어한다는 건 새삼스러운 소식도 아니지만, 자기가 '야수'에 맞서 봤자 이길 가능성이 없다는 사실을 직시는 해야 했다. 그런데 그렇게 하는 애가 별로 없었다.

"제 말씀은 아기씨와 트릭비 공의 결혼이 아버님께 무척 이로울 거란 뜻이에요."

"그래?"

시그마는 숟가락을 내려놓고 물었다.

"그자에 대해 뭘 안다고?"

"스파이켄해머의 지배자이자 뛰어난 전사죠."

"그건 맞는 말이지. 다른 건?"

"다른 거요? 음, 그 어머님이⋯⋯."

"그 어머니? 그자의 어머니를 내가 알아서 뭣하게? 내 말은 그자가 어떠냐는 거다. 어떤 신들을 섬기지?"

"모르겠네요. 누가 그런 걸 상관하나요?"

"네가 해야지. 그자가 공물을 요구하는 신들을 섬기면 어쩌려고? 인간 공물 말이다."

며느리가 소나 사슴을 말하기 전에 시그마는 선수를 쳤다.

"도시 범죄는 어떻게 처리하지? 어떤 식으로 처형하지? 고문의 효용을 믿는다더냐? 그렇다면 어떤 고문을 하지?"

며느리는 몇 차례 입을 벌렸다 다물었지만 끝내 대답은 하지 못했다.

"그게 너희 둘의 차이다."

시그마는 아들들을 바라보았다. 다들 훈련을 하러 떠나기 전 걸신들린 듯 먹고 있었다.

"그렇지 않느냐?"

다들 입안에 음식이 가득한 채로 우물우물 맞다고 대답했다.

"넌 그런 질문에 대한 대답을 모르겠지만, 그 애는 알 거다. 아니, 그 애라면 반편이 같은 생각을 가지고 나한테 오려고도 안 했겠지. 이미 혼자서 물어보고 대답을 찾아냈을 거다."

그는 손가락으로 자기 관자놀이를 톡톡 두드렸다.

"그 애는 제대로 된 머리로 생각을 하니까. 너에 대해선 그런 말을 못 하겠구나."

며느리가 시그마의 장남을 보았다.

"아버님이 나에 대해 이렇게 말씀하시도록 가만 두고만 볼 거예요?"

"아버지 말씀이 옳으면 그래야지. 게다가 아버지 말씀이 옳으니까."

"시그마 님."

하인 중 한 명이 뛰어 들어왔다. 다그마를 곁에서 보필하던 자로, 그녀가 없는 지금은 그녀의 업무를 다수 처리하고 있었다.

"레이디 다그마에게서 온 전갈입니다. 사흘 전에 보내신 것 같습니다."

"읽어 봐라."

시그마가 명령했다.

하인이 봉인된 두루마리를 펴고 읽어 내려갔다.

"존경하는 아버지. 이 편지가 잘 도착하기를 바랍니다. 지금쯤 게스투르 삼촌의 성에 있겠다고 약속드렸지만, 계획이 다시 바뀌었습니다."

시그마는 한숨을 지으며 의자 등받이에 기댔다.

"망할."

"아하!"

며느리가 탄성을 질렀지만, 다들 노려보자 수그러들었다.

"계속해라."

시그마가 명령했다.

"저는 앤널 여왕을 직접 대면하기 위해 사우스랜드로 향하는 중입니다. 적어도 레기온 하나는 데려갈 수 있기를 바랍니다. 어쩌면 둘이 될 수도 있을 겁니다."

"망할 계집애."

"뒤쫓아 갈까요?"

장남이 물으며, 하녀들에게 음식을 더 가져오라고 손짓했다.

"몇 주 전만 되었어도 그러라고 했을 거다. 하지만 그 라그나라는 수도사가 이틀 전 여기 들러서 요쿨이 이동하기 시작했다고 하더라. 그 아이가 다른 데로 간 줄 알았다면 훨씬 기분이 좋았겠지. 아무리 그……."

시그마는 코웃음 쳤다.

"울보랑 같이 있다고 해도."

"저도 그랬겠죠."

아들이 동의했다.

"희망 사항이지만, 그 애가 그 '가반아일의 미친 암캐'와 잘 해결을 볼 수 있을 겁니다."

"그럼 아버님 명령을 거역했는데도 벌을 주시지 않겠다는 말씀이신가요?"

며느리가 소리를 지르다시피 했다.

"조용히 해!"

시그마는 편지를 든 하인에게 손짓했다.

"마저 읽어라."

"저한테 바라신 소식은 아니었다는 것 압니다. 하지만 제가 우리 백성을 위해 최선을 다하고 있다는 것만 믿어 주세요."

시그마도 이미 아는 사실이었다. 그것만큼은 의심하지 않았고 앞으로도 의심하지 않을 터였다.

"부디 강녕하시고 행동 전에 깊이 생각해 주시기 바랍니다."

시그마와 아들들이 이 말에 웃음을 터뜨렸지만, 하인은 계속 읽어 나갔다.

"그리고 키카는 마구간 우두머리와 놀아나고 있었습니다. 키카 올케가 거의 두 시간 동안 매춘부처럼 구는 것을 그 울보와 제가 보았습니다. 이런 식으로 말씀 전하게 되어 죄송합니다만, 알려 드리는 게 최선일 듯합니다. 다그마 올림."

방 안이 죽은 듯 고요해졌고, 모든 이들이, 하인들조차도 시그마의 며느리를 멍하니 쳐다보았다.

"거짓말이에요!"

키카가 필사적으로 소리쳤다.

하지만 다그마가 쓴 글의 진실에 대해선 아무도 의심하지 않았고, 시그마는 딸과 며느리 둘 다를 잘 알았으므로 증거를 찾고자 하면 충분히 찾아내리라는 것도 알았다.

멍청한 년. 시그마는 일어서서 가장 아끼는 배틀액스를 집어 들며 생각했다. 장남에게 제 마누라를 처리하도록 맡기고, 그동안 그 자신은 마구간 우두머리를 처리할 작정이었다. 열한 명의 아들을 뒤로하고 궁정 뜰로 나가면서 시그마 라인홀트는 킬킬거릴 수밖에 없었다.

저 멍청한 계집은 자기가 '야수'를 상대할 수 있다고 정말로 생각했던가? 게다가 이길 수 있다고?

17

"다그마!"

다그마는 즉시 일어나 앉아 눈을 번쩍 뜨며 소리 질렀다.

"거짓말 아니에요!"

그녀의 몸 아래 있던 거대한 드래곤이 한숨을 지었다.

"일어나, 잠꾸러기 아가씨. 집에 다 왔다고."

다그마는 하품을 하고 기지개를 켰다. 그리고 두 손으로 얼굴을 문지른 다음, 안경을 찾아 가방을 뒤적거렸다. 귀환 비행 중한 시간 동안은 안경을 벗고 있었다. 너무나 여러 번 드래곤이 비행 도중에 하강하거나 옆으로 돌자, 그녀는 드래곤의 갈기를 꽉붙잡고 목숨을 부지하려면 안경까지 붙잡을 순 없다는 것을 깨달은 것이다. 안경을 도로 쓰고 제대로 귀 뒤에 걸렸나 확인한 다그마는 주위를 둘러보았다.

"아름답네."

마침내 그녀가 말했다. 청명한 푸른 들판과 잎이 무성한 나무들이 시야에 가득했다.

"그래, 나만큼이나 아름답지."

그의 갈기를 감은 채로, 다그마는 약간 뒤로 몸을 젖히며 땅을 덮은 많은 호수 중 하나로 시선을 향했다.

"저긴 어떻게 된 거지?"

드래곤이 내려다보았다.

"맙소사. 망할 늙은이를 저 안에 처넣는다는 얘기를 하더니. 꽉 잡아!"

다그마가 헉 하는 소리를 지를 겨를도 없이 그웬바엘은 곧장 그 호수로 곤두박질쳤다. 드래곤들이 그 주변에 우글우글했다. 더욱 무시무시한 것은 고동색 드래곤이 곧장 그들을 향해 오고 있다는 것이었다. 진로상 서로 충돌할 것 같았지만, 다그마는 이를 꽉 물고 안전하게 호수로 뛰어들 각오를 할 수밖에 없었다. 물론 이렇게 높이 떠 있으니 충돌하면 즉사하겠지만, 달리 무슨 선택이 있겠는가?

하지만 두 드래곤은 겨우 몇 뼘 사이를 두고 가까스로 멈췄다.

"멍청한 자식! 네가 나를 상대할 수 있을 줄 알았나?"

고동색 드래곤이 따졌다.

"물론 할 수 있지. 하지만 어쩌다 내 사촌을 죽였는지 여왕에게 설명하기 싫었을 뿐이야."

둘은 웃으면서 물러서더니 곧장 포옹했다. 그 바람에 다그마는 드래곤의 목에서 미끄러졌다. 떨어져 죽지 않은 유일한 까닭은 그의 털을 꽉 붙들고 있었기 때문이다.

"떨어져!"

다그마는 소리를 질렀다.

"떨어져! 떨어진다고! 떨어져!"

"뭐라고?"

그웬바엘이 흘끔 뒤돌아보았다.

"아!"

그가 다시 측면으로 떠올랐고, 다그마는 헉헉대며 그의 등에 기댔다.

"미안. 당신이 거기 있다는 걸 잊었네."

"나쁜 자식."

다그마는 웅얼거렸다.

다른 드래곤이 빙 돌아 날아와 그녀를 보았다.

"음…… 안녕하세요."

그가 그녀에게 미소를 보냈다. 자기 나름으로는 상냥한 미소라고 지은 것 같았지만, 송곳니가 번득여서 전혀 그렇게 보이지 않았다.

"난 카드왈라드르 일족의 팰이라고 합니다. 이 땅에서 가장 용맹한 드래곤이죠."

다그마는 그웬바엘이 코웃음 치는 소리를 들었지만 무시해 버렸다.

"다그마 라인홀트예요. 노스랜드에서 왔죠."

"노스랜드 여자? 허허, 그웬바엘. 자기 기록을 깼네."

"입 닥쳐."

다그마는 펠이 내민 길고 검은 발을 잡았다. 일종의 드래곤 대 인간 악수였다.

"만나서 반갑습니다, 레이디 다그마."

그가 몸을 앞으로 내며 인사했다. 긴 주둥이가 지나치게 가까워졌다.

"이 금발 난봉꾼이 뭐라고 했든 다 거짓말이고, 잘생긴 쪽은 나죠."

"저도 알고 있어요. 딱 보니 그런 것 같고요."

다그마가 그를 향해 윙크하자 펠이 웃음을 터뜨렸다.

"이 여자 마음에 드는데, 그웬바엘."

"손 떼. 이 여잔 내 보호하에 있으니까."

"그래?"

펠이 그녀와 그웬바엘을 번갈아 보았다.

"그런 건 인간 말로 늑대에게 양을 맡긴 격이라고 하지 않나?"

"입만 살았지. 아직도 입만 살아서 나불거리는 소리가 들려."

두 드래곤이 다정한 가족 다툼을 벌이면 고래 싸움에 새우 등 터질까 걱정이 된 다그마가 끼어들었다.

"저기, 죽기 전에 내 발로 땅을 다시 밟을 수 있으면 좋겠는데."

"뭐?"

그웬바엘이 다시 고개를 돌렸다가 말했다.

"아, 미안, 미안."

그리고 사촌을 들이받았다.

"그 큰 머리통 좀 치워. 내 아가씨를 안전한 곳까지 모셔야 하니까."

"나라면 성으로 향하기 전에 여기 일단 멈추겠는데. 우리 레이디가 이렇게 많은 드래곤을 보고도 겁만 내지 않으신다면?"

다그마는 콧방귀를 뀌었다.

"전 이 남자도 견뎌야 한다고 생각한 이상으로 참아 냈는걸요. 이 시점에서는 뭐든 자신 있어요."

"그게 무슨 뜻이야?"

그웬바엘이 따지듯 물었지만 팰은 웃음을 터뜨렸다.

"이 여자 진짜 마음에 들어. 여기서도 잘 지내겠는데. 자!"

고동색 드래곤이 아래를 향했고, 그웬바엘은 그 뒤를 따랐다.

"당신 사촌 마음에 들어."

다그마는 불쑥 말해 버리고, 그웬바엘이 갑자기 멈춰 서자 충격을 받았다.

"하지만 저 자식 바람둥이야. 그러니까 멀리하라고."

"하지만……."

다그마는 자기 턱을 톡톡 쳤다.

"라그나가 말하길 당신은 '오염자'라고 하던데."

"'훼손자'야. 잘못 옮기지 말라고. 게다가 난 영역을 지켜. 하지만 저 자식은 그런 것도 없지. 그러니까 저 자식이 뭐라고 하든 실은 그저 당신 치마 속으로 파고들려는 속셈이라고."

이전에는 남자에게 떨어지라는 경고를 받은 적이 없어서, 다그마는 뒤로 몸을 젖히며 그 기분을 음미했다.

"하지만 당신 사촌이 내 치마 속으로 파고드는 게 싫지 않다면? 사실, 내 치마 속으로 들어오는 걸 좋아한다면?"

"당신이 누군가를 치마 속으로 파고들게 해야겠다고 결정을 내린다면, 나한테 먼저 알려 줘야지."

순간, 다그마는 날카로운 전율을 느꼈다. 에쉴드의 침대에서 그 일이 있은 후로 드래곤은 그녀에게 키스는커녕 그 밖의 어떤 시도도 하지 않았다. 함께 여행하는 사흘 내내 그는 정중하게 그녀를 보호했고, 과하게 말이 많긴 했지만 절대로 손은 대지 않았다. 다그마는 그가 단지 흥미를 잃었거니 했다. 여자가 예쁘든 예쁘지 않든 지구상 모든 종족의 남자가 그러하듯이.

"당신에게 알려 줘야 한다고? 그건 또 왜?"

"이제 당신이 내 일족 사이에서 안전하니까, '야수'. 내가 원하는 걸 가지는 일에 집중할 여력이 생겼거든."

그가 어깨 너머로 그녀를 돌아보았다.

"우리 둘 다 원하는 것이라는 데 내기를 걸어도 좋아."

"정말 확신해?"

"사실상 그렇지, 레이디 다그마."

그웬바엘의 꼬리가 엉덩이를 탁 치는 게 느껴지자 다그마는 꺅 소리를 질렀다.

"확신하고말고."

그웬바엘은 착륙해서 다그마를 성에 데려가자마자 인간으로 변신하고 싶었지만, 가족들이 주변으로 우글우글 몰려들었다. 영문을 미처 파악하기도 전에 포옹이 쏟아졌고 등뼈가 둘로 갈라질 정도로 세게 등을 두드려 댔다. 오래 못 본 친척도 있었으나 누가 누군지 분간하기도 어려웠으므로 다들 쉽고 편안하게 우애를 나누었다.

일족들과 인사를 나누면서도 그웬바엘은 관찰하는 시선을 다그마에게서 떼지 않았다. 그녀는 이 자리에 전혀 어울리지 않아 보였지만, 드래곤들에게 둘러싸여 있으면서도 기가 죽거나 겁을 먹지는 않은 것 같았다. 숨으려고 하지도 않았고 나무 뒤 안전한 장소로 피하지도 않았다. 그저 그 자리에 서 있을 따름이었다. 자제심 강한, 그의 작은 화산.

거의 사흘 밤 동안 그는 다그마와 단둘이 있었다. 그 사흘 밤 내내 그는 그녀에게 불편이나 불안을 주지 않으려, 평소와 다르게 노력했다. 그 사흘 밤 내내 그의 남성적 욕망은 그가 얼마나 얼간이인지 끈질기게 말해 주었다. 하지만 다그마는 그에게 삶을 맡겼다. 심지어 번개 드래곤의 배신에 대해서 알고 난 후에도. 그웬바엘은 그 신뢰를 당연스레 여길 수가 없었다.

그는 다그마가 그의 일족 사이를 편안하게 돌아다니는 모습을 보다가 그녀의 눈길이 꾸준히 땅을 향해 있다는 걸 알아챘다. 그녀는 발길을 멈추고 뭔가 빤히 보다가 다시 걸음을 뗐다. 마침내 사촌들에게서 떨어져 나온 그가 그녀의 그런 모습을 다시 보았을 때, 물어볼 수밖에 없었다.

"뭐하는 거야?"

"비교하는 거야."

"뭘 비교해?"

그녀가 그를 올려다보았다. 살짝 찡그린 표정에 눈썹이 모아졌다.

"어째서 당신 꼬리는 다른 드래곤과 다른 거야?"

절대 조용해지는 법이 없는 무리였는데, 이제 작은 새들 소리가 갑자기 시끄러울 지경이었다.

"모두들 끝에 날카로운 못 같은 게 달렸는데."

그녀가 어떤 사촌의 꼬리를 가리켜 보였다.

"당신 것만 빼고."

그웬바엘은 다그마가 질문을 하면서도 사악한 웃음을 애써 억누르고 있다는 것을 알아챘다.

"태어나길 이처럼 기형으로 태어난 거야? 아니면 모든 왕족은 다른 드래곤들이 타고난 기본적 방어 기능을 상실했나?"

그가 대답을 하기도 전에 팰이 앞으로 몸을 숙였다.

"레이디, 그걸 알고 싶다면 저 형들에게 물어보기만……"

그웬바엘은 팰의 두 뿔을 움켜쥐고 비틀어 멀리 휙 던졌다. 팰이 쭉 미끄러져 호수 속으로 빠져 버렸다.

"가자."

그웬바엘은 앞발로 다그마에게 신호를 보냈다.

"나의 순수한 질문에 대답해 주지 않을 거야?"

"그래, 뻔뻔한 아가씨."

그는 '기형으로 태어난' 꼬리로 그녀의 엉덩이를 찰싹 쳤다.

"이제 걸어!"

"그웬바엘! 그웬바엘!"

갑자기 들려온 소리에 그웬바엘은 몸을 돌려 익숙한 목소리를 찾았다. 벌써부터 불안한 감정이 속 깊숙한 곳에서 솟아올랐다.

"여기 위예요!"

그는 천천히 눈을 들어 하늘을 보았다가…… 움츠러들었다.

"이세벨! 대체 거기서 뭐하는 거야?"

이지가 씩 웃었다.

"날고 있어요!"

그랬다. 그녀는 날고 있었다. 제 어머니가 안다면 졸도하겠지만. 이지는 나이가 더 많은 드래곤의 등에 탄 것도 아니고, 젊은 애들에게 접근하는 수를 썼다. 켈륀, 전투에서 잔뼈가 굵은 고모 글레안나의 아들에게. 언젠가 홀로 전투에 투입되면 훌륭히 제 몫을 해서 이름을 날리는 전사가 될 녀석이었다. 하지만 그때까지는 그도 카드왈라드르 일족의 다른 남자들과 다름없었다. 욕정 덩어리.

"거기서 내려와!"

"뭐라고요? 안 들려요?"

켈륀이 윙크를 하더니 인상적으로 급강하하자 이지가 꺅 비명을 지르며 웃어 댔다. 그웬바엘은 눈을 부릅떴다.

"걱정하지 마라, 조카야. 브리크의 딸에게 무슨 일이 생기도록 하진 않을 테니까."

그웬바엘은 고모를 돌아보았다. 글레안나는 나이 들어 군데군데 은색으로 변한 검은 머리를 언제나 전투태세를 갖추도록 짧게 쳤고, 드래곤 형태의 얼굴과 윗몸에는 전투로 생긴 상처가 가득했다.

"저 애 어머니는 저 애가 나는 걸 싫어할걸요. 나는 저 애가 켈뤼이랑 나는 게 싫고요."

"저 애가 가족이라는 건 켈뤼도 안다. 저 애와 브란웬은 금세 친구가 되었더구나. 게다가 우리가 저 애를 위해 감시를 하고 있잖니."

글레안나가 앞발을 흔들어 가 버리라는 신호를 했다.

"가라. 네 아가씨를 성으로 데려가서 어머니를 만나. 여왕이 널 얼마나 걱정했는지 모른다."

그웬바엘은 미소를 지으며 몸을 숙여 고모의 뺨에 키스했다. 몸을 떼기 전에 그는 속삭였다.

"쟤는 어려요, 고모. 켈뤼에게는 너무 어리다고요."

"네가 그렇게 믿고 싶은 거겠지, 쟤가 그렇게 어리진 않다."

고모도 속삭였다.

"하지만 우리 둘 다 저 애의 마음이 다른 데 가 있다는 걸 알지 않니."

그웬바엘은 깜짝 놀라 몸을 뒤로 빼며 물었다.

"그런가요?"

고모가 껄껄 웃더니 그의 어깨를 밀었다. 거의 날려 버릴 기세였다.

"네 길이나 가, 꼬마야."

그웬바엘은 마지막으로 조카를 돌아보았다가 이지가 두 팔을 허공에 쳐들고 환호하는 모습에 움찔했다. 양손으로 켈륀을 꼭 잡고 있어도 모자랄 판에!

아니, 그런 생각은 하지 않는 편이 좋아.

하지만 브리크에게 알려 제대로 감시하게 할 필요는 있었다. 이지는 다른 이는 몰라도 제 아버지 말은 잘 따르니까.

"좋아, '야수'. 가지."

그는 앞발로 다그마에게 먼저 가라는 신호를 보냈다.

"여왕을 만날 때가 됐어."

가반아일의 성문 바깥에는 인간 옷가지가 빨랫줄에 죽 널려 있었지만, 농민이나 지나가는 여행자는 가까이 오지 않았다. 모두들 그 옷이 드래곤을 위한 것임을 아는 듯했다.

사우스랜드의 인간들도 드래곤들이 그들 사이에 태평하게 살고 있었다는 것을 갑자기 깨달았을 때는 참 이상했을 거야. 다그마는 생각했다. 사실, 그녀는 아직도 익숙해지는 중이었다. 그런 존재가 있다고 믿는 것과 실제로 지난 이십 년 동안 그런 자에게 교육받았다는 사실을 알게 되는 건 참 다른 경험이었다.

그웬바엘은 인간의 옷으로 갈아입고 거대한 철문을 통해 가반아일로 들어갔다. 그제야 다그마는 정말로 이 동맹을 잘 선택했다는 결론을 내렸다. 원래 가반아일이 이전 군주의 통치하에서 어떤 모습이었는지는 알 수 없지만, 이제 이곳은 번영하는 도시이고 활력으로 약동하는 곳이었다. 게다가 군인들도 넘쳤다. 상인들은 과일, 채소, 고기부터 모피, 보석은 물론 다그마의 상상을 넘는 무기까지도 팔았다. 인간을 위한 무기뿐 아니라 드래곤을 위한 무기도 있었다. 사실 인간 전용만큼이나 드래곤 전용으로 만들어진 물건들이 많았다. 저녁거리로 가죽을 벗긴 소와 사슴부터 정련된 철로 만든 특대형 전투 창까지.

"정말 대단하지?"

그웬바엘이 그녀의 등에 손을 대고 북적거리는 군인, 여행자, 상인, 농민 들 사이를 헤치고 나아가며 말했다.

"그러네."

"저기 호수에서 내 가족들이 너무 무섭게 군 건 아니겠지?"

그가 말싸움하는 상인 두 명을 피해 그녀를 부드럽게 이끌고 가며 웅얼거렸다.

"내 식구들을 만나 봤으면서 그런 말을 하다니 우습네."

그는 쿡쿡 웃으며 허리에 한 손을 대고 그녀를 끌어당겨 멈춰 서게 했다.

"자, 안으로 들어가기 전에……."

"그웬바엘!"

비명 삼중창에 다그마는 깜짝 놀랐다. 몸을 돌린 순간, 세 명의 젊고 꽤나 매력적인 여성들이 골드 드래곤의 품 안으로 뛰어들며 그의 팔과 어깨, 가슴을 얼싸안았다. 그들은 다시 꺅 소리를 지르며 그의 얼굴에 키스를 퍼부었다.

다그마는 주위를 둘러보고 지금 자기들이 있는 곳은 시장에서도 사창가라고 재빨리 짐작해 버렸다. 그녀는 눈을 부릅뜨며 대체 이 멍청이는 좀 더 눈에 띄지 않는 곳에서 수다를 떨지 않는가 의아하게 여겼다.

여자들의 이름을 하나하나 기억해 낸 그웬바엘이 친절하게 인사하며 그녀들의 뺨에다 입을 맞추었다. 그는 아이들 안부와 장사에 대해서도 질문했고 다그마는 그가 그 사람들의 사생활도 안다는 데 놀랐다.

그때, 누군가 소맷자락을 당기는 느낌에 다그마는 몸을 돌렸다. 옆에 인간 남자가 서 있었다.

"이보시오, 저 금발은 얼마요?"

"네?"

다그마는 눈을 깜박이며, 그웬바엘과 세 여자를 돌아보다가 다시 물었다.

"뭐라고 하셨죠?"

"저 금발 말이오, 큰 쪽. 한 시간 정도면?"

물론 다그마를 매춘부로 오인할 리는 없으니…… 포주로 생각한 것이었다.

"시간당 동전 다섯 닢."

다그마는 대답했다.

"그 이상 되면 돈이 더 나가요."

"한 시간이면 돼."

남자가 주머니에 손을 넣어 동전 다섯 닢을 건넸다. 다그마는 가방 속에 동전을 던져 넣고 그웬바엘의 어깨를 쳤다.

"이 사람이 당신을 한 시간 동안 샀어. 즐기라고."

다그마는 느긋하게 걸음을 옮겼다. 다른 문으로 향하니 마구간, 병영, 궁정 뜰이 나오고 마침내 여왕의 성이 보였다.

그때, 뒤에서 남자가 고함치는 소리가 들리자 그녀는 웃어 버렸다.

"거기 서지 못해!"

대체 이 시나리오에서 내가 왜 악역이 되었지? 난 오직 외동딸을 보호하고 싶을 뿐인데, 왜 다들 나를 보기만 하면 혀를 차는 거야?

지난 사흘간, 탈라이스는 이지 편에 선 부탁만 귀에 못이 박이도록 들었다. 마치 탈라이스가 이지를 처형하라는 명령이라도 내린 것처럼. 이건 불공정했고, 탈라이스는 이에 질려 버렸다. 특히 자기 짝에게 질려 버렸다. 그를 아무리 사랑한다 해도, 먼지가 나도록 그를 발로 걷어차도 아무렇지 않을 것 같은 날들도 있었다.

어째서 아무도 기억하지 못할까? 이지는 그녀의 외동딸이고, 끝까지 유일한 자식으로 남을 것이다. 알산데어의 놀웬 마녀들은 신에게서 오직 한 명의 아이만을 점지받았다. 그녀의 조상들이 장수와 힘의 대가로 협의한 결과였다.

"이 얘기는 더 이상 하고 싶지 않아."

그녀는 브리크를 보고 딱 잘라 말하고 그를 지나쳐서 방을 나섰다.

"이런 식으로 대화를 피할 수는 없어."

그가 뒤에서 말했다.

"이 상황을 맞대면해야 해. 당신도 곧 이 상황을 맞대면하게 될 거라고 생각하고."

"맞대면할 상황 자체가 없어. 그 애는 여기 남아 이 경계를 지킬 거야. 우리가 공격을 받은 게 고작 일곱 달 전인데."

"그때는 아주 다른 상황이었고 당신도 그건 알잖아. 게다가 여기 남는 것 자체가 이지가 원하는 바가 아니야."

탈라이스는 구슬픈 얼굴을 하고 대전을 가로지르며 회색 망토를 입은 여행자를 획 밀치고 지나갔다. 그는 어정거리고 있다 당황해서 길을 잃은 듯 보였다. 보통 때라면 낯선 사람이 있으면 질문을 했겠지만, 너무 심란한 상태라 알아차리지도 못하고 그녀는 곧장 밖으로 나갔다. 브리크가 여전히 쫓아오고 있었다.

"아직 애야."

그녀는 브리크에게, 아마 천만 번째로 다시 상기시켜 주었다.

"그 애는 전사야. 지금은 아니라도 앞으로 될 거고."

"아직 아이란 말이야."

그것도 그녀의 아이. 하지만 젠장맞을, 모두 그 사실을 잊어버렸다.

"그 애가 칼이나 창, 뭘 훈련받아서 잘하든 간에 그런 건 신경 쓰지 않아. 진짜 전투는 보호 장구를 차고 하는 연습과는 아주 다르니까."

"나도 알아. 하지만 그 애가 진짜 전투에 참가하지 않는다면 생존하는 법도 배울 수 없잖아. 당신 지금 대체 어딜 가는 거야?"

"사흘 동안 당신 가족들이 호숫가에 진을 치고 있는데도 아무도 제대로 인사를 가지 않았잖아. 피어구스에게 내가 처리하겠다고 했어. 당신네 누구도 처리하지 않으려 하니까……."

브리크가 그녀의 팔을 잡아 너무 빨리 돌리는 바람에 탈라이스는 말을 미처 끝내지도 못했다.

"형이 뭐라고 했다고?"

그녀가 손을 치우라고 말하기도 전에 그웬바엘이 다가왔다.

"어이, 형!"

"입 닥쳐."

브리크는 으르렁거리며 재빨리 주의를 탈라이스에게 돌렸다.

"그래, 돌아와서 나도 참 기뻐!"

그웬바엘이 명랑하게 말을 이었다.

"내가 우리 비밀을 지키려고 그런 고통을 겪고 죽을 뻔했는데 모두들 참 신경 많이 써 주었단 뜻이겠지."

"우린 비밀 같은 거 없어, 멍청아."

탈라이스는 브리크의 손아귀에서 팔을 빼고 발뒤꿈치를 들어 오해할 정도로 잘생긴 그웬바엘의 얼굴에 키스했다.

"안녕, '미남자'."

"다정하고 다정한 탈라이스, 나 보고 싶었어요?"

"낮밤 할 것 없이 보고 싶었죠, 내 사랑."

탈라이스는 이전에는 과하게 섹시한 다른 남자들에게 느꼈던 감정과는 달리 그웬바엘이 점점 마음에 들었다. 참 멍청한 짓을 많이도 저지른 그였지만 그 뒤에는 항상 진심이 숨어 있었다.

"모르퓌드가 기다려."

브리크가 딱딱하게 말했다.

"이제 꺼져."

탈라이스가 그의 팔을 꼬집었다.

"아야!"

"좀 착하게 굴어! 아무나 보고 으르렁대고 딱딱대지 말고. 대체 왜 그래?"

"나한테 소리 지르지 마."

"소리 지르는 게 아니지!"

탈라이스는 소리를 질렀다.

"내가 소리를 지르면 어떻게 되는지 알잖아!"

탈라이스가 뚜벅뚜벅 걸어가 버리자 브리크는 그 뒤를 바짝 따랐다. 둘 다 그웬바엘이 뒤에서 불길하게 경고하는 소리는 무시했다.

"나라면 호숫가엔 가지 않을 텐데."

"탈라이스, 천천히 좀 가."

"됐어. 이 대화는 이제 끝이야. 당신이랑도."

그녀는 첫 번째 문을 나가 시장의 바글바글한 인파를 헤치고 두 번째 문에 닿았고, 곧 성을 두른 숲으로 들어갔다. 그리고 곧장 가반아일에서 가장 가깝고 가장 큰 호수로 향했다. 피어구스 말로는 거기 가면 시댁 식구들을 볼 수 있을 거라고 했다.

"내가 해결할 수 있어."

브리크가 퉁명스럽게 우겼다.

"아니, 브리크. 당신은 할 수 없어. 그웬바엘이 이 주 가까이 위험한 적지에 가 있다가 흉터로 잔뜩 뒤덮여 돌아왔는데, 당신은 그런 동생에게 얘기할 때도 그 딱딱한 돌머리의 교양 있는 혀를 가만히 두지 못했잖아? 그러니까 내가 처리할 거야. 당신은 꺼지라고!"

탈라이스는 줄지어 선 나무들을 쿵쿵 지나쳐 호수 옆 공터로 들어갔다. 카드왈라드르 일족은 무척 편안히 지내고 있었다. 그녀는 인간 형태와 드래곤 형태 둘 다 섞여서 돌아다니는 드래곤들을 이렇게나 많이 본 적이 없었다. 그들은 모두 동시에 말을 하는 것 같았다. 아니, 말싸움하는 건가? 말끝마다 고함치는 것 같아서 정말로 구분할 수가 없었다. 그들을 보니 까마귀가 새까맣게 앉은 나무가 생각났다. 수다스럽게 까옥거리는 까마귀들.

"내가 처리할게."

브리크가 그녀를 지나치려 했다.

"아니, 아니야."

탈라이스는 그의 팔을 잡고 그 앞으로 나서면서 몸을 돌려 다른 드래곤들을 등졌다.

"피어구스는 특히 당신에게 맡기지 말라고 신신당부했어."

브리크의 보라색 눈이 가늘어졌다.

"대체 언제부터 당신 둘이 그렇게 손발이 척척 맞게 되었지?"

"나한테 소리치지 마!"

"내가 하고 싶은 대로 소리칠 거야! 그리고 난…… 난……."

그의 시선이 탈라이스를 지나쳐 위를 향했다.

"무슨 일이야?"

탈라이스는 브리크의 얼굴에서 그렇게 멍한 표정을 본 적이 없었다. 자기가 본 광경을 어떻게 이해해야 할지 모르겠다는 그런 표정을.

"제발."

브리크가 침착하게, 지나치게 침착하게 말했다.

"무슨 일이 있어도, 제발 돌아보지 마."

좋은 징조와는 거리가 먼 말투에, 탈라이스는 순순히 따랐다.

하지만 다음 순간 소리가 들렸다. 아주 짧은 동안 알았지만 세상 그 무엇보다 사랑하게 된 웃음소리. 그녀는 자기가 보게 될 광경에 겁이 났지만, 직접 봐야만 한다는 걸 알기에 눈을 들어 확 트인 하늘을 보았다. 그리고 딸의 모습이 보이자 충격에 빠져 입을 떡 벌렸다. 그녀의 외동딸이 탈라이스가 이전에는 본 적 없는 드래곤 등을 향해 돌진하고 있었다. 이지가 멈추지 않고 달려간다는 게 더 공포스러웠다. 그 애는 그저 계속 앞으로 나아갔다. 드래곤의 등과 목을 지나 머리에 닿을 때까지. 그리고 거기서…… 그대로 뛰어내렸다.

딸이 무슨 종교적 자살 같은 걸 하려나 보다고 탈라이스가 생각한 순간, 이지는 첫 번째 드래곤 아래에 나타난 다른 드래곤 위로 쿵 떨어졌다. 재수 없게도 이지는 제대로 자리 잡지 못하고 쭉 미끄러졌다. 하지만 그녀는 곧 드래곤의 갈기를 잡았고, 드래곤은 지그재그로 하늘을 날아갔다.

그것만으로도 충분히 악몽 같았다. 정말로 그랬다. 하지만 이지가 웃으며 드래곤들을 부추긴다는 사실이 한층 더 소름 끼쳤다. 적어도 탈라이스는 소름이 돋았다.

제정신을 가진 이라면 누가 저런 걸 재미있어할까?

그런 와중에도 브리크는 탈라이스의 눈을 속여 등에 태우고 그들의 굴로 날아갈 방법을 궁리하려 했던 것이다.

이지가 붙든 드래곤 아래로 다른 드래곤 하나가 날아왔고, 그때야 이지는 갈기를 놓았다. 이지의 몸이 다음 드래곤을 향해 뚝 떨어졌지만, 둘 중 하나의 계산이 틀렸던지 이지가 그의 옆구리에 부딪쳐 튕겨 나갔다. 이지의 몸은 빙글빙글 돌며 땅으로 직강하했지만 검은 털의 드래곤이 앞으로 돌진하여 이지를 두 발로 잡았다.

그때야 이지가 비명을 질렀다. 공포나 충격 때문이 아니었다. 그랬다면 탈라이스는 딸에게 일말의 상식이라도 있다는 증거로 보고 진정으로 감사했으리라. 하지만 그것은 부끄럼 없는 즐거움의 비명이었다. 자기가 한 일에 대한 순수하고 더러움이 섞이지 않은 쾌감.

"탈라이스?"

그녀는 등에 닿은 브리크의 손을 느꼈다.

"탈라이스, 내 사랑. 당신 숨도 쉬지 않잖아. 숨 쉬어."

"난……."

탈라이스는 그의 일족을 가리켰다.

"당신은……."

"내가 처리할게."

그녀는 아무런 말도, 그 어떤 일관적 생각도 할 수 없어서 고개만 끄덕였다. 그러다가 몸을 돌려 성으로 비틀비틀 향했다. 내내 토하지 않으려고 애를 쓰면서.

다그마는 그웬바엘이 나타나길 기다릴 기분이 아니었기 때문에 성을 헤매고 다녔다. 특히, 한편으로는 그가 영 나타나지 않으면 어쩌나 하는 걱정이 들면서도 그런 여자들과 같이 있을 그를 생각하니 화가 치밀었기 때문이다. 다그마는 이곳에 왕궁다운 면이 별로 없다는 사실을 즉시 알아챘다. 여기저기 값비싼 태피스트리가 걸려 있고 어떤 복도에는 대리석이 깔려 있기도 했다. 하지만 그것 말고는……. 다그마는 아버지의 집을 떠올렸다.

이곳은 거의 모든 방, 모든 구석마다 무기가 있었다. 어떤 무기는 벽에 장식되어 있기도 했는데, 다그마는 아직도 마른 피가 붙어 있는 무기 몇 점을 보고 미소를 지을 수밖에 없었다. 성벽에 걸어 놓은 머리가 뼛가루 떨어지는 해골로 변하고 있는 시점에, 적을 위협하는 방식치고는 그렇게 무섭다고는 하기 힘들었다.

또한 모두들 약간…… 격식이 없어 보인다는 점도 깨달았다. 다그마는 다크플레인의 여왕과 그 궁전에서 좀 더 화려한 위풍 같은 걸 기대했었다. 종종걸음 치는 하인들과 수군대는 궁정 드라마가 훨씬 많을 거라 생각했었다. 하지만 그런 건 하나도 없어 보였다.

사실, 헤매면 헤맬수록 저 악명 높은 '피의 여왕'을 만나고 싶은 마음이 간절해졌다. 하지만 먼저 그웬바엘을 찾아야 했다. 여왕을 알현하기 전에 매무시부터 가다듬어야 했다. 다그마는 여행하느라 먼지를 흠뻑 뒤집어쓴 상태였다. 초라한 외투와 드레스도 솔질을 깨끗이 해야 했다. 그녀는 씩 웃으며 조금 전에 번 동전 다섯 닢으로 기성복 드레스라도 살 수 있을까 생각했다. 물론 화려한 건 아니겠지만, 처음으로 궁에서 알현을 청하는 건데 덜 무겁고 그럴듯한 옷이면 충분했다.

다그마는 어떤 방 앞을 지나다 멈춰 섰다. 그녀는 곧장 되돌아가 안을 들여다보았다. 도서관이었다. 약간 작긴 해도 무척 훌륭한 공간이었다. 그녀는 안으로 들어가 책장의 책들을 훑어보기 시작했다. 소설이 많았다. 그녀의 취향에 딱 맞는 책들은 아니었지만, 다그마는 보통 손에 들어온 책이면 뭐든 읽곤 했다. 모퉁이를 돌아가 보니 역사와 철학 책이 보였다. 그것들이야말로 확실히 다그마가 즐겨 읽는 책 쪽에 가까웠다. 특히 《더브노가르토스의 전투 전략》이라는 희귀본을 발견했을 때는. 그는 오래전 없어진 웨스트랜드 군대의 위대한 전쟁 군주였다. 비록 그의 전법 중 몇몇은 시대에 뒤떨어졌지만, 그가 어떻게 생각하고 전략을 짰는지 알아낼 기회는 그저 지나칠 수 없는 은혜였다.

다그마는 책을 집어 들고 꼼꼼하게 페이지를 넘겼다. 오래되긴 했지만 아름답게 보관된 책이어서 그녀는 즉시 의자를 찾아 처음 몇 페이지만이라도 읽으려 했다. 몇 장만, 그저 몇 부분만……. 그녀는 책을 든 채 안으로 깊숙이 들어갔다가 도서관이 그다지 넓지는 않고 깊기만 하다는 사실을 알고 놀랐다.

앞창으로 들어오는 햇살도 더 이상 스며들지 않는 맨 뒤쯤에

이르자, 다그마는 촛불 빛을 따라갔다. 모퉁이를 돌았을 때 어떤 여자가 보였다. 여자는 탁자 상판에 팔꿈치를 괴고 앉아 있었다. 침침한 촛불 빛 속에 얼굴, 가슴, 팔밖에 보이지 않았다. 그녀는 앞에 책을 반쯤 펼쳐 놓고 탁자 위에 촛불을 몇 개 켜 놓았다. 하지만 책을 읽는 건 아니었다. 여자는 울고 있었다.

다그마는 그녀를 방해하고 싶지 않아서 —억지로 남을 위로하고 싶진 않으니까— 조용히 물러서려 했다. 하지만 헐거운 바닥 판자를 밟고 말았고 여자가 고개를 홱 쳐들었다.

다그마는 움찔했다. 이 불쌍한 여자는 한동안 울고 있었던 모양이었다.

"죄송해요, 전 그냥……."

"괜찮아."

여자가 두 손으로 얼굴을 닦았다.

"잠깐만 기다려 줘."

그녀는 손등으로 콧물이 흐르는 코를 닦고 물었다.

"뭘 읽으려는 거야?"

"아, 음……《더브노가르토스의 전투 전략》이에요."

여자의 얼굴이 환해졌고, 다그마는 갑자기 그간 침침한 불빛이 가리고 있던 흉터들을 볼 수 있었다.

"대단한 책이지."

여자가 강조하듯 말을 이었다.

"히카에서 켄타우루스를 상대로 벌인 전투는……. 어쨌든 죽이게 멋진 책이야."

그녀는 손짓으로 의자를 가리켰다.

"원한다면 앉아. 난 이제 울음 발작이 다 끝난 것 같으니까."

다그마는 천천히 탁자로 다가갔다.

"아침이 힘들었나 봐요."

"그렇게 말할 수도 있겠네."

다그마는 여자 긴너편에 의자를 끌어다 놓고 앉으며 책을 탁자에 내려놓았다.

여자가 한숨을 쉬며 목을 쭉 뻗었다. 그리고 두 손을 들어 얼굴을 닦으려 하는 순간, 다그마는 보고 말았다. 여자의 손목부터 팔뚝 위까지. 양팔 다.

여자가 눈썹을 치켰다.

"뭐가 잘못됐어?"

"아…….."

다그마는 눈을 떼지 못하다가 마침내 말을 뱉었다.

"앤널 여왕님이시군요. 그렇죠?"

여자의 팔을 태운 낙인이 드러나 있었다. 오로지 군주만이 전 세계가 다 보도록 용감하게 그런 표지를 드러내고 다녔다.

"어떤 날은 그렇지. 하지만 나를 앤널이라고 불러도 돼."

부드럽게 흐느끼던 이 여자가 다크플레인의 여왕이라고?

다그마는 이 군주와 동맹을 맺은 것이 약간 성급하지 않았나 하는 생각이 들기 시작했다. 아버지가 원한 동맹은 강한 지도자였지 도서관에 숨어서 징징거리는 처치 곤란한 여자가 아니었다. 아기를 갖는다는 건 어떤 여자에게나 힘들다는 진실을 다그마도 잘 알았지만, 올케들조차도 이보다는 비참한 기분을 잘 숨겼다.

"그럼 당신은……?"

"다그마라고 해요."

그녀는 이 순간 느꼈을지도 모르는 실망감을 감춰야 한다는 것을 깨닫고 재빨리 말했다.

"다그마 라인홀트요."

여왕이 얼굴을 찡그렸다.

"얼굴은 처음 보는데, 그 이름은 무척 귀에 익네."

"다그마 라인홀트, 시그마 라인홀트의 외동딸이에요."

"다그마? 당신은 여자잖아."

다그마는 미소를 짓지 않을 수 없었다.

"네. 또한 '야수'라고 불리기도 하죠, 어떤 지역에서는."

"라인홀트 일족에 딸이 있다는 사실조차 몰랐는데."

앤널이 약간 앞으로 몸을 숙였다.

"여긴 어떻게 왔지?"

"아, 그웬바엘이 데려다 주었어요."

보고 있노라니 기이했다. 부드럽고 다정하고 상처에 뒤덮인 얼굴이 그처럼 빠르게 잔혹하고 냉정하고 무척 화가 난 얼굴이 되다니.

여왕이 주먹으로 두꺼운 나무 탁자를 쿵 내려쳤다. 다그마는 탁자가 압력으로 휘어지는 것을 느낄 수 있었고 나무가 쪼개지는 소리를 들었다.

"그 멍청이가!"

여왕이 그 무거운 몸을 일으켜 자리에서 벗어나기까지는 약간 시간이 걸렸지만, 어쨌든 아무런 도움도 받지 않고 해낼 수 있었다. 보통 때는 여왕에게 없는 유연성이 분노 때문에 생겨난 게 아닐까 다그마는 짐작했다. 앤빌은 천천히 무겁게 그 자리를 떴다. 입에서 쏟아져 나오는 욕설이 어찌나 거친지, 그에 비하면 다그마의 오빠들은 라인홀트 일족의 거친 전사가 아니라 성직자 정도로 생각될 정도였다.

다그마는 거기 그대로 앉아 숨을 내쉬었다.

"그래, 저 사람이 바로 '피의 여왕'이구나."

이제 그 소문이 사실이라는 것을 알았다. 그 여자는 완전히 정신이 나갔다.

"아!"

다그마는 자기가 무슨 짓을 저질렀는지 깨닫자 한 손으로 입을 막았다.

"그웬바엘!"

다음 순간 그녀는 벌떡 일어나 달리기 시작했다.

"뭐가 잘못됐어? 우리가 이미 아는 이상의 뭐가 있는 거야?"

그웬바엘은 누나의 접시에서 막 집은 신선한 과일 조각을 든 채로 누나를 쳐다보았다.

"허?"

모르퓌드는 전투 계획과 앤빌의 왕국에 관한 결정이 매일 이루어지는 탁자에 앉아 있었다.

"대체 뭐에 씌어서 그 여자를 여기 데려온 거야?"

"선택의 여지가 없었어."

"선택의 여지가 없었다는 게 무슨 뜻이야?"

"데려오지 않으면 그 번개 드래곤이 어째서 그 여자를 여기 보내고 싶어 했는지 어떻게 알아내지? 물론……."

그는 주위를 둘러보았다.

"그 여자를 놓친 것 같긴 하지만. 그래도 다시 찾을 거야."

모르퓌드가 눈을 비비며 다시 한 번 숨을 들이마셨다.

"그웬바엘, 그 여자는 라인홀트의 외동딸이야. 그리고 노스랜드 남자들은 무척, 거의 병적일 정도로 딸들을 보호하려 들지. 그런데 넌 지금 그런 여자와 빈들빈들 돌아다니고 있는 거야."

"내가 뭘 빈들거렸다고 그래? 빈들거린 적 없어. 그리고 대체 누나가 왜 그렇게 화를 내는지……."

"말하지 마."

모르퓌드는 손바닥이 보이도록 한 손을 들었다.

"그냥 말하지 마. 우린 앤뉠이 알아내기 전에 뭐라고 얘기해야 할지 짜 놓아야 해."

그 순간 뒤에서 문이 쾅 열리고 앤뉠이 그들을 노려보았다.

"이 멍청이!"

"앤뉠, 내 사랑!"

그웬바엘의 다정한 부름을 듣지 못한 듯, 앤뉠은 배부터 내밀고 방 안으로 뚜벅뚜벅 걸어 들어왔다. 실제로, 앞장선 건 분노였고 배가 그 뒤를 따랐다.

"대체 무슨 생각을 했던 거야?"

"그게······."

"말하지 마!"

모르퓌드가 다시 그의 말을 잘랐다.

"그냥 말하지 마."

그때, 다그마가 앤닐의 뒤를 쫓아 방 안으로 뛰어 들어왔다. 숨이 턱까지 찼고 약간 땀을 흘리고 있었다. 저 여자가 사람의 마음을 조작하는 기술 말고 달리 연습하는 게 있기는 한 거야? 새끼 고양이처럼 연약해서는.

"제게 잠깐만 틈을 주세요, 여왕 전하."

다그마가 헐떡이는 소리로 말했다.

"제가 어째서 여기 왔는지 설명을 드리겠어요."

그웬바엘은 히죽거렸다.

"저 여자가 앤닐을 '전하'라고 부르는데요."

앤닐이 손바닥으로 그의 이마를 쳤다.

"아야!"

"어떻게 그럴 수 있어?"

그녀가 그웬바엘에게 따졌다.

"그들이 당신에게 죄를 뒤집어씌우지 않을 거라고 어떻게 확신할 수 있냐고?"

"그거야 하기에 달렸죠."

그웬바엘은 맞섰다.

"확실히 말씀드리지만, 전 그 무엇도 비난하지 않을 거예요,

여왕 전……."

앤널이 다그마의 말을 잘랐다.

"다시 한 번 그렇게 불러 봐, 창자부터 코까지 갈가리 찢어 놓을 테니까. 앤널이야. 멍청한 것 같으니."

그웬바엘은 다그마의 눈이 가늘어지고 콧구멍이 벌름거리는 것을 보았다. 그래서 그는 이 자그마한 야만인 여자가 자기 머리를 날려 버릴 말을 하기 전에 재빨리 뛰어들었다.

"당신이 나를 어떻게 협박했는지 말해."

다그마가 등을 꼿꼿이 펴며 앤널의 무례는 금세 잊은 듯 되물었다.

"뭐라고?"

"이 여자가 나를 이용했어요."

그웬바엘은 앤널에게 설명했다.

"나를 이용해서 당신에게 데려와 달라고 했죠."

다그마가 안경을 고쳐 쓰며 말했다.

"이제 당신이 입을 다물 때인 것 같은데."

"그러고 싶지 않은데."

"하지만 입을 다물게 될걸."

"우리는 내 영토에 있다고, '야수' 아가씨. 여기서 뽐내고 걸어다니면서 지배자라도 되는 양……."

"조용히 해."

"하지만……."

다그마가 오른손 집게손가락을 들었다.

"그녀는……."

다그마가 망할 집게손가락을 더 높이 쳐들었다.

"그저……."

이제 다그마는 양손 손가락을 흔들었다.

"그만해."

그웬바엘은 한껏 입을 내밀어 보였지만, 그녀는 완전히 무시하고 그에게서 등을 돌려 다시 앤널을 마주했다.

"우리끼리 얘기할 수 있는 사적인 공간이 있을 것 같은데요, 여왕님."

그는 입을 떡 벌렸다.

"지금 날 떼어 놓으려고……."

다그마가 그를 돌아보지도 않고 그 망할 집게손가락을 다시 들었다.

앤널이 크고 밝은 미소를 지었다. 오랫동안 그녀에게서 보지 못한 미소였다.

"이쪽으로 와, 레이디 다그마."

"고맙습니다."

다그마는 그렇게 말하고 그를 향해 손가락을 튀겼다.

"일단 내가 방을 잡으면 내 가방 잊지 말고 위에 올려다 줘, '오염자'."

앤널이 한층 더 크게 미소를 짓더니 상당히 밝아진 표정으로 그녀를 따라 방에서 나갔다.

그웬바엘은 누이를 돌아보았다.

"'훼손자'라니까, 커다란 차이가 있잖아."

"뭐……."

"그럼 바로 잡아야지!"

그는 텅 빈 문간을 보고 고함을 질렀다. 그리고 고개를 저으며 저절로 나오는 미소와 싸웠다.

"건방진 여자."

누이가 그를 한참 동안 빤히 보는 바람에 그웬바엘은 슬슬 걱정이 되었다.

"뭐?"

그는 두 손으로 얼굴을 쓸었다.

"내 잘생긴 얼굴에 뭐라도 묻었나? 최근에 내가 사랑하는 이들을 지키려고 싸우다 얻은 이 흉측한 상처 말고?"

"너 그 여자를 좋아하는구나."

"나야 모두를 좋아하지. 난 기쁨과 사랑으로 가득한……."

"아니, 멍텅구리야. 너 그 여자를 좋아해."

"바보 같은 소리 하지 마. 그 여자는 내가 끌리는 그런 유가 아니야."

"제대로 된 문장을 만들고 완벽하게 말로 되풀이할 능력이 있는 여자라서?"

"그게 나한테 참도 중요한 기준이겠다."

모르퓌드가 몸을 앞으로 숙였다.

"맙소사! 너…… 아직 그 여자랑 안 했구나. 그렇지?"

"대체 나의 누나가 어떻게 그런 말을 할 수가 있어?"

그웬바엘은 손가락을 흔들었다.

"브라스티아스 때문이군. 나쁜 영향을 받은 거야. 거기 뭔가 있을 줄 알았다니까. 알아내야겠어."

"괜히 나한테로 말 돌리지 마. 너 그 여자를 좋아하잖아."

"아니야."

"그래, 그녀를 좋아하는 거야."

"입 닥쳐."

모르퓌드가 웃으면서 의자를 뒤로 밀고 일어났다.

"다크플레인에 경사스러운 날이네! 지붕 위에서 나팔을 불어야지."

"누나가 그런 짓을 할 리 없지. 그보다, 내가 번개 드래곤들과 싸우다 죽다 살아난 경험을 했다는데 아무도 관심 없는 거야?"

"없지!"

누나는 방을 떠나면서도 여전히 웃고 있었다.

"누나의 배신을 잊지 않을 거야!"

그웬바엘은 극적으로 소리 질렀다.

하지만 들을 이 하나 없는 방 안에서, 그 말은 아무런 의미가 없었다.

18

다그마는 하인들이 안내한 방을 보고 믿을 수가 없었다. 여왕과 모르퓌드가 뒤에서 따라오고 있었다. 발작적으로 웃으면서. 다그마는 대체 그들이 뭘 그리 재미있어하는지 확실히 알 수 없었지만, 심술궂은 여자들에게는 익숙했다. 그런 여자들과 수년을 같이 살았으니까. 하지만 아버지와 아버지의 백성을 위해 꾹 참고 그들과 별다를 바 없는 척 살았다.

다음 며칠 동안 그녀 혼자 쓰도록 주어진 방은 거대했다. 거대한 침대, 책상과 식탁으로 쓸 수 있는 탁자, 벽에 바로 붙어 있는 난로, 여러 양식으로 만들어진 플러시 천 의자 몇 개, 등받이가 꼿꼿한 의자 몇 개, 소지품을 뭐든 넣을 수 있도록 서랍이 잔뜩 붙은 거대한 서랍장. 발 달린 거대한 욕조는 한시라도 빨리 써 보고 싶었고, 입식 세면대도 있었다.

"정말 근사하네요."

다그마는 빙그르르 돌며 말했다. 돌다 보니 모르퓌드가 여왕에게 속삭이고 있고, 여왕은 똑바로 몸을 지탱할 수 있도록 벽에 기대서 있었다. 그녀들의 웃음 속에서 '여왕 전하'라는 말이 울려 퍼졌다. 그웬바엘과 처음 만났을 때만큼이나 최악이었다.

"준비 다 되었습니다, 앤닐 여왕님."

하인 하나가 고했다.

"좋아. 음식을 가져오고……."

앤닐이 그녀를 한참 보더니 덧붙였다.

"패니도."

"바로 대령하겠습니다."

하인이 떠나자 모르퓌드가 의자에 앉는 앤닐을 도왔다. 일단 여왕은 자리에 앉은 다음 말했다.

"이 말은 꼭 해야겠다, 레이디 다그마. 정말 진심으로 하는 말인데…… 당신이 마음에 들어."

이제 다그마는 겁이 덜컥 났다.

"음, 여왕님……."

"그 집게손가락 말이야, 그웬바엘이 혈관이라도 터지는 줄 알았다니까."

웃음소리가 다시 울려 퍼졌다. 어찌나 심했는지, 모르퓌드는 바닥에 주저앉았고 앤닐은 멈추려고 애썼다.

"여기서 멈춰야겠어. 그러지 않으면 사고가 날 것 같아."

"하지만 그 애 표정이 참 가관이었잖아요!"

"그게 제일 웃긴 부분이지!"

앤닐이 다시 한 번 웃음을 터뜨렸다.

그제야 다그마는 이해가 되었다. 그들은 그녀를 비웃은 게 아니었다. 전혀 아니었다.

문을 두드리는 소리가 나더니 다그마보다 적어도 열 살은 나이가 많아 보이는 여자가 들어섰다.

"여왕님, 부르셨습니까?"

"그래, 패니."

앤닐이 눈물을 닦으며 숨을 들이마셨다. 적어도 이제 슬퍼서 우는 건 아니었다.

"이쪽은 레이디 다그마 라인홀트. 여기 계신 동안 필요한 게 없는지 잘 살펴 드려야 해."

"분부 받들겠습니다."

앤닐은 다시 의자에 편히 기댔다.

"필요한 게 있으면 저 사람에게 말해."

다그마는 무엇을 부탁해야 할지 알 수 없었다. 너무 과한 요구나 잘못된 부탁을 했다간 앤닐과 사이가 나빠질 수도 있었다. 이 군주는 제대로 된 경칭을 쓴 죄로 갈가리 찢어 놓겠다고 했을 정도니, 생각보다 훨씬 더 위험이 컸다. 다그마는 친절해 보이는 하인을 빤히 보았다.

패니는 그녀가 자세히 볼 수 있도록 몸을 약간 뒤로 젖히며 먼저 제안했다.

"목욕물과 새 옷을 드릴까요? 음식은 이미 준비 중이니까요."

다그마는 동의의 뜻으로 고개를 끄덕였다.

"그거 좋겠네요."

"잠깐."

앤닐이 다그마를 가리켰다.

"그웬바엘에게 가방이 있다고 했던 것 같은데. 사람을 보내서……."

다그마는 움찔하며 고개를 저었다.

"음, 저는…… 저는 그냥 무례하게 군 것뿐이었어요. 가방은 없어요."

네 여자는 서로 눈길을 교환했고, 또다시 웃음이 터졌다. 이번에는 다그마도 행복하게 합세했다.

그웬바엘은 여왕의 침실로 들어갔다. 피어구스가 책상 앞에 앉아 글을 쓰고 있었다. 에이브히어도 책을 무릎 위에 올려놓고 바닥에 앉아 있었다.

"내가 안 죽었다는데 아무도 신경 안 쓰나?"

에이브히어가 고개를 들고 미소를 띠었다.

"난 신경 쓰지."

"넌 셈에 들어가지도 않아."

피어구스는 뭐가 그리 중요한지 끄적이는 펜 끝을 쉬지도 않고 말했다.

"어째서 하인들이 네가 노스랜드에서 전리품을 가져왔다고 하는 거냐?"

"그 여자는 전리품이 아냐."

그웬바엘은 침대 위에 앉았다.

"내 즐거움을 위한 장난감에 가깝지."

에이브히어가 킥킥 웃자 피어구스가 매섭게 노려보았다. 그는 깃펜을 내려놓고 의자에서 몸을 돌려 그웬바엘에게 집중했다.

"이런 말 물어봤자 후회할 게 뻔하지만, 대체 무슨 일이 벌어지고 있는 거냐?"

"형 말이 맞아. 물어봤자 후회할 게 뻔해."

그때, 문이 열리고 브리크가 들어왔다. 그는 그웬바엘을 보더니 문을 쿵 닫았다.

"이지에 대해 경고해 줘서 고맙다, 얼간아."

"난 분명 경고했다고. 하지만 브리크-탈라이스식 오럴 섹스를 하느라 너무 바빠서 내 말은 콧등으로도 안 듣더라."

브리크는 방 안에 대고 공공연하게 말했다.

"그래, 네가 전에는 그녀를 그냥 미친 거라고 생각했다면……."

피어구스가 팔꿈치를 무릎에 대며 침착하게 물었다.

"이지는 어떻게 된 거야?"

브리크는 침대에 엎드려 그 위를 덮은 모피에 대고 무어라 중얼거렸다.

"뭐라고?"

그가 고개를 들었다.

"그 애는 달리고 뛰어내리기 놀이를 하고 있다고."

피어구스가 몸을 움츠렸다.

"그런데 탈라이스가 봤단 말이야? 세상에, 신들이시여."

"가장 중요한 부분을 빠뜨렸네."

그웬바엘이 덧붙였다.

"달리고 뛰어내리기를 켈뤼과 했다는 부분 말이야."

브리크는 다시 침대에 고개를 파묻었지만, 피어구스는 얼굴을 찡그리며 허리를 똑바로 펴고 앉았다.

"그 더러운 개자식과."

"내 생각이랑 똑같군, 형. 우리가 거기 가서 그 자식을 개 패듯 패 줘야 할 거야."

에이브히어가 지루하다는 듯 한숨을 내뱉었다.

"누가 신경 쓴대?"

그웬바엘은 피어구스를 보았고, 피어구스는 브리크를 보았다. 브리크의 머리는 다시 침대 위로 풀썩 떨어졌다.

침대 발치에 기대선 그웬바엘이 물었다.

"그게 무슨 말이야?"

"누가 신경 쓰냐고."

"넌 신경 안 쓰냐?"

"그래, 안 써."

'거짓말쟁이라니까.'

그웬바엘은 피어구스를 향해 소리 내지 않고 입 모양만으로 말했다.

'알아!'

피어구스도 입 모양만으로 대꾸했다.

에이브히어가 책을 쿵 덮었다.

"형들이 무슨 짓거리를 하고 있든 간에 당장 그만둬."

다그마는 욕조에 몸을 푹 담그고, 머리카락과 몸을 싹싹 문질러 닦았다. 그녀가 김이 피어오르는 물속에서 여독을 푸는 동안, 앤뉠과 모르퓌드는 탁자 위에 놓인 거대한 접시에서 음식을 먹고 있었다.

모르퓌드는 알고 보니 변신한 드래곤으로 그웬바엘의 누나였다. 그녀는 아름다운 여자였고, 헐렁한 마녀 망토를 벗고 얇은 연분홍 드레스를 입고서 식탁에 편안히 앉아 있으니 길고 하얀 머리와 길고 날씬한 몸매가 돋보였다. 하지만 그웬바엘과는 전혀 비슷하지 않았다. 그것만은 분명했다. 상냥하고, 수줍음에 가까운 성격에, 부드러운 말투를 쓰는 그녀는 동생과는 공통점이 없어 보였다.

"자, 긴장을 푸는 동안 먹을 간식."

모르퓌드가 식기 없이도 쉽게 집어 먹을 수 있는 음식이 담긴 작은 접시를 건넸다.

"감사해요."

다그마는 둥근 튀김을 입안에 집어넣으며 한숨지었다. 아, 그래. 확실히 이런 것에 익숙해질 수도 있었어.

"미노타우루스라고?"

앤뉠이 다시 물었다.

"그런 존재가 있는지도 몰랐는데……."

"켄타우루스에 대해서도 똑같이 말했었잖아요."

모르퓌드가 여왕에게 상기시켜 주었다.

"뒤통수를 말발굽으로 맞기 전까지는."

"급습을 당해 그런 거야."

앤닐이 이를 득득 갈았다. 그만큼이나 재빨리 분노가 사그라지고 그녀는 병을 들었다.

"와인 마실래, 다그마?"

"네, 부탁드려요."

여왕이 와인을 따라 주자, 다그마는 한동안 영문을 몰랐던 일에 대해 물었다.

"어째서 그자들은 여왕님이 죽기를 바라는 거죠? 생각해 봤지만 대답을 찾을 수가 없었어요."

"그건 쉽······."

앤닐이 입을 열었지만, 모르퓌드가 재빨리 잘랐다.

"아주 복잡해요. 이 시점에 이르기까지 많은 일들이 있었죠. 그래서 처음부터 시작하자면······."

"피어구스가 날 임신시켰어."

앤닐이 불쑥 말했다.

"세상에, 앤닐!"

모르퓌드가 폭발했다.

"그게 이야기의 주된 부분이잖아."

"어째서 그게 중요한지 모르겠는데요."

다그마는 구이를 하나 집어 입에 넣었다. 어찌나 맛이 좋은지 목욕물에 녹는 기분이었다.

"피어구스가 누군지 그웬바엘이 말하지 않았군요?"

"앤뉠의 짝이라고만 했어요."

"내 오빠이기도 하고."

다그마는 음식을 꿀꺽 삼켰다.

"그러면 그는……."

"그래요."

"하지만 앤뉠은……."

"그래요."

"어떻게 그런 일이 가능하죠?"

"다시 말하지만……."

모르퓌드는 참을성 있게 말했다.

"무척 복잡해요. 역사를 돌아보면 그 시초는……."

"뤼데르크 하일이 내 몸속 장기를 가지고 장난치기 시작했지."

"제발, 앤뉠!"

"너무 오래 질질 끌잖아!"

"상황이 너무 나빠지기 전에……."

다그마는 얼른 그 사이로 끼어들었다.

"어쩌면 제가 말씀드린 땅굴 얘기를 하는 게 좋지 않을까요?"

모르퓌드가 그녀를 자세히 살피면서 물었다.

"신경 쓰이지 않나요?"

다그마는 모르퓌드가 땅굴 얘기를 하는 게 아니라는 사실을
알았다.

"뭐가요?"

"앤닐의 불경한 출산이 임박한 것."

"모르퓌드!"

앤닐이 항의했다.

"뭐라고요?"

다그마는 맛있는 음식을 입안에 하나 던져 넣으며 되물었다.

"불쾌해하지 마요, 다그마. 충분한 배경 설명 없이 앤닐의 임신에 대한 소식을 들은 인간이면 쉽사리 앤닐을 매춘부로 낙인찍고 그 아이들을 악마라고 부르죠. 하지만 다그마는 별로 상관하지 않는 것 같네요."

"아이를 임신한 게 저인가요?"

다그마가 손가락을 쪽쪽 빨며 묻자, 모르퓌드는 하얀 눈썹을 치켰다.

"내가 알기론 아니네요."

"그럼 제 아버지 말씀을 인용하도록 하죠. '전장에서 떡 한 번 치는 것만큼도 관심 없어.'요."

앤닐이 음식을 삼키다가 걸려 버렸는지 켁켁거리며 모르퓌드의 얼굴을 쳤다.

"하지만 그 땅굴에 대해선 걱정이 되니까, 거기에 집중하죠."

그웬바엘은 다리를 쭉 뻗고 발가락을 오물거렸다.

"진이 다 빠졌어. 죽도록 날아오느라."

"아직 자지 마."

브리크가 그 옆에 편안히 앉으며 말했다.

"오늘 밤 저녁 식사에 나와야 해. 아니면 고모들에게서 그 끝을 듣지 못할 테니까."

"꼭 가야 해?"

"징징대지 마라."

피어구스가 브리크 옆에 앉으며 딱 잘라 말했다.

"가야지. 적어도 노스랜드에서 모시고 온 손님을 접대는 해야 할 거 아냐. 게다가 난 아직도 네가 그 여자를 데려온 이유를 듣지 못했다."

"그 번개 드래곤이 여기 보내고 싶어 해서 그랬다니까. 그놈 목적을 알아낼 때까지는 여기 있을 거야."

"그 여자랑 자고 싶어서 그런 거잖아."

브리크의 말에 그웬바엘은 씩씩대며 대꾸했다.

"그래! 하지만 그게 다는 아냐. 그 여자는 무척 똑똑하고 내가 진정으로 감탄하는 못된 재미가 있어."

"그리고 그 여자랑 자고 싶은 거지."

그웬바엘은 한숨지었다.

"형들의 정신이 시궁창에서 나와 신선한 공기를 쐬길 바라는 건 너무나 큰 바람일까?"

"등 뒤를 조심해라, 그웬바엘."

피어구스가 경고했다.

"올게어의 아들과 이십 년 동안이나 친구로 지낸 여자야."

"그 여자는 몰랐어."

"그렇게 말했겠지. 하지만 하루가 끝날 땐 기억해라. 그 여자는 노스랜더고 앞으로도 그럴 거라는 걸. 그들은 우리랑 다른 규칙에 따라 살고 있어."

"알아. 그들에게는 '노스랜드 규약'이라는 게 있지. 그런데 어째서 우리는 규약이 없는 거야?"

"품위를 유지하라는 일반 규칙도 못 지키는 네가 있는데, 우리가 어떻게 규약 같은 걸 강요하겠냐?"

"좋은 지적이야."

그웬바엘은 두 형을 번갈아 보았다.

"한 번 더?"

두 형이 동의의 뜻으로 고개를 끄덕였다.

"좋아. 셋 세면 한다. 하나, 둘…… 셋!"

셋 모두 동시에 일어났다가 재빨리 뒤로 누우며 다시 한 번 에이브히어의 등을 깔고 눌렀다. 에이브히어가 고통의 비명을 지르며 형들에게서 빠져나오려고 발버둥 쳤다.

"나쁜 자식들!"

"징징대지 마!"

그웬바엘이 야단쳤다.

"그냥 인정해. 너 걔한테 미쳤다고. 이…….."

"입 닥치지 못해!"

다그마는 너무나 큰, 하지만 감미로울 정도로 부드러운 가운을 걸치고 허리띠를 맸다. 그리고 모르퓌드에게서 와인 한 잔을 받아 마신 후, 앤널이 비워 둔 의자에 털썩 주저앉았다.

"고마워요."

"천만의 말씀."

모르퓌드는 다시 한 번 다그마가 준 지도를 살폈다.

"이걸 브라스티아스에게 주죠. 어쩌면 그 사람은 이 선이 다 어디로 가는지 알아낼 수 있을 거예요. 아니면 동생 에이브히어에게라도. 그 애는 지도를 아주 잘 봐요."

"힘닿는 한 도울게요."

다그마는 약속했다.

모르퓌드가 공책에서 얼굴을 들었다.

"말해 봐요, 다그마. 그웬바엘이랑 이야기는 하나요?"

"네."

"대화를 끝까지 해 봤어요?"

"네."

"그런데도 걔한테 아직 관심이 가나요?"

앤널은 이 말에 웃었지만, 다그마는 웃지 않았다.

"사실대로 말씀드리죠, 모르퓌드 공주님. 전 동생분이 아주 지적이라고 생각해요. 훌륭한 착상도 많고 다양한 분야에 대한 의견도 있죠. 어쩌면 공주님이야말로 시간을 내서 동생과 끝까지 대화해 보셔야 할 거예요. 잘 모르는 걸 맘대로 판단하시기 전에요."

모르퓌드가 눈을 크게 뜨고 바라보자, 다그마는 약간 죄책감을 느꼈다. 하지만 그녀가 사과하기도 전에 침실 문이 활짝 열리더니 다른 여자가 씩씩하게 들어왔다. 그녀는 다그마보다 몇 뼘은 컸고, 놀랍도록 아름다웠으며, 다그마가 만난 용병들처럼 피부가 갈색이었다. 다그마는 일주일 동안에 데저트랜드 출신 여자를 둘이나 보게 된 셈이었다. 이제까지 삼십 년 인생 동안에는 한 명도 보지 못했는데.

"두 분을 찾아서 안 가 본 데가 없어요."

여자는 등 뒤로 쿵 닫히도록 놔둔 채 따지기부터 했다.

"대체 그 망할 달리고 뛰어내리기가 뭔지 저한테 설명해 주고 싶은 분 없어요?"

앤닐이 천천히 몸을 모로 돌리며 방 안에 있는 모든 이를 째려보는 여자에게서 시선을 피했다.

"대답해 봐요!"

여자가 다시 고함을 질렀다. 수수한 검정 레깅스를 입고도 무척 편안하면서도 근사하게 보이는 여자였다. 거기에 검은 장화와 헐렁하고 빛바랜 흰색 셔츠 차림이었고, 길고 구불구불한 검은 머리를 뒤로 넘겨 가느다란 가죽 끈으로 묶었다. 다른 장식물이라고는 셔츠 아래 가린 은색 사슬 목걸이와 허벅지 위에 찬 작은 검집밖에 없었다.

그런 식으로 옷을 입는다면 매일 오 분밖에 안 걸릴 성싶지만, 다그마는 자신의 올케들이 이 여자처럼 노력 없이도 아름답게 보이기 위해서 매일 몇 시간씩을 허비한다는 걸 알고 있었다.

모르퓌드가 살짝 어깨를 으쓱했다.

"그게…… 드래곤 얘기라면 아이들이 부모와 하는 놀이죠. 알겠지만, 아이들 날개가 다 자라기 전에 가족이 비행을 나갈 일도 있으니까요. 아이가 한 부모 위에서 달리다가 다른 부모에게로 뛰어내리는 거예요. 나도 내 부모님과 했죠. 재밌어요. 아이들이 나는 법을 배우는 데 도움도 되고. 그거 하다가 바람을 타고 휙 나는 경우도 종종 있거든요."

"그래요?"

여자는 미소를 띠었지만 다그마는 그 미소에 속지 않았다.

"재미있는 학습 경험이라는 거네."

그때 여자가 몸을 숙이더니 불쌍한 모르퓌드의 얼굴에 대고 고함을 질러 댔다.

"그래서 내 딸이 그걸 당신네 가족이랑 하는 거군요!"

모르퓌드의 눈이 휘둥그레졌다.

"오!"

"그래요! 오!"

여자가 몸을 돌려 이번에는 앤널을 보았다.

"이게 다 당신 때문이에요, 뚱뚱이 임산부!"

앤널은 다른 쪽으로 몸을 굴려 그들을 보았다.

"나? 그게 어떻게 내 잘못이라는 거야?"

"그 애가 걷잡을 수 없어진 게 당신 잘못이죠."

여자가 의자에 주저앉으며 짐짓 아기 목소리를 냈다.

"'사람들이 제가 전쟁에 나가도 된대요. 사람들이 제가 정말로 잘한대요. 전 언젠가 여왕님의 투사가 되고 싶어요.' 그러니 당신 잘못이죠!"

마지막 부분에서는 자기 목소리로 한껏 고함을 질렀다.

"난 세 달 동안이나 훈련에 참관한 적이 없어. 그런데 어떻게 그게 내 잘못이라는 거야?"

"브라스티아스가 이제 당신 대역을 하고 있지 않나요?"

앤널은 입술을 꾹 다물었다가 천천히 말했다.

"내가 무섭다고 힝힝 울지 않는 군마에 올라탈 날이 올 때까지는 브라스티아스가 내 군대의 지휘권을 갖고 있지, 맞아."

"그러니 당신 탓이죠! 그 사람이 그 애에게 전쟁에 나갈 준비가 되었다고 말해서 그 애가 가고 싶어진 거니까."

모르퓌드가 두 손을 꽉 맞잡고 몸을 약간 앞으로 내밀었다.

"어쩌면……."

"입 닥쳐요, 비늘 뱀!"

모르퓌드는 도로 의자에 기댔다.

"그러죠, 그럼."

마침내 여자가 다그마의 존재를 알아채고 검은 눈으로 그녀를 훑다가 말했다.

"탈라이스예요."

다그마는 그게 무슨 말인지 몰라 멍하니 있었다. 모르퓌드가 끼어들었다.

"미안해요. 이쪽은 탈라이스, 할데인의 딸. 이쪽은 다그마 라인홀트, 노스랜드 라인홀트 가문의 딸이에요."

아, 탈라이스가 이 여자의 이름이군.

그녀가 무시무시한 시선을 다시 모르퓌드에게 맞췄다.

"사우스랜드에 라인홀트 가문 사람들이 사나요?"

모르퓌드의 눈이 위험하게 가늘어졌다.

"내가 아는 한은 아니에요."

"그럼 꾸며 내지 말라고요!"

탈라이스가 다시 고함쳤다.

"꾸며 낸 거 아니에요!"

모르퓌드가 맞받아쳤다.

갑자기 앤널이 한 손을 배에 대고 일어나 앉았다. 입술에선 비명이 폭발했다. 금세 여자들은 말싸움을 그쳤다.

"세상에! 앤널, 무슨 일이에요?"

모르퓌드가 물었다.

초록 눈이 그들을 향했고 앤널은 코웃음 쳤다.

"아니, 그저 둘 다 입을 다물었으면 해서. 이방인 앞에서 내 꼴을 우습게 만들고 있으니까!"

그 뒤에 따른 침묵은 어색했다. 아니, 그 말로도 부족했다. 침묵은 족히 삼십 초 이상 지속되었다. 마침내 모르퓌드가 고요를 깨고 먼저 웃음을 터뜨렸고 모두들 그 뒤를 따랐다. 웃음은 멈추지 않을 것만 같았다. 심지어 그웬바엘이 들어와서 그들을 빤히 보다가 문을 쾅 닫고 나가 버리는데도 계속되었다.

《드래곤 조련하기》 2권에서 계속